KB006808

시인들의 꽃 이야기

사는 게 참 꽃 같아야

글 그림 **박제영**

늘봄

이 도서의 국립중앙도서관 출판예정도서목록(CIP)은 서지정보유통지원시스템 홈페이지
(http://seoji.nl.go.kr)와 국가자료공동목록시스템(http://www.nl.go.kr/kolisnet)에서
이용하실 수 있습니다.(CIP제어번호: CIP2018035893)

시인들의 꽃 이야기
사는 게 참 꽃 같아야

지은이 / 박제영
펴낸이 / 조유현
편   집 / 이부섭
디자인 / 박민희
펴낸곳 / 늘봄

등록번호 / 제300-1996-106호 1996년 8월 8일
주소 / 서울시 종로구 동숭4길 9 (동숭동 19-2)
전화 / 02)743-7784   팩스 / 02)743-7078

초판발행 / 2018년 11월 20일

ISBN 978-89-6555-075-4 03810

이 책의 저작권은 저자와 늘봄에 있습니다.
신 저작권법에 의해 보호를 받는 저작물이므로 무단 전재와 무단 복제를 금합니다.

※ 이 도서는 한국출판문화산업진흥원의 출판콘텐츠 창작 자금 지원 사업의 일환으로
   국민체육진흥기금을 지원받아 제작되었습니다.

※ 값은 표지에 있습니다.

사는 게 참 꽃 같아야

며느리도 봤응께 욕 좀 그만 해야
정히 거시기해불면 거시기 대신에 꽃을 써야
그까짓 거 뭐 어렵다고, 그랴그랴
아침 묵다 말고 마누라랑 약속을 했잖여

이런 꽃 같은!
이런 꽃나!
꽃까!
꽃 꽃 꽃
반나절도 안 돼서 뭔 꽃들이 그리도 피는지

봐야
사는 게 참 꽃 같아야

작가의 말

꽃을 빌려, 꽃을 통해, 시(詩)를 얘기하고 싶었습니다. 시를 빌려, 시를 통해, 꽃을 얘기하고 싶었습니다. 그런데 아니었습니다. 꽃을 들여다보면 볼수록 사람이 보였습니다. 시를 들여다보면 볼수록 삶이 보였습니다. 생각하면 꽃과 시를 빌려 사람을 이야기하고 있었습니다. 꽃과 시를 통해 삶을 이야기하고 있었습니다. 그러니까 이 글은 '꽃과 시'가 아닌 오롯이 '사람과 삶'에 관한 이야기입니다.

이 글을 엮으면서 풀꽃 같은 당신이 실은 오랫동안 제 안에 피어 있었다는 사실을 문득 깨닫습니다. 당신이 꽃 핀 만큼 세계가 깊어진다는 사실을 문득 깨닫습니다.

당신의 삶이 고단하고 쓸쓸하고 서러울 때, 사는 게 참 꽃 같다 싶을 때, 저의 글이 작으나마 위로가 될 수 있었으면 좋겠습니다.

2018년 가을 춘천에서
박제영 두손

차 례

사는 게 참 꽃 같아야

봄

목련 / 냉이꽃 / 벚꽃

찔레꽃 / 진달래 / 오랑캐꽃

민들레 / 할미꽃 / 모란

라일락 / 유채꽃 / 명자꽃

감꽃 / 앵두꽃 / 바람꽃

달맞이꽃 / 양귀비 / 박태기꽃

목련 봄이니까

"오! 내 사랑 목련화야 그대 내 사랑 목련화야 / 희고 순결한 그대 모습 봄에 온 가인과 같고 / 추운 겨울 헤치고 온 봄 길잡이 목련화는 / 새 시대의 선구자요 배달의 얼이로다"로 시작되는 「목련화」라는 가곡이 있지요. 봄에 온 가인(佳人)과 같은 꽃. 봄의 길잡이, 봄의 전령(傳令). 그 목련에 관해 이야기를 나누려고 합니다. 먼저 노래 한 곡 듣고 가지요. 양희은의 「하얀 목련」입니다.

> 하얀 목련이 필 때면
> 다시 생각나는 사람
> 봄비 내린 거리마다 슬픈 그대 뒷모습
>
> 하얀 눈이 내리던 어느 날
> 우리 따스한 기억들
> 언제까지 내 사랑이여라 내 사랑이여라

— 양희은 작사, 「하얀 목련」 부분

젖은 가지 위에 도드라지는
젖, 젖꼭지들
괜찮아
봄, 봄이니까
— 정운, 꽃 피는데 비

    목련을 주제로 한 노래 중에 최고의 노래를 꼽으라면 단연 「하얀 목련」이 아닐까 싶습니다. 헤어진 연인에 대한 회억(回憶)이 담긴 노랫말로 1980년대 수많은 사람들의 심금을 울리고 애창곡이 되었던 노래이지요. 우연의 일치일까요, 목련의 꽃말이 '이루지 못한 사랑'이니 말입니다.

    양희은 씨가 이 노랫말을 쓴 것은 지병이 악화되어 큰 수술을 앞둔 1982년 어느 봄날이라고 합니다. 당시 수술 결과에 따라서는 생명을 잃을 수도 있는, 생사의 갈림길에 선 그런 위중한 상황이었다고 하는데요, 마침 병실 창밖으로 봄 햇살을 받고 있는 하얀 목련이 눈에 들어왔다고 합니다. 하얗게 피었다 일순 하얗게 지고 마는 목련의 생애가 마치 자신의 삶을 보여주고 있는 것 같았다고…….

    목련을 「두란」이니 「목란」 「목필」 「영춘화」 「임란」이라고도 합니다.

목련꽃에는 빛깔이 흰 '백목련'과 자주빛의 '자목련'이 있습니다. 보통 목련이라고 하면 자목련을 가리키며, 백목련은 따로 「신이화」 「생정」 「백란」 「옥란」 「백련」이라고 합니다.

— 조동화(趙東華, 언론인, 월간 춤 발행인), 『꽃과 사랑의 전설』(열화당, 1981)

　매화가 지고 나면 기지개를 켜듯이 봉우리를 맺어 봄을 알리는 꽃이 목련인데요, 보는 사람에 따라 그 꽃의 모양이 다르게 보이는 모양입니다. 나무에 핀 연꽃 같다고 해서 누군가는 목련(木蓮)이라 부르고, 그 봉우리가 커다란 붓을 닮았다 해서 누군가는 목필(木筆)이라고 부르고, 또 누군가는 그 모습이 난꽃을 닮았다고 목란(木蘭)이라고도 부르고, 봄을 환영하는 꽃이라 하여 또 누군가는 영춘화(迎春化)라고 부르지요. 그 이름 어떻게 부르든 아무렴 어떻습니까. 봄 햇살이 얼음을 녹이면 거리마다 하얀 목련이 봉우리를 맺기 시작할 테고 우리는 그저 '목련꽃 그늘 아래서 베르테르의 편지'를 읽으면서 빛나는 봄을 맞이하면 될 일이지요.

> 목련꽃 그늘 아래서 베르테르의 편질 읽노라
> 구름꽃 피는 언덕에서 피리를 부노라
> 아 멀리 떠나와 이름 없는 항구에서 배를 타노라
> 돌아온 사월은 생명의 등불을 밝혀 든다
> 빛나는 꿈의 계절아
> 눈물 어린 무지개 계절아

— 박목월, 「사월의 노래」 부분

목련의 꽃봉오리가 막 피려고 할 때 그 끝이 언제나 북녘을 향한다는 사실을 아시는지요? 이런 이유로 목련을 북향화(北向花)라고도 하는데요, 목련의 꽃봉오리가 북녘을 가리키게 된 데는 슬프고 아픈 전설이 전해집니다. 목련의 꽃말이 '이루지 못한 사랑'이 된 것도 이 전설에 기인했을 겁니다.

먼 옛날 북쪽 바다의 신을 짝사랑한 하늘나라 공주가 있었는데 어느 날 궁을 빠져나온 공주는 수만 리 길을 걸어 마침내 북쪽 바다의 신을 찾아가지만, 아뿔싸 그에게는 이미 부인이 있었던 겁니다. 절망한 공주는 절벽 아래로 뛰어내려 목숨을 끊은 것인데요. 이를 가엾게 여긴 바다의 신은 공주의 시신을 양지 바른 곳에 묻어줍니다. 그런데 (죄책감 때문인지 모르겠지만) 바다의 신은 아무 죄도 없는 자기 부인에게 독약을 먹이고는 공주의 무덤 곁에 묻습니다. 뒤늦게 이 사실을 알게 된 하늘나라 왕은 가여운 두 여인의 넋을 달래려 두 무덤에 꽃을 피웠는데, 공주의 무덤에서는 하얀 백목련이, 부인의 무덤에서는 붉은 자목련이 피어났다고 하네요.

슬프고 아픈 전설이지요. 하얀 목련으로 피어난 공주가 여전히 북쪽 바다의 신을 잊지 못해 목련의 꽃봉오리가 북쪽을 향하고 있다고 하는데요, 억울하게 죽은 그 부인도 한이 맺혀 여전히 북녘을 향하고 있는 것은 아닌지 그런 생각도 듭니다. 곰곰 생각하면, 공주도 부인도 결국 사랑을 이루지 못한 것이니, 목련의 꽃말이 '이루지 못한 사랑'이 된 까닭을 알겠습니다. 봄이 오기 위해서는 추운 겨울을 견뎌야 하고, 꽃이 피기 위해서는 고통과 아픔을 견뎌야 한다는 선인들의 뜻이 담긴 전설이겠지요. 북향화에 관한 이야기를 꺼냈으니 북향화에 관한 시도 소개하는 게 좋겠지요.

아버지는 북이다 한 번도 북을 두드려보지 못하고 북을 향해 누웠다 나는 생전의 아버지 앞에서 한 번도 북을 위로 놓고 지도를 펴보지 않았다 북을 발밑에 깔고 남으로 서울을 지나 괴산, 충주를 손톱으로 눌렀다 피 묻히고 얼룩진 자리가 고향이 아닌가요, 나는 우기고 싶었지만 아버지는 북을 따뜻한 남쪽으로 그리워했다 형편없는 마당이었지만 목련은 피었다 목련은 남을 등지고 북으로만 꽃을 피웠다

— 한우진, 「북」 부분

한우진의 시, 「북」은 '목련과 북향화'라는 이미지와 전설을 차용하여 이산가족인 아버지의 한을 그려내고 있지요. 목련을 소재로 한 시와 노래가 참 많습니다만 그중에서 처연하고 슬픈 시를 하나만 꼽으라면 단연 한우진의 「북」이 아닐까 싶습니다.

저 미친 년, 백주에
낯이 환해 어쩔거나
오살 맞은 년
— 정병근, 목련

봄날 거리거리 골목골목 목련이 활짝 피어나고 환한 봄 햇살이 꽃잎에 반짝거리고 있을 때 당신은 그 꽃을 보면서 뭐라 할까요? 꽃을 아름다운 여자로 비유하는 것이야 특별할 것 없는 일이겠지만, 정병근 시인의 경우는 조금 특별합니다.

> 저 미친 년, 백주(白晝)에
> 낮이 환해 어쩔거나
> 오살 맞은 년
>
> ― 정병근, 「목련」 부분

글쎄 목련을 보면서 시인은 "저 미친 년"이랍니다. "오살 맞은 년"이랍니다. 물론 반어(법)이지요. 그 안에 이루지 못한 사랑의 회한과 한이 담겨 있으니, 죽어도 죽지 않고 꽃으로 살아나 영원히 사랑을 기다리는 것이니…… 그야말로 미친! 년이고 오살 맞은! 년이지요. 그래서 아프고 그래서 슬프지만 그래서 더욱 아픈 꽃, 목련입니다.

지금까지 목련이 피는 이야기만 했는데, 목련이 지는 모습은 어떨까요? 모든 꽃이 다 그렇겠지만 '피는 모습'은, '활짝 핀 모습'은 아름답기 마련이지요. 하지만 그 꽃이 지면, 꽃이 지는 모습은 어떤가요? 처량하고 쓸쓸하기 마련이지요. 그나마 여느 꽃들은 떨어져 뒹굴거나 나부끼는 모습이 제법 운치를 주기도 하지만, 목련은 조금 다릅니다. 하얀 순백의 꽃잎이 떨어져 땅에 닿는 순간 그 흰빛은 사라지고 검은 얼룩처럼 지저분하게 변하고 말지요. 땅에 떨어진 꽃잎 중에서 가장 흉하게 변하는 것이 목련이 아닐까 싶은데요, 복효근 시인의 밝은 눈은 이런 목련의 이미지를 놓치지 않습니다.

> 목련꽃 지는 모습 지저분하다고 말하지 말라
> 순백의 눈도 녹으면 질척거리는 것을
> 지는 모습까지 아름답기를 바라는가
> 그대를 향한 사랑의 끝이
> 피는 꽃처럼 아름답기를 바라는가
> … 중략…
> 타다 남은 편지처럼 날린대서
> 미친 사랑의 증거가 저리 남았대서
> … 중략…
> 피딱지처럼 엉켜서
> 상처로 기억되는 그런 사랑일지라도
> 낫지 않고 싶어라
> 이대로 한 열흘만이라도 더 앓고 싶어라
>
> — 복효근, 「목련 후기(後記)」 부분

"순백의 눈도 녹으면 질척거리는 것"이니 "목련꽃 지는 모습 지저분하다고 말하지 말"랍니다. "지는 모습까지 아름답기를 바라"지 말랍니다. "그대를 향한 사랑의 끝이 / 피는 꽃처럼 아름답기를 바라"지 말랍니다. 시인은 떨어져 뒤엉킨 목련 꽃잎들을 두고 "타다 남은 편지"라고 합니다. "미친 사랑의 증거"라고 합니다. "피딱지처럼 엉켜서 / 상처로 기억되는 그런 사랑일지라도 / 낫지 않고 싶"은 그런 마음, "이대로 한 열흘만이라도 더 앓고 싶"은 그런 마음이라고 합니다. 그러니 지저분하다고 함부로 말하지 말랍니다. 당신은 어떤지요?

> 흰 원피스 입고 비를 맞는
> 저기 백목련
> 젖은 가지 위에 도드라지는 젖, 젖꼭지들
> … 중략 …
> 자지러지는 어린애를 당겨 안았네 어린애를 달래던 시아버지 팽하
> 니 아랫목에 드러눕네 … 중략 … 저 퉁퉁 불은 젖꼭지 … 중략 …
> 괜찮아
> 봄, 봄이니까
>
> — 정온, 「꽃 피는데 비」 부분

　정온 시인의 「꽃 피는데 비」는 분명 불온하고 분명 불순하고 분명
야한데, 이상하게 하나도 불온하지 않고 하나도 불순하지 않고 하나도
야하지 않지요. 왜일까요……. 그래요, "봄, 봄이니까"요. 봄은 모든 것
이 생동하는 생명의 에너지가 가득한 계절이니까요. "자지러지는 어
린애"도, "팽하니 아랫목에 돌아누운 시아버지"도, 며느리의 "퉁퉁 불
은 젖꼭지"도, 그 사이에 감도는 팽팽한 긴장도…… "봄, 봄이니까"요.
그쵸? 목련 봉오리가 봉긋한 봄날. 그 옆의 마른 대추나무가 비를 맞
고 있는 봄날. 모든 생명이 아지랑이처럼 꿈틀거리는 봄날. 시인의 상
상력이 빚어내는 이 묘한 에로티시즘. 그야말로 한 편의 춘화(春畵)가
아닐는지요. 서재 한 켠에 걸어두고 싶은 그림입니다. 🌸

냉이꽃   <small>엄마도 한때 꽃이었다</small>

하얀 꽃이 있습니다. 손톱보다 작은 쌀알 같은 그래서 그냥 지나치기 십상이지만 봄날 산에 들에 하얗게 깔린 꽃. 봄날이면 꽃보다는 나물로, 냉이라는 나물로 사람들의 밥상 위에 올라 꽃보다 향을 먼저 전하는 꽃. 꽃보다 맛을 먼저 전하는 꽃. 너무 오랫동안 꽃을 버리고 나물로 살아왔으니 이제는 꽃보다 나물로 불리는 꽃. 아니 처음부터 나물로 불려야 했던 꽃. 냉이꽃입니다.

> 어머니는
> 봄나물 뜯어다가 보릿고개를 넘었다
> 들에 나는 잡초들
> 죽을 쑤고 무치고 국을 끓였다
>
> — 강문현, 「냉이의 얼굴은 똑같다」 부분

봄날이면 떠오르는 게 꽃이지요. 봄은, 봄날은 그래서 꽃피는 시절, 꽃시절이지요. 그 꽃피는 시절에 꽃이 되지 못한 꽃들이 있습니다. 바로 나물이라는 이름으로 불리는 꽃들입니다. 나물, 나물이라 부르지

이 작고 하얀 꽃을 꽃이 아닌 나물,
냉이라고 불렀다네

만 나물이라고 하는 것들이 처음부터 나물은 아니었지요. 그들도 알고 보면 꽃이었지요. 사람들이 식용으로 만들었을 뿐. 사람의 일용할 양식이 되기 위해 꽃이 되기도 전에 나물로 생애를 마치는 것은 순전히 사람의 뜻일 뿐. 나물도 사실은 꽃이었습니다. 옛날 우리 엄마들은 봄날이면 으레 밭으로 들로 산으로 나가 나물을 캤습니다. 냉이며 달래며 쑥이며 한 바구니 가득 나물을 캐어 와서 반찬이며 국으로 만들어 식구들 밥상에 올렸습니다. 그러고 보면 나물과 엄마는 닮은꼴이지요. 꽃이었으나 꽃이 되지 못하고 일생을 보낸 것이니 '나물과 엄마'는 다르면서도 같고 같으면서도 다른, 그렇게 닮은꼴이지요. 그래서 그런가요? 냉이는 꽃말('당신께 나의 모든 것을 드립니다')마저도 엄마를 닮았습니다. 세상에서 자기의 모든 것을 내주는 것은 오직 어미뿐이지요.

파꽃 같은 명옥씨, 냉이꽃 같은 명옥씨, 모진 세월 긴긴 세월 시들다 시들다 어느 봄이 꽃피는 계절이었던가 기억조차 시든 명옥씨, 더 지

기 전에 이 봄날 가기 전에 봄꽃 같은 시 하나 써주고 싶었는데, 개나리
꽃, 진달래꽃, 유채꽃, 함박꽃, 천지사방 꽃, 꽃, 꽃, 꽃이 폈어요 애꿎은
꽃만 부르다 엄마의 봄날은 갔다 미안하다 명옥씨

결혼 50주년 기념일 가족들 모여 읽어드렸더니
아들, 나 아직 청춘이야!

명옥씨, 꽃처럼 웃더라
우리 엄마, 꽃처럼 울더라

— 박제영, 「명옥씨」 전문

사실 냉이만큼 우리나라 사람들의 입맛을 돋우는 봄나물이 또 있을
까요? 냉이꽃은 몰라도 냉이의 향을 모르는 사람이 어디 있을까요? 흙

파꽃 같은 명옥씨, 냉이꽃 같은 명옥씨
엄마의 봄날은 갔다 미안하다 명옥씨

냄새가 배어나는 봄날 냉이된장국을 한 번이라도 먹어본 사람이라면 말입니다. 아, 이 대목에서 떠오르는 소설이 있습니다. 냉잇국을 먹어 보지 못한 사람이라도 한 번은 먹고 싶게 만드는 대목이 있지요. 김훈의 「남한산성」. 병자호란 당시 남한산성에 갇힌 인조와 대신들 그리고 백성들. 그 치욕의 날을 그린 소설인데, 소설에 보면 냉이를, 냉잇국을 언급한 이런 대목이 나옵니다.

> 임금과 신료들, 백성과 군병과 노복들이 냉잇국에 밥을 말아 먹었다. 언 땅에서 뽑아낸 냉이 뿌리는 통째로 씹으면 쌉쌀했고 국물에서는 해 토머리의 흙냄새와 햇볕 냄새가 났다. 겨우내 묵은 몸속으로 냉이 국물은 체액처럼 퍼져서 창자의 먼 끝을 적셨다. 쌀뜨물에 토장을 풀어 냉이 뿌리를 끓인 다음 고춧가루를 한 숟갈 뿌렸는데, 도살장 계집종의 솜씨와 수라간 상궁의 솜씨가 다르지 않았다. 태평성대에는 냉잇국에 모시조개 서너 마리를 넣었는데, 정축년 정월의 남한산성 안에는 모시 조개가 없었다. 냉잇국을 넘기면서 임금은 중얼거렸다. 백성들의 국물에서는 흙냄새가 나는구나…….
>
> ─ 김훈 소설, 「남한산성」 중에서

냉이를 지역에 따라 나새이, 나생이, 나숭게, 나싱게라고도 부르는데, 나물의 어원인 '나마새 혹은 남새'와 무척 닮았다는 게 흥미롭습니다. 우리 조상들에게 최초의 나물은 냉이가 아니었을까요. 냉이는 나물 그 자체가 이름이 되어버린 꽃일 수도 있겠다 싶습니다. 강원도가 고향인 저도 어릴 적에는 냉이라는 말보다 나생이라는 말을 자주 들었는데요, 어느새 머언 먼 날의 흐린 기억으로만 남았는데요, 김선우의 시가 그때 그 시절을 떠올리게 합니다.

> 나생이꽃 피어 쇠기 전에
> 철따라 다른 풀잎 보내주시는 들녘에
> 늦지 않게 나가보려고 조바심을 낸 적이 있다
> 아지랑이 피는 구릉에 앉아 따스한 소피를 본 적이 있다
>
> 엄마도 할머니도 순이도 나도
> 그 자그맣고 매촘하니 싸아한 것을 나생이라 불렀는데
>
> — 김선우, 「나생이」 부분

어떤가요? 나새이 나생이 부르다 보면 그때 그 시절이 떠오르는지요? 그 짜릿한 요기가 느껴지시는지요?

> 냉이는 잔뿌리까지 먹는 거여……
>
> 대충 먹는 냉잇국 하얀 김이 어룽대는데
> 세상 입맛 살맛 다 달아난 어느 겨울 끝
> 두고두고 나를 푸르고 아프게 깨울 것이다
> 차마 먹지 못한 당신의 그 실뿌리 하나
>
> — 복효근, 「냉이의 뿌리는 하얗다」 부분

참 신기합니다. 냉이꽃을 이야기하려고 했던 것인데 결국 나물 얘기를 하게 되고, 나물을 얘기하다 보면 어느새 엄마 얘기를 하게 되는 것

이니 말입니다. 그러니 냉이를 소재로 한 시마다 엄마가 등장하는 것은 어쩌면 당연한 일인지도 모르겠습니다.

봄날은 갔지만 엄마도 한때 꽃이었다는 것을, 아니 엄마도 꽃이라는 사실을 떠올리다가 공연히 엄마가 끓여준 냉이된장국이 그리워지는, 아니 "냉이는 잔뿌리까지 먹는 거여" 냉잇국 먹여주시던 엄마가 "나를 푸르고 아프게 깨우는" 참 서러운 날입니다. 냉이꽃. 이제는 엄니꽃이라 불러야겠습니다. 🌹

벚꽃
봄은 얼마나 야한가

벚꽃의 꽃말은 '순결, 절세미인'입니다. 기독교의 영향을 받은 까닭이겠지요. 일본에서는 벚꽃이 '부와 번영'을 가져온다고 믿는다는데요, 화투에서 3월의 패에 그려져 있는 꽃이 바로 벚꽃이지요. 고려 때 부처님의 힘을 빌려 몽고군을 막기 위해 만든 팔만대장경. 그 팔만대장경을 새기는 데 쓰인 목재도 산벚나무라는 기록이 있고, 조선시대에는 벚나무 껍질(화피)이 활을 만드는 데 쓰였다는 기록도 있는데요, 세종실록과 난중일기에도 화피와 활에 관한 기록이 전해집니다.

요즘은 목재보다는 관상을 위해, 봄날 한바탕 벌이는 벚꽃축제, 벚꽃놀이를 위해 전국 지자체마다 앞 다퉈 벚꽃 거리를 조성하고 있지요. 벚꽃이 축제가 되고 놀이가 될 수 있는 까닭은 만개한 벚꽃이 그만큼 화려하고 아름답기 때문이겠지만, 무엇보다 다른 꽃과 달리 피는 모습만큼이나 지는 모습조차 화려하고 아름답기 때문이 아닐까 싶은데요. 아닌가요?

벚꽃 흐드러졌다고 아내가 꽃구경 가잔다

꽃비가 내린다

꽃비에 젖었으니 누군들 속살을 내어주지 않으랴

꽃잎 같은 속살들이

살랑살랑 꼬리를 흔드는 봄은

환하다

환장할!

봄은 얼마나 야한가

속절없이 바람 든 속내를 들킬까 싶어

배고프다 그만 가자

딴청을 피워보는데

빳빳하게 솟구쳐 있는 그것.

벚나무도 뜨겁게 솟구치는
제 속을 받아내는지
펑펑
눈부신 소리로
꽃을 뱉어냈다

-강미정, 벚나무

예쁘다! 저 꽃 좀 보세요

슬며시 손을 잡는 당신
꽃 좀 보라고 저 꽃 좀 보라고

— 박제영, 「꽃 좀 보세요」 전문

4월이면 만개해서 살랑살랑 봄바람에 꽃비처럼 꽃잎을 흩뿌려 마음을 홀리는 벚꽃. 벚꽃 흐드러졌는데 꽃구경 안 가고 배길 사람은 아마도 없겠지요. 벚꽃. 요염하고 요망한, 환장할, 그래도 예쁜, 그래서 예쁜, 참 야한 꽃입니다. 벚꽃이 흐드러져야 정말 봄이 실감이 나는 법이지요.

봄날 벚꽃놀이 갔다가 꽃 대신 화사하게 차려입은 처녀, 벚꽃 같은 엉덩이를 꽃처럼 흔들며 가는 봄 처녀한테 눈을 돌리는, 그러니까 제사보다는 젯밥에 눈을 돌리는 중년의 엉큼한 속내를 그림으로 그린다면 어떤 그림이 나올까요. 신윤복이나 김홍도의 그림에 자주 등장하는 사내들이 있지요? 담장 뒤에서 바위 뒤에서 색시들 몰래 훔쳐보는 사내들 말입니다. 졸시 「꽃 좀 보세요」는 그런 봄날의 야한 풍경[春畵]을 그려보고 싶었던 것인데요, 생각만큼 잘 된 것인지는 모르겠습니다. 그러니 제대로 된, 봄날의 야한 풍경을 제대로 그린 시를 하나 소개할까 합니다. 강미정 시인의 「벚나무,」입니다.

한 번은 옆 침대에 입원한
환자의 오줌을 받아 주어야 했다

환자는 소변기를 갖다대기도 전에 얼굴이 뻘개졌다
덮은 이불 속에서 바지를 내리자
빳빳하게 솟구쳐 있는 그것,
나도 얼굴이 빨개졌다
이불 속에서 소변기를 걸쳐놓고
그것을 잡고 오줌을 눌 때까지 기다려야 하나,
말아야 하나…… 무안한 눈은
창 밖 벗나무 가지 위로 오르는데
벗나무도 뜨겁게 솟구치는 제 속을 받아내는지
펑펑 눈부신 소리로 꽃을 뿜어냈다

— 강미정, 「벚나무」 부분

　병실 창밖으로 우뚝 솟은 벚나무를 보면서 시인은 환자의 "빳빳하
게 솟구쳐 있는 그것"이라 합니다. 아, 그 반대이던가요. 아무튼요. 벚
꽃 피는 봄은 만물이, 그중에서도 에로티시즘이 생기(生氣)와 맞닿는
계절이지요. 강미정 시인의 시 속 가득한 봄이, 에로틱한 생기가 느껴
지는지요. 그래요. 시인이든 아니든 그 누구든 봄에(을) 취한다는 것은
얼마나 야한 상상인가요!

　한편, 벚꽃 지는 것을 보면서 인생을, 일생을 관조하는 시들도 많은
데요. 그중에서 한 편을 골라봤습니다. 마경덕 시인의 「꽃이 지는 속
도」라는 시입니다.

　며칠만 더 버텨달라는 당부에 꽃의 속도가 들어있다

꽃비가 내린다
환하다
환장할!
봄은 얼마나 야한가

축제가 지고 있다는 쓸쓸한 저 말은
꽃잎으로 불을 켠 허공이 어두워진다는 것,

한 해를 준비한 캄캄한 하늘이 며칠 흰빛으로 환하더니
서둘러 소등消燈을 한다는 소식

— 마경덕, 「꽃이 지는 속도」 부분

  화무십일홍(花無十日紅)을 떠올리며 이런저런 생각을 하게 만들지
않나요? "꽃잎으로 불을 켠 허공이 어두워진다" 저는 이 문장 앞에서
한참을 머물렀더랬는데요. 아직도 살아야 할 날이 제법 많이 남았다고
여유부릴 형편이 아닐 수도 있겠구나. 어쩌면 생각보다 빠르게 서둘러
소등하게 될지도 모르겠구나. 내 인생의 봄은 어쩌면 벌써 다 지났는
데 여름 지나 가을에 접어들고 있는데, 아직도 철모르고 사는구나. 마

침내 그런 생각에 닿더군요. 공연히 우울하고 쓸쓸한 이야기를 늘어놓았나요? 그렇다고 너무 염려할 것은 없습니다. 좀 더 깊이, 곰곰 생각하면, 꽃의 일생도, 사람의 일생도 유한한 삶이라서 절실한 것이고, 그 절실함 속에 아름다움이 빛을 발하는 것일 테니까요.

심각한 이야기는 이쯤해서 끝내고 다시 봄날로, 생기가 도는 봄날로 돌아가겠습니다. 벚꽃나무를 보면서 꽃놀이를 하고 싶은 게 아니라 발로 걷어차고 싶어진다는 시인이 있습니다. 유홍준 시인입니다.

> 그동안 내가 배운 것은 깡그리 다 엉터리, 그저 만개한 벚꽃나무를
> 보면 나는 걷어차고 싶어진다 세일로 파는 다섯개들이 라면 한 봉지를
> 사서 들고 허적허적 돌아가는 길, 내 한 쪽 손잡은 딸아이가 재밌어서
> 즐거워서 자꾸만 한 번 더 걷어차 보라고 한다
>
> — 유홍준, 「벚꽃나무」 부분

시를 읽으면서 저는 자꾸만 웃음이 나옵니다. 웃을 상황은 아닌데 말이지요. 만개한 벚꽃나무를 발로 차는 아빠의 불편한 심사(心思)와 아빠가 발로 찰 때마다 화르르 화르르 날리는 꽃잎이 그저 재밌어서 즐거워서 자꾸만 한 번 더 걷어차 보라고 하는 어린 딸의 고운 심정이 대비를 이루는데…… 이를 두고 웃어야 할지 울어야 할지 참 묘한 상황이지요. 우리네 가난한 서민들의 사는 모양새가 어쩌면 다 그런 게 아닌가 싶습니다.

애꿎은 벚꽃에 대고 화를 풀고 있는, 불편한 심사를 풀고 있는 또

한 편의 시가 있는데요. 지리산 자락에 터를 잡은 박남준 시인의 「봄날은 갔네」입니다.

> 봄비는 오고 지랄이야
> 꽃은 또 피고 지랄이야
> 이 환한 봄날이 못 견디겠다고
> 환장하겠다고
> 아내에게 아이들에게도 버림받고 홀로 사는
> 한 사내가 햇살 속에 주저앉아 중얼거린다
>
> — 박남준, 「봄날은 갔네」 부분

봄이라고 꽃 좀 피웠을 뿐인데 졸지에 날벼락을 맞은 형국이지요. 그런데 아마 벚꽃도 이해해주지 않을까 싶기도 하네요. 수많은 사람들이 꽃놀이로 즐거울 때 그깟 한두 사람 푸념이야 못 들어주겠습니까. 봄눈 녹듯 금방 녹을 심사려니 하고 말이지요.

박남준 시인의 시에 등장하는 '십리 벚길'은 전라도와 경상도를 가로지르는 화개장터에서 구불구불 화개천을 따라 쌍계사 초입까지 이어진 길인데요, 벚꽃이 만개하는 4월이 되면 꽃구경 온 사람들로 북새통을 이룹니다. 이 십리 벚꽃길이 유명해진 이유는 젊은 남녀가 벚꽃 터널을 걸으며 꽃비를 함께 맞으면 사랑이 이루어진다는 전설 때문이지요. 그래서 '혼례 길목'으로 불리기도 하고요.

혼자 사는 시인이 젊은 남녀의 그 꼴을 보고 있으려니 아무래도 부아가 난 게 아닐까 싶기도 하겠지만, 실은 역설이지요. 시인 역시 꽃구경 하려고, 좋아라 십리 벚꽃길 찾아 나선 게 아니겠습니까. "봄비는 오고 지랄이야" 이 말의 속뜻은 그러니까 "좋아서 환장하겠네" 뭐 이런 정도의 마음이 아닐까 싶네요.

의암호 버드나무에도 생기가 돌고 벚꽃 흐드러지는 계절에, 봄의 햇볕이 봄눈 녹이듯 지난겨울의 깊은 상처들을 치유해 주었으면 좋겠습니다. 🌸

찔레꽃
벙어리처럼 하얬어라얘

하얀 꽃 찔레꽃 / 순박한 꽃 찔레꽃 / 별처럼 슬픈 찔레꽃 / 달처럼 서러운 찔레꽃 / 찔레꽃 향기는 너무 슬퍼요 / 그래서 울었지 / 목놓아 울었지

장사익의 「찔레꽃」이라는 노래를 아시는지요? 하얀 꽃 찔레꽃. 그 하얀 향기를 맡아보셨는지요?

동아일보에 연재되던 「식물세시기(植物歲時記)」란 칼럼의 1958년 5월 29일자를 보면 찔레꽃에 관해 이렇게 얘기하고 있습니다. 전쟁의 상흔이 아직 채 가시지 않은, 아직은 보릿고개를 넘어야 했던, 그 시절의 이야기라 그런지 글의 느낌이 지금과는 사뭇 다른데요, 찔레에 대한 사연을 읽으면서 옛 정취도 함께 느껴보시지요.

숨가쁜 보릿고개에 찔레꽃이 핀다. 찔레꽃이 필 무렵이면 친정집에 도 가지 말라고 했다. 아, 안타깝게 하이얀 찔레꽃. 보리밭은 아직도 푸르고 푸르다. / 찔레꽃은 향기롭다. 대개 보릿고개는 가물어서 찔레냄

찔레꽃은 하얬어라
벙어리처럼 하얬어라
눈썹도 없는 것이
꼭 눈썹도 없는 것이
찔레나무 덤불 아래에서
오월의 뱀이 울고 있다

—송찬호, 찔레꽃

새가 더 순수해지는 것이다. 장미족의 자랑은 가시와 향기. / 이때면 칡
순도 한 뼘쯤 뻗는다. 탐스러운 칡순 같은 찔레순을 아이들은 꺾어먹
는다. 연한 찔레순은 달다. 항상 시장해지는 보릿고개의 아이들은 이
걸로도 흡족하다. 허나 찔레나무 밑창에는 독사가 도사리고 있다. 아
이들은 이놈이 흉년보다도 더 무서운 것 같다. / '찔레'라는 계집아이의
이름이다. 공녀(貢女)로 팔려간 불쌍한 소녀의 이름이다. 암만 좇아가
도 따를 수 없이 그래도 흰 모래밭 위에 붉은 해당화로 변하여 버렸다
는 애달픈 소년의 단 하나의 누나의 이름이다. 그래서 바람이 불면 "찔
레! 찔레!" 그 부르는 소리 때문에 눈물처럼 찔레는 꽃잎을 떨친다는
이야기가 아니냐. / 물론 찔레란 이름이 꼭꼭 찌르는 가시 때문에 생겨
진 것임에 틀림없겠는데 찔레꽃을 따로 「들장미」니, 「지뤼」니, 「황소나
물」이라고도 한다. / 찔레나무의 푸른 열매는 가을에 가야 붉게 익는다.
이 굳은 열매는 설사약으로 쓰이며 또 몇 가마니씩을 밭에 뿌려서 서
양장미 접목의 침목용으로도 쓴다.

— 조동화, 「식물세시기_찔레꽃」(동아일보, 1958년 5월 29일字) 전문

초여름 산야 가득 찔레꽃이 하얀 꽃천지를 만들면 해변으로는 해당
화가 피어 붉은 꽃천지를 이루지요. 그렇게 오누이꽃, '찔레와 해당화'
는 서로를 그리워하지요. 고려 충렬왕 때 공녀가 되어 원나라로 팔려
간 누이 '찔레'를 쫓아가다 마침내 바다에 가로막혀 더는 못가고 그저
"찔레! 찔레!" 누이의 이름을 부르다 해변에서 외롭게 죽어간 남동생
은 붉은 해당화가 되었다지요. 먼 훗날 고향으로 돌아와 남동생을 찾
아 이 산 저 산을 헤매던 '찔레'도 어느 골짜기에서 그만 죽고 말았다
지요. 그 자리에 하얀 찔레꽃이 피었다지요. 산속에 찔레꽃 피면 바닷
가에 해당화 피고, 바닷가에 해당화 피면 산속에 찔레꽃 피는 까닭이
라지요. 오누이의 그리움과 한이 맺혀 한 계절에 피는 꽃이 되었지만,
한 계절에 피었어도 결국 만나지 못하는 얄궂은 운명의 오누이 꽃. 찔
레꽃과 해당화는 그래서 슬픈, 그래서 아픈 꽃입니다.

이런 슬픈 찔레꽃 전설을 알고 썼는지 아닌지 모르겠지만, 읽다보면
찔레꽃 전설이 애잔하게 스미어 읽는 이로 하여금 저절로 가슴 저미게
하는 시가 있습니다. 오월 그리고 찔레꽃 하면 떠오르는 대표적인 시
가 아닐까 싶은데요, 송찬호 시인의 「찔레꽃」입니다.

읍내 예식장이 떠들썩했겠다 신부도 기쁜 눈물을 흘렸겠다 나는 기
어이 찔레나무 숲으로 달려가 덤불 아래 엎어놓은 하얀 사기 사발 속
너의 편지를 읽긴 읽었던 것인데 차마 다 읽지는 못하였다

세월은 흘렀다 타관을 떠돌기 어언 이십수 년, 삶이 그렇게 징 소리
한 번에 화들짝 놀라 엉겁결에 무대에 뛰어오는 거, 어쩌다 고향 뒷산

그 옛 찔레나무 앞에 섰을 때 덤불 아래 그 흰빛 사기 희미한데

예나 지금이나 찔레꽃은 하어라 벙어리처럼 하어라 눈썹도 없는 것
이 꼭 눈썹도 없는 것이 찔레나무 덤불 아래에서 오월의 뱀이 울고 있다
— 송찬호, 「찔레꽃」 부분

조동화 선생의 글에서도 나왔지만, 보릿고개를 넘어야 했던 그 시
절, 배고픈 아이들은 찔레 순을 꺾어 먹었다지요. 그 시절 어머니들은
아이들이 찔레 순을 꺾다가 혹여 뱀한테 물리기라도 할까봐 찔레나무
덤불 아래 깨진 사기그릇들을 버렸다고 하지요. 뱀을 쫓으려고 뱀이
오지 못하게 말입니다. 찔레꽃과 뱀과 사기그릇이 지닌 그때 그 시절
의 향수, 그리고 찔레꽃의 슬픈 전설처럼 아련한 첫사랑과 이별이 겹
쳐지면서 저도 모르게 눈물 한 방울 찔끔 흘리는 것인데요, 당신은 어
떤가요?

찔레꽃 하면 어쩌면 동요, 「찔레꽃」을 떠올릴지도 모르겠습니다.
"엄마 일 가는 길에 하얀 찔레꽃 / 찔레꽃 하얀 잎은 맛도 좋지 / 배고
픈 날 가만히 따 먹었다오 / 엄마 엄마 부르며 따 먹었다오" 하며 어릴
때 부르던 동요 말입니다. 찔레꽃 찔레꽃 그 말 속에는 첫사랑에 대한
향수와 오누이의 이별이라는 아픔도 담겨있지만 '엄마, 엄마'도 담겨
있지요. 배고픈 시절, 자식의 주린 배를 채우기 위해 새벽부터 밤늦도
록 일을 나가야 했던 우리네 엄마. 꽃 피는 봄날, 이제는 지고 없는, 찔
레꽃 같은 그 엄마를 그리워하는 시가 있습니다. 우대식 시인의 「오리
(五里)」입니다.

五里만 가면 반달처럼 다사로운

무덤이 하나 있고 햇살에 겨운 종다리도

두메 위에 앉았고

五里만 가면

五里만 더 가면

어머니, 찔레꽃처럼 하얗게 서 계실 것이다

— 우대식, 「五里」 부분

"五里만 더 가면 / 어머니, 찔레꽃처럼 하얗게 서 계실 것이다"라고
했는데요, 과연 시인은 찔레꽃 같은 어머니를 만날 수 있을까요? 오 리
만 더 가면 되는데, 오 리만 더 가면 되는데, 어쩌면 영영 닿을 수 없을
것 같은 이 가슴 졸이는 느낌은 무엇일까요? 찔레꽃 향기가 엄마의 향
기처럼 지척에서 지척으로 번져오는데 영영 닿을 수 없을 것 같은 서

별처럼 슬픈 찔레꽃
달처럼 서러운 찔레꽃
찔레꽃 향기는 너무 슬퍼요
그래서 울었지
목놓아 울었지

─ 장사익, 찔레꽃

러운 이 느낌은 무엇일까요? 가깝고도 먼 오 리. 그렇게, 그래서 서러운, 「五里」입니다.

아참, 찔레꽃은 대체로 하얀 꽃입니다. 가끔은 아주 가끔은 연홍색 꽃도 보이긴 합니다만 대개는 하얀 꽃이지요. 그런데 찔레꽃을 붉다고 하는 노래가 있습니다. "찔레꽃 붉게 피는 남쪽나라 내 고향 / 언덕 위에 초가삼간 그립습니다" 이렇게 시작되는 노래를 기억하실는지요. 1941년에 만들어져 가수 백난아가 불렀던 「찔레꽃」이라는 노래입니다. 하얀 찔레꽃을 왜 붉게 핀다고 했을까요? 자료를 찾아보니 백난아 씨의 고향이 제주였다고 합니다. 어릴 때 만주로 이주했다가 다시 청진으로 옮겨 그곳에서 자랐다고 하네요. 그런 까닭에 이 노래가 실은 머나먼 타국 북간도에서 고향인 제주를 그리워하는 내용이라고 하는데요, 하얀 찔레꽃이 산 너머 붉은 노을을 따라 붉게 번질 때면 고향이 더욱 그리워 사무치지 않았을까요? 그런 심정을 담은 것이겠지요. 그런 정황과 풍경을 담아서 아마도 찔레꽃 붉게 핀다고 하지 않았을까 싶습니다. 그러니 오해하지 마시기 바랍니다. 찔레꽃은 일반적으로 하얀 꽃이랍니다.

고향, 찔레꽃 피는 고향. 그러면 떠오르는 시가 또 하나 있는데요. 이용악 시인의 시, 「우라지오 가까운 항구에서」입니다. 함경북도 경성에서 태어난 이용악 시인은 자신을 비롯하여 일제 강점으로 가족이 해체되고 만주 등지로 떠돌며 살아야 했던 우리 민족의 비극적 현실과 한(恨)을 서정적으로 형상화했던 시인이지요.

걸어온 길가에 찔레 한 송이 없었대도
나의 아롱범은
자욱 자욱을 뉘우칠 줄 모른다.
어깨에 쌓여도 하얀 눈이 무겁지 않고나.

철없는 누이 고수머릴랑 어루만지며
우라지오의 이야길 캐고 싶던 밤이면
울 어머닌

서투른 마우재 말도 들려주셨지.
졸음졸음 귀 밝히는 누이 잠들 때꺼정
등불이 깜빡 저절로 눈 감을 때꺼정

다시 내게로 헤여드는
어머니의 입김이 무지개처럼 어질다.

··· 중략 ···

머리에 어슴푸레 그리어진 그곳
우라지오의 바다는 얼음이 두껍다.

등대와 나와
서로 속삭일 수 없는 생각에 잠기고
밤은 얄팍한 꿈을 끝없이 꾀인다.

가도 오도 못할 우라지오.

— 이용악, 「우라지오 가까운 항구에서」 부분

우라지오(블라디보스토크), 아롱범(표범), 마우재 말(러시아 말) 같은, 읽기에 조금 어려운 부분이 있긴 하지만, 동토의 땅 시베리아 블라디보스토크 항구에서 고향을 그리워하는 시인의 마음을 읽는 데는 무리가 없겠지요. 고단하고 암울했던 그 시절, 가수나 시인이나 고향 하면 떠오르는 꽃이, 고향이 그리울 때면 떠오르는 꽃이, 찔레꽃이었던 모양입니다. 지천에 흔한 꽃이기도 했겠지만, 배고픈 시절 그 순을 따먹던 기억이 짙게 배인 까닭도 있겠지만, 아무래도 그 이름, 찔레. 고향에 두고 온 첫사랑 계집아이 같은 그 이름. '찔레'라는 순박한 이름 때문이 아닐까 싶기도 합니다.

오월. 봄날은 가고 여름이 오는 사이. 그 사이로 서럽고 슬픈 향을 하얗게 풀어내는 꽃. 그 하얀 향이 지기 전에 찔레꽃 보러 장사익의 찔레꽃을 들으면서 정선 아우라지를 한 번 다녀와야겠습니다.

찔레꽃처럼 울었지 / 찔레꽃처럼 노래했지 / 찔레꽃처럼 춤췄지 / 찔레꽃처럼 사랑했지 / 찔레꽃처럼 살았지 / 찔레꽃처럼 울었지 / 당신은 찔레꽃.

진달래 너무도 슬픈 사실

옛날부터 우리나라에서는 3월 3일 화전(花煎) 놀이로, 진달래꽃을 따서 찹쌀가루에 섞어 참기름에 지져 먹었습니다. / 역시 두견전병(杜鵑煎餅)이라고 하여 진달래꽃을 듬성듬성 박아서 만든 전병이 있었고, 두견주(杜鵑酒)라고 진달래꽃을 넣어서 빚은 술이나, 두견채라고 하여 진달래꽃에 녹말을 씌워 약간 데쳐서 찬 물에 넣었다가 꿀물에 넣은 화채도 있었습니다만, 왜 그런지 요즈음은 이런 정서(情緖) 있는 풍속들이 점점 없어져 갑니다. … 중략 … 진달래는 진달래과(石南科)의 식물로서 우리나라에 39종이 있습니다. / 이 꽃은 남으로 제주도 한라산(漢拏山)에서 북으로 백두산, 그리고 옛 우리의 영토(領土)였던 만주에 이르기까지 피어 있는데, 꽃의 품(品)이 젊고, 뭇 꽃들이 피기 전에 먼저 꽃피는 선구자(先驅者)적인 것이 좋아서, 우리나라의 국화(國花)로서 삼는 것이 어떨까 하는 학자들의 의견이 나왔던 일도 있습니다.

— 조동화, 『사랑의 꽃 이야기』(영민사, 1973)

"봄이 오면 산에 들에 진달래 피네 / 진달래 피는 곳에 내 마음도 피어 / 건너 마을 젊은 처자 꽃 따러 오거든 / 꽃만 말고 이 마음도 함께

두견이 울면 꽃이 피네
삼월, 구강에 두견이 날아와
한 번 울면 꽃도 하나 피네
- 백거이, 원구에게 보내는 산석류

따가 주~~" 김동환의 시에 김동진이 곡을 붙인 가곡, 「봄이 오면」이지요. 봄이 오면 온 산에, 한라에서 백두까지 아니 먼 옛날 우리의 영토였던 만주까지 삼천리금수강산, 뭇 꽃들이 피기 전에 먼저 꽃을 피우는 진달래가 있습니다.

진달래는 두견화(杜鵑花), 산척촉(山躑躅), 산석류(山石榴), 참꽃, 산철쭉 등으로 불리기도 하는데요, 당나라 때 백거이(白居易)가 친구 원구(元九)에게 보낸 시편들 중에서, 「산석류기원구」(山石榴寄元九-원구에게 보내는 산석류)에 이런 구절이 나옵니다.

산석류를(山石榴)
산척촉이라 부르기도 하고(一名山躑躅)
두견화라고 부르기도 한다네(一名杜鵑花)

두견이 울 때마다 꽃이 활짝 피는데(杜鵑啼時花撲撲)

구강의 삼월에 두견이 날아와(九江三月杜鵑來)

한 번 울 때마다 한 가지씩 꽃을 피운다네(一聲催得一枝開)

그러니까 당나라 이전 이미 오래전부터 진달래가 산석류, 산척촉, 그리고 두견화로 불렸다는 것이지요. 이와 관련해서 중국에서는 이런저런 이야기가 전해지고 있는데요, 위(魏)나라에게 나라를 빼앗긴 촉(蜀)의 망제(望帝) 두우(杜宇)에 관한 전설은 그중 하나입니다.

나라를 잃고 망명객이 된 두우는 반드시 돌아가리라, 나라를 되찾으리라, 와신상담 이를 갈았는데요, 뜻을 이루지 못한 채 안타깝게도 객사하였다고 합니다. 억울하게 죽은 탓에 원귀가 된 두우가 구천을 떠돌다 한 마리 새로 변했는데, 후세 사람들이 두우의 이름을 붙여 두견새라 불렀다고 합니다. 원한에 사무친 두견새가 "귀촉! 귀촉! 귀촉도!" 촉나라로 돌아가리라(歸蜀)! 하면서 밤낮없이 피를 토하며 우는 것인데, 그 피가 스며들어 선홍빛 꽃이 피었으니 그게 바로 진달래라고⋯⋯.

두견새를 귀촉도(歸蜀道) 혹은 귀촉도불여귀(歸蜀道不如歸)라고 부르고, 진달래를 두견화라고 부르는 까닭은 그런 전설에 기인한 것이고, 백거이가 "두견이 한 번 울면 진달래 가지에 꽃 하나 핀다(一聲催得一枝開)"고 노래한 것도 그런 까닭이겠지요.

산척촉(山躑躅)이란 이름은 산에 피는 척촉(躑躅)이란 뜻입니다. 척

촉은 글자 그대로, 가던 걸음을 머뭇거리게(躑躅)할 만큼 아름다운 꽃이란 뜻으로 '철쭉'을 가리키는 말인데요, 철쭉이란 이름이 바로 척촉에서 연유되었다는 설도 있습니다.

그런데 철쭉과 진달래는 그 모양새가 무척 닮았지만, 닮았을 뿐 엄연히 다른 꽃입니다. 이 산 저 산 진달래가 피고 지면, 철쭉이 뒤를 이어 피는 것이지요. 진달래는 먹을 수 있어서 '참꽃', 철쭉은 먹을 수가 없어서 '개꽃'이라 불렀지요. 진달래는 꽃이 먼저 피었다 꽃이 지면서 잎이 나오는데, 철쭉은 잎보다 먼저 혹은 잎과 함께 꽃이 핍니다. 그렇게 진달래와 철쭉은 닮은 듯 다른 꽃이랍니다.

서두에 인용한 조동화 선생의 글에서 진달래를 "뭇 꽃들이 피기 전에 먼저 꽃피는 선구자(先驅者)적"인 꽃이라 했지요. 진달래를 정말로 선구자로 비유한 시가 있습니다. 월북 시인 박팔양의 「너무도 슬픈 사실」이라는 시인데요, 남녘에 김소월의 진달래가 있다면 북녘에는 박팔양의 진달래가 있다고 할 수 있지 않나 싶습니다.

> 날더러 진달래꽃을 노래하라 하십니까
> 이 가난한 시인더러 그 적막하고도 가녈픈 꽃을
> 이른 봄 산골짜기에 소문도 없이 피었다가
> 하로 아침 비바람에 속절없이 떨어지는 그 꽃을
> 무슨 말로 노래하라 하십니까
>
> 노래하기에는 너무도 슬픈 사실이외다
> 백일홍같이 붉게 붉게 피지도 못하는 꽃을

날더러 진달래꽃을 노래하라
하십니까 이 가난한 시인더러
그 적막하고도 가렬픈 꽃을
이른 봄 산골짜기에 소문도 없이
피엿다가 하루 아침 비바람에
속절없이 떨어지는 그 꽃을
뭇소 말로 노래하라 하십니까

— 박팔양, 너무도 슬픈 사실

국화와 같이 오래오래 피지도 못하는 꽃을
모진 비바람 만나 흩어지는 가엾은 꽃을
노래하느니 차라리 붙들고 울 것이외다

… 중략 …

찬바람 오고가는 산허리에서 오히려 웃으며 말할 것이외다
'오래오래 피는 것이 꽃이 아니라
봄철을 먼저 아는 것이 정말 꽃이라'고

— 박팔양, 「너무도 슬픈 사실 — 봄의 선구자 '진달래'를 노래함」 부분

박팔양 시인이 1930년 『학생』誌에 발표한 작품인데요, 김소월의
「진달래」와는 사뭇 다른 느낌의 '진달래'이지요. "오래오래 피는 것이

꽃이 아니라 / 봄철을 먼저 아는 것이 정말 꽃"이라는 대목에서는 비장함마저 느껴집니다. 일제의 수탈 속에서 독립을 위해 싸우다 스러져간 숱한 선구자들, "하로 아침 비바람에 속절없이 떨어지는 그 꽃"들을 노래하고 있는 것인데요, 당신의 느낌은 어떤가요?

박팔양의 진달래를 읽다보면 또 떠오르는 노래가 있습니다. 1980년대 해마다 4월 19일이 되면 수유리 4·19탑까지 행진하면서 부르던, 자욱한 최루탄 연기 속에서 부르던 노래. 네. 이영도 시인의 시, 「진달래 - 다시 4·19날에」입니다.

> 눈이 부시네 저기,
> 난만(爛漫)히 멧등마다,
> 그날 스러져 간
> 젊음 같은 꽃사태가,
> 맺혔던 한이 터지듯
> 여울여울 붉었네.
>
> ─ 이영도 「진달래 ─ 다시 4·19날에」 부분

4월 혁명에 스러져간 젊은이들을 진달래의 꽃사태로 비유한 것인데요, 한때 이 시가 북한의 국화인 '진달래'를 찬양했다고(실제로 북한의 국화는 함박꽃나무인데도 말입니다), 반체제를 선동하는 시라고, 정부 당국에서 교과서에 싣지 못하게 하는 웃지 못할 촌극도 있었지요.

그러나 누가 뭐래도 진달래 하면 떠오르는 건 김소월이지요. 김소월의 「진달래꽃」. 시를 전혀 모르는 사람조차도 김소월의 「진달래꽃」은 알지요. 전문을 다는 몰라도 한 구절쯤은 말입니다. 독일에 라이너 마리아 릴케(1875~1926)가 있다면 한국에는 김소월(1902~1934)이 있다, 릴케가 장미라면 김소월은 진달래꽃이다, 이런 표현도 가능하지 않을까 싶습니다.

> 나 보기가 역겨워
> 가실 때에는
> 말 없이 고이 보내드리우리다
>
> 영변에 약산
> 진달래꽃
> 아름따다 가실 길에 뿌리우리다
>
> — 김소월, 「진달래꽃」 부분

봄이 오면 산에 들에 진달래 피고 두견새 울겠지요. "봄이 오면 산에 들에 진달래 피네 / 진달래 피는 곳에 내 마음도 피어 / 건너 마을 젊은 처자 꽃 따러 오거든 / 꽃만 말고 이 마음도 함께 따가 주~~" 진달래 화전에 막걸리 한 사발 마시면서 「봄이 오면」을 흥얼거리면 겨울의 시름도, 실연의 아픔도, 눈 녹듯 사라지는 것, 그런 게 인생이 아닌가 싶습니다. 🌸

오랑캐꽃 사랑이란 그런 거야

오래전 우리 조상들은 제비꽃을 오랑캐꽃이라고 불렀다지요. 1980년대 언더그라운드의 대부였던 싱어송라이터 조동진을 기억하실는지요? 「작은 새」, 「나뭇잎 사이로」, 「행복한 사람」, 「겨울비」 등등 암울했던 1980년대 젊은이들의 영혼을 위로하고 적셨던 주옥같은 그의 노래들을 기억하실는지요? "내가 처음 너를 만났을 땐 / 너는 작은 소녀였고 / 머리엔 제비꽃 / 너는 웃으며 내게 말했지 / 아주 멀리 새처럼 날으고 싶어." 그가 낮은 음성으로 부르던 노래, 「제비꽃」을 기억하실는지요?

오종종한
제비꽃을 보면

… 중략 …

제비족이나 되어
낫낫한

홀어미 하나
홀려내고 싶다

— 오탁번, 「제비꽃」 부분

오탁번 시인은 제비꽃을 일러 오종종하다고 했는데요, 오종종하다
는 말. 사전을 찾아보면 그 뜻을 이렇게 풀이하고 있네요. "잘고 둥근
물건들이 한데 빽빽하게 모여 있다. 얼굴이 작고 옹졸한 데가 있다."
봄날이면 4월이면 산과 들, 지천에 오종종하게 피어나는 '보랏빛 제
비꽃'들을 떠올리면 과연 그렇구나 싶기도 한 것인데요, 당신 생각은
어떤가요?

제가 금방 '보랏빛 제비꽃'이라 했는데요, 어릴 때부터 눈에 들어온
제비꽃들이 거의 다 보라색 꽃이었던 까닭입니다. 그런데 실은 제비꽃
은 흰색, 노란색, 보라색 등 그 색이 다양하고 종류만 해도 50여 종이
나 되어 구분하기가 쉽지 않다고 하네요. 그렇다고 너무 걱정할 필요
는 없겠지요. 그 모든 종류의 제비꽃에 대해서 학문적으로 공부할 필
요는 없고 그저 여러 색깔이 있으려니, 봄날 핀 저 고운 꽃들이 제비꽃
이려니, 그 정도만 알아도 되지 않을까요. "제비꽃을 알아도 봄은 오고
/ 제비꽃을 몰라도 봄은 가는" 것이니 말입니다.

제비꽃을 알아도 봄은 오고
제비꽃을 몰라도 봄은 간다

제비꽃에 대해 알기 위해서

너는 오랑캐의 피 한 방울 받지 않았건만
오랑캐꽃
너는 돌가마도 털메투리도 모르는
오랑캐꽃
두 팔로 햇빛을 막아줄게
울어 보렴 목놓아 울어나 보렴

— 이용악, 오랑캐꽃

따로 책을 뒤적여 공부할 필요는 없지

연인과 들길을 걸을 때 잊지 않는다면
발견할 수 있을 거야

그래, 허리를 낮출 줄 아는 사람에게만
보이는 거야 자줏빛이지

— 안도현, 「제비꽃에 대하여」 부분

안도현 시인의 「제비꽃에 대하여」는 1997년 창비에서 나온 시집 『그리운 여우』에 실린 시인데요, 2001년 양희은이 노래로 불러 더 유명해지기도 했지요. 어떤가요? 시인의 말이 가슴에 와 닿는지요?

제비꽃은 제비꽃과에 속하는 여러해살이풀로 한국, 시베리아 동부,

중국 등지에 분포 서식하고 있는데요. 제비꽃을 부르는 이름도 여러 가지인데요. 『사랑의 꽃 이야기』(영민사, 1973)에서 조동화(趙東華) 선생은 제비꽃(오랑캐꽃)에 대해 이렇게 설명을 하고 있습니다.

오랑캐꽃은 희랍의 국화로 알려져 있습니다. 영어로는 '바이올렛', 이것은 오랑캐꽃 빛 보라색에 붙여서 지은 이름입니다. 고장에 따라 오랑캐꽃의 이름들은 각각인데, 앉은뱅이꽃, 씨름꽃, 병아리꽃, 외나물, 장수꽃, 제비꽃 등등으로 불립니다. 그런데 어찌하여 이렇게 가냘 프고 귀여운 꽃에 이처럼 무서운 이름을 붙였던 것인지 알 수 없습니다. 아마 오랑캐꽃 맨 밑 꽃잎에 긴 '며느리 발톱(距)'이 달린 것이 마치 오랑캐들의 머리채와 같다고 그랬을는지도 모릅니다. 또 오랑캐꽃 빛 깔이 그들의 의복 빛깔 같이 우중충하다고 그랬을는지도 모릅니다. 한 명(漢名)으로는 자화지정(紫花地丁), 근채(菫菜), 규근(葵菫), 여의초 (如意草)라고 씁니다.

자화지정(紫花地丁)이란 글자 그대로 '꽃이 자색이고, 줄기가 단단한 못과 같다'는 뜻이지요. 근채나 규근은 그 유래를 모르겠는데, 자화지정이니 근채니 규근이니 하는 것은 주로 한방에서 쓰이는 이름이라 합니다. 자료를 찾아보니 제비꽃을 차로 다려 마시면 간의 열을 내리고 황달, 초기 전염성 간염, 독성을 제거한다고 하네요. 또한, 소염 작용과 가래를 삭이고 통변 작용을 도와 소변을 잘 나게 하고 변비에도 도움이 된다 합니다.

여의초(如意草)라는 이름은, '여의(如意)'가 등을 긁을 때 쓰는 바로 그 효자손을 가리키는데, 제비꽃의 꽃대가 마치 여의(효자손)와 같이 생겼다 하여 여의초라 불렀다고 하네요. 한편 여의(如意)는 '생각(意)과 같게 하다(如)'라는 뜻인데요, 이에 연유하여 동양화에서 여의초는 '모든 일이 뜻대로 다 이루어지기를 바란다'는 뜻을 상징하는 화제(畵題)로 쓰였다고도 합니다. 그러고 보니 김홍도의 유명한 그림, 「황묘농접도」에도 그런 의미로 여의초가 그려져 있지요.

혹시나 싶어 아버지께 제비꽃과 오랑캐꽃을 말씀드렸더니 오랑캐꽃이 맞다고 하는 것을 보면 (조동화 선생이 제비꽃 대신 오랑캐꽃이라 쓰신 것도 그렇고) 우리의 부모세대만 해도 제비꽃보다는 오랑캐꽃이 더 익숙한 이름인가 봅니다.

오랑캐꽃 오랑캐꽃 하다 보면 생각나는 사람이 있는데요, 백석과 더불어 우리 시의 한 봉우리를 이룬 이용악(李庸岳, 1914~1971) 시인입니다. 월북 시인이라 한때 그의 시를 읽는 것이 불법이기도 하였는데요, 그의 대표적인 시가 바로 「오랑캐꽃」이지요.

> 구름이 모여 골짝 골짝을 구름이 흘러
> 백 년이 몇 백 년이 뒤를 이어 흘러갔나
>
> 너는 오랑캐의 피 한 방울 받지 않았건만
> 오랑캐꽃
> 너는 돌가마도 털메투리도 모르는 오랑캐꽃
> 두 팔로 햇빛을 막아 줄게
> 울어 보렴 목놓아 울어나 보렴 오랑캐꽃
>
> — 이용악, 「오랑캐꽃」 부분

이 시는 1939년 10월 『인문평론』 창간호에 실렸다가 약간의 수정을 거쳐 해방 이후 1947년 4월에 간행된 세 번째 시집 『오랑캐꽃』에 수록된 것입니다. 처음 발표할 때 오랑캐꽃에 대한 설명이 작품 뒤에 붙어 있었다고 합니다.

이용악 시인의 말을 빌리면, 오랑캐꽃이라는 이름의 연원이 "꽃의 모양이 오랑캐의 머리채를 닮은 데" 있는 것인데요, 시인이 정작 말하고 싶었던 것은 물론 꽃 이름의 연원이 아닐 테지요. 일제강점기 식민지 백성으로 자기 땅에서 쫓겨나 간도며 만주며 시베리아며 먼 이국 땅으로 떠돌아야 했던 우리 민족의 비극적 삶일 테지요. 찬찬히 읽어보시기 바랍니다.

비록 여진족이 우리 민족의 입장에서 보면 오랑캐요 이민족이요 내쳐야 할 적이지만, 시인은 좀 더 다른 시각으로 바라볼 필요가 있다고 하지요. 일제강점기 삶의 터전을 빼앗긴 우리 백성이나, 삶의 터전을 버리고 도망쳐야 하는 오랑캐의 백성이나, 삶의 뿌리를 잃어버린 '엑소더스'라는 측면에서 보면 다 불쌍하고 측은하고 가여운 존재들이란 것이지요.

겨울이 깊을수록 봄이 가깝다 했던가요? 산과 들, 지천으로 제비꽃 아니 오랑캐꽃 낮게 낮게 피었거든, 너무 낮아 무심코 지나치지는 마시길요. 허리 굽혀, 그 꽃들 오래 오래 들여다보시길요. 허리를 굽혀야 보이는 꽃들. 오래 두고 보아야 보이는 꽃들. 어쩌면 바로 우리 이웃들의 모습이 아닐는지요.

노랑제비꽃 하나가 피기 위해

숲이 통째로 필요하다

우주가 통째로 필요하다

지구는 통째로 노랑제비꽃 화분이다

— 반칠환, 「노랑제비꽃」 전문

민들레

맨드라미 들마꽃에도 인사를 해야지

민들레를 『앉은뱅이꽃』이라고 합니다. 물론 곳에 따라 오랑캐꽃
이나 채송화도 앉은뱅이꽃이라고 합니다. / 민들레는 따로 『무슨들
레』, 『둥글레』, 『멈들레』, 『외음들레』, 『문들레』, 『무운들레』, 『금잠초(金
簪草)』, 『지정(地丁)』, 『포공영(蒲公英)』, 『고채(苦菜)』, 『만지금(滿地
金)』 등 여러 가지 이름을 갖고 있습니다.

— 조동화, 『세계의 꽃과 전설』(보진재, 1962)

사립문 안팎으로 널려 피었다 해서 '문들레'라 했는데 그것이 지금
의 민들레로 불리게 되었다는 얘기. 쓰디 쓴 나물이라 해서 '고채(苦
菜)'라고 불렀다는 얘기. 봄이 되면 천지사방을 금빛으로 물들였다 해
서 '만지금(滿地金)'이라 불렀다는 얘기. 이름만큼이나 사연도 많고,
사연만큼이나 그 이름도 가지각색인 꽃이 있습니다.

바람에 꽃씨가 날리는 모습이 머리털이 하얗게 센 노인 같다 해서
누구는 '파파정'이라고도 부르고. 누구는 줄기든 꽃대든 잘라보면 흰
즙이 나온다 해서 '개젖풀'이니 '구유초(狗乳草)'니 부르고. 또 옛 조상
들은 아홉 가지의 덕이 있다 해서 '구덕초(九德草)'라고 부르기도 하

나는 아직 이곳에 있다
나는 아직 살아 있다
나는 아직 기다리고 있다

폐허의 레바논에서
민들레처럼
민들레처럼

— 박노해, 레바논의 민들레꽃

는 꽃이 있습니다.

아침에 해가 뜨면 피었다가 저녁에 해가 지면 꽃을 닫아버리는 꽃.
꽃이 지면 하얗고 둥글게 솜사탕처럼 부풀어 올라 구름처럼 날아오르
는 꽃. 네, 민들레입니다.

민들레 이름 얘기를 하면서 절대로 빼놓을 수 없는 게 하나 있지요.
이상화의 시, 「빼앗긴 들에도 봄은 오는가」입니다.

나비 제비야 깝치지 마라
맨드라미 들마꽃에도 인사를 해야지
아주까리 기름을 바른 이가 지심 매던 그들이라 다 보고 싶다.

내 손에 호미를 쥐어다오

살찐 젖가슴과 같은 부드러운 이 흙을

발목이 시도록 밟아도 보고, 좋은 땀조차 흘리고 싶다.

— 이상화, 「빼앗긴 들에도 봄은 오는가」 부분

이상화 시인이 말하는 '맨드라미'가 사실은 맨드라미가 아니라는 것을 알고 계셨는지요? 경상도 지역에서는 민들레를 '민달래'로 부르기도 하고 '맨드레미'라고 부르기도 하는데요, 이상화 시인이 말한 맨드라미가 실은 토종 민들레, 하얀 민들레라고 하네요.

사전을 찾아보니 민들레는 쌍떡잎식물로 국화과의 여러해살이풀이랍니다. 한국, 일본, 중국 등 동북아시아에 주로 분포하고 볕이 드는 곳이면 어디든 잘 자란다고 합니다. 토종은 주로 4~5월에 외래종은 3~9월에 꽃이 피는데, 꽃대 끝에 국화처럼 두상화(頭狀花)가 1개 달린다고 하네요. 두상화는 뭔가 싶어 찾아보니 "꽃대 끝에 많은 꽃이 뭉쳐 붙어서 머리 모양을 이룬 꽃. 국화, 민들레, 해바라기 따위……"라고 나옵니다. 그러고 보니 민들레나 국화의 꽃잎 하나하나가 실은 한 송이의 꽃이었네요. 이제야 처음 알았습니다.

포공영(蒲公英)이니, 포공초(蒲公草)니 하는 것은 주로 한방에서 약재 이름으로 민들레를 그리 불렀던 모양인데, 그 이름의 유래에 관해서는 먼 옛날 포씨라는 성을 가진 선비(蒲公)와 그에 얽힌 전설이 전해지고 있습니다. 어떤 처자가 유방에 종기가 생겨 이러지도 저러지도 못하고 혼자 고민하다 끝내 강물에 투신을 했는데 포씨 성을 가진 선비가 물에 빠진 그 처자를 구해내어 이름 모를 약초를 먹이니 유방의 종기도 감쪽같이 나았다. 그 약초가 바로 민들레였고 그 후로 포공초로 불렸다. 뭐 그런 전설입니다.

한편, 옛날 우리 조상 할머니 할아버지들께서는 구덕초라 하여 민들레(포공영)에게 사람이 배워야 할 아홉 가지의 덕(忍, 剛, 勇, 情, 禮, 用, 仁, 慈, 孝)이 있다 하였으니 이를 '포공구덕(浦公九德)'이라 하였고, 그 덕을 배우라는 뜻에서 서당 뜰에는 반드시 민들레를 심었으며 서당의 훈장을 '포공'이라 불렀다고 합니다. '인내[忍], 강인함[剛], 용맹함[勇]' 이런 덕목은 민들레가 어떤 환경에서도 견디고 번식하고 융성하는 모습에 기인한 것일 테고, '情, 禮, 用, 仁, 慈, 孝' 이런 덕목들은 민들레가 가진 다양한 약용과 식용으로써의 쓰임새에 기인한 것일 테지요.

민들레 이름과 관련하여 여러 이야기를 늘어놓았는데요, 오래전부터 이 땅의 민중들은 민들레처럼 살아왔고, 민들레는 민중들의 아픔을 보듬어 주었으니 실은 '민초'야말로 민들레의 이름으로 가장 걸 맞는 게 아닌가 싶습니다. 당신 생각은요?

우린 아직 이곳에 있다
우린 아직 여기 살아 있다
우린 다시 일어서고 있다
주검 냄새가 진동하는
폐허의 레바논에서

민들레처럼

민들레처럼

— 박노해, 「레바논의 민들레꽃」 부분

　당신은 민들레 하면 어떤 노래를 떠올릴까요? "나 어릴 땐 철부지
로 자랐지만 / 지금은 알아요 떠나는 것을 / 엄마 품이 아무리 따뜻하
지만 / 때가 되면 떠나요 할 수 없어요 / 안녕 안녕 안녕 손을 흔들며
/ 두둥실 두둥실 떠나요~오~~ / 민들레 민들레처럼 / 돌아오지 않아
요 민들레처럼" 진미령의 「하얀 민들레」인가요? 아니면 "님 주신 밤에
씨 뿌렸네 사랑의 물로 꽃을 피웠네 / 처음 만나 맺은 마음 일편단심
민들레야" 조용필의 「일편단심 민들레야」인가요? 저요? 저는 박미경
의 노래를 떠올립니다만.

　　달빛 부서지는 강둑에 홀로 앉아 있네 / 소리 없이 흐르는 저 강물을
　　바라보며 / 가슴을 에이며 밀려오는 그리움 그리움 / 우리는 들길에 홀
　　로 핀 이름 모를 꽃을 보면서 / 외로운 맘을 나누며 손에 손을 잡고 걸
　　었지 // 산등성이의 해 질녘은 너무나 아름다웠었지 / 그 님의 두 눈 속
　　에는 눈물이 가득 고였지 / 어느새 내 마음 민들레 홀씨 되어 / 강바람
　　타고 훨~훨~ 네 곁으로 간다

　1985년 강변가요제에서 불렀던 「민들레 홀씨 되어」이지요. 이 노래
의 영향으로 많은 사람들이 민들레를 홀씨(포자)로 번식하는 민꽃식
물인 줄 잘못 알고 있는데요, 사실 민들레는 꽃 피고 열매 맺고 씨를 뿌
리는 그야말로 제대로 된 쌍떡잎식물이지요. 단지 바람에 그 씨를 날

홀씨들을 다 날려보낸
민들레가
압정처럼
땅에 박혀 있습니다
— 이문재, 민들레 압정

려 보내는 모습에 사람들이 홀씨인 줄 착각한 것인데요. 그러니 문학 작품이든 대중가요든 작가들이 작품을 쓸 때는 아무래도 조심할 필요가 있겠다 싶기도 합니다.

민들레를 '지정(地丁)'이라 한 것은 글자 그대로 '땅에 못처럼 박혀' 핀다는 것인데요. 정말로 민들레를 보면서 "압정처럼 땅에 박혀있다"고 표현한 시가 있습니다. 이문재 시인의 「민들레 압정」입니다.

세상에서 가장 잘 말라 있는 이별, 그리하여 세상에서 가장 가벼운 결별, 민들레와 민들레꽃은 저렇게 헤어집니다

이별은 어느 날 문득 찾아오지 않습니다 만나는 순간, 이별도 함

께 시작됩니다 민들레는 꽃대를 밀어 올리며 지극한 헤어짐을 준비
합니다

홀씨들을 다 날려 보낸 민들레가 압정처럼 땅에 박혀 있습니다

— 이문재, 「민들레 압정」 부분

인용한 것도 제법 길지만, 전문은 그보다 훨씬 긴 시인데요…… 결국 시인이 하고 싶은 말은 "세상에서 가장 잘 말라 있는 이별, 그리하여 세상에서 가장 가벼운 결별, 민들레와 민들레꽃은 저렇게 헤어집니다" 이 한 구절에 있지 않을까 싶습니다.

아참, 저에게 민들레 하면 떠오르는, 개인적으로 잊지 못하는 한 사람이 있습니다. 2003년 8월 꽃다운 나이에 세상을 떠난 고(故) 이화정 기자입니다. 노동일보 사진기자로 있으면서 이 땅의 소외된 민초들과 함께 삶을 같이했고 그들의 삶을 앵글에 담았던, 민들레처럼 살다 민들레처럼 떠난 사람. 그가 자신의 홈페이지에 남긴 인사말과 마지막으로 남긴 말을 옮겨봅니다.

안녕하세요, 이화정입니다. 스물 두셋부터 dlle(들레)라는 또 하나의 이름을 쓰기 시작했습니다. 특별하지 않고 빛나지 않더라도 후미진 세상 어느 곳에서나 거침없이 피어나는 민들레처럼, 흔하고 너른 들풀과 어우러져 살아가는 민들레처럼 살고 싶어서지요. 일터는 노동일보 사진부이구요. 출입처는 일명 '아스팔트'입니다. 하고 싶은 일은 아주 많지만 능력의 한계를 느끼며 그저 쓸데없는 고민만 짊어지고 매일매일

살아가고 있습니다. 많은 질책 부탁드립니다.

우리는 많은 것을 잊고 사는 듯합니다. 지금도 시련의 역사로 인해 고통 받고 있는 이가 있고 그 상처가 채 아물기도 전에 다른 생채기를 내며 살아갑니다. 너른 들판에 민들레처럼 더불어 높낮이 없는 삶을 바라는 우리들이 함께 만들어가는 공간이 되었으면 합니다. 🌹

할미꽃 가장 고울 때 만났습니다

"꼬부랑 할머니가 꼬부랑 고갯길을 꼬부랑 꼬부랑 꼬부랑 넘어간
다." 어릴 때 참 많이 부르던 동요입니다. 꼬부랑 할머니. 제가 어릴 때
만 해도, 할머니들은 대부분 꼬부랑 할머니였지요. 그래서 저 동요가
더 사실적이었는지 모르겠습니다. 도시화가 이루어지고 의료기술이
발달하고 그래서 그런지 요즘은 할머니들의 허리가 조금은 더 꼿꼿하
신 것 같습니다. 아니지요. 요즘도 폐지를 줍는 허리 굽은 할머니, 청년
들 다 떠난 농촌에서 밭을 매고 있는 허리 굽을 할머니들이 계시긴 하
지요. 무슨 꽃을 얘기하려고 꼬부랑 할머니 얘기를 길게 늘어놓고 있
는지 이미 눈치를 채셨을 줄 압니다. 그래요. 할미꽃입니다.

"뒷동산의 할미꽃 / 꼬부라진 할미꽃 / 싹날 때에 늙었나 / 호호백발
할미꽃 / 젊어서도 할미꽃/ 늙어서도 할미꽃"
「할미꽃」이라는 전래동요를 기억하실는지요? 이른 봄날 뒷동산 양
지 바른 곳이면 슬프게 피어 있던 할미꽃을 기억하실는지요? 할머니
무덤 옆에 할머니처럼 허리 굽은 채 피어 있던, 할머니처럼 백발이 되
어 피어 있던 할미꽃을 기억하실는지요?

할머니 무덤가에 앉아 바라보는
앞산마루 바라보며
생각해보는……

이 무덤의 안감은 또 얼마나
깊고 어두운 것이냐
- 유홍준, 할미꽃

할미꽃은 '노고초(老姑草)'라고도 하고 '백두옹(白頭翁)'이라고도 부르지요. 산이며 들판이며 볕이 잘 드는, 양지 바른 곳에서 잘 자랍니다. 무덤가에 많이 피는 이유도 실은 묘를 쓸 때 양지 바른 곳을 택하는 법이어서, 대부분의 무덤은 그야말로 양지 바른 곳이니, 당연히 할미꽃이 많이 피었겠지요. 게다가 할미꽃은 잔디하고도 궁합이 잘 맞는다니, 무덤가에 할미꽃이 그리 핀 것은 자연스러운 현상일 겁니다.

이른 봄에 꽃을 피우는 할미꽃은 줄기며 꽃이며 온통 흰 털로 덮여 있지요. 그 줄기는 꼬부랑 할머니처럼 휘어서 꽃은 늘 아래로 향해 있고요. 비록 허리가 휘고 머리가 하얗게 세었다 해서 할미꽃이라 불리지만, 백발 속에 다소곳 가려진 그 꽃의 얼굴을 본 적 있는지요? 붉은 자주색을 띄고 있는 그 꽃의 얼굴을요. 가만히 깊게 그리고 오래 들여다보면 고개를 숙인 채 수줍은 듯 얼굴을 붉히고 있는 할미꽃은 오히려 처녀처럼 귀엽고 어여쁜 꽃이지요.

그러니 억울한 일입니다. 세간의 편견이란 참 무서운 일이어서 이제 갓 핀 꽃을 보고, 저리 청순하고 어여쁜 처녀를 두고, 허리가 휜 늙은이 '노고초(老姑草)'라고 놀리고, 호호백발 늙은이 '백두옹(白頭翁)'이라고 놀린 것이니, 할미꽃이라는 그 이름 참 서럽고 서러운, 억울하고 또 억울한 이름이기도 하겠다 싶습니다. 이 아름다운 꽃을 제대로 알아봐 준 시인이 바로 이향지 시인입니다. 1942년생인 시인은 1989년 마흔 여덟이라는 늦은 나이에 시인으로 등단하여 어느새 일흔을 넘기셨지만 그의 시는 어떤 젊은 시인들보다 더 젊습니다. 그러니 어쩌면 할미꽃을 보면서 동병상련을 느꼈을지도 모르겠습니다.

> 가장 아름다운 것은 가장 아름다울 때, 가장 아름다운 곳에, 그대로 두어라. 그래서 그곳에 그대로 두고 나만 돌아왔습니다.
>
> — 이향지, 「동강할미꽃 4」 부분

인용문에는 없지만 "가장 고울 때 만났다"는 문장과 "그곳에 그대로 두고 나만 돌아왔다"는 문장이 왜 이다지도 먹먹한지요? 동강할미꽃을 바라보는 노 시인. 노 시인을 바라보는 동강할미꽃. 그 순간 이루어진 두 생명의 교감. 영화 「ET」에서 외계인 이티와 지구의 소년이 손가락을 맞대고 나누던 그 우주적 교감. 그 순간이 영화의 한 장면처럼 펼쳐집니다.

아, 동강할미꽃은 할미꽃의 하나이지만 강원도 정선 동강유역의 산에서 자생하는, 주로 바위틈에 뿌리를 내려 자라는 우리나라 고유 식물입니다. 산을 따라 계곡을 따라 구절양장 구불구불 휘돌아나가는 동강. 동강에 가시면 물놀이, 래프팅만 하지 마시고 가끔은 산에 올라 곱디곱게 핀 동강할미꽃과 교감을 나눠보시는 것도 좋겠습니다. 기왕에 동강할미꽃 이야기가 나왔으니 한 편 더 소개하지요. 이홍섭 시인의 「동강할미꽃」입니다.

> 절벽 끝에서 처녀보다 더 빛나는 동강할미꽃도 자기 이름을 처음 불러준 이가 참으로 미웠을 것이다. 미워서 맑디맑은 동강에 얼굴을 비추고는 동강처녀꽃, 동강처녀꽃 하고 수없이 되뇌었을 것이다. 되뇌이다, 되뇌이다 처녀보다 더 빛나게 되었을 것이다.
>
> — 이홍섭, 「동강할미꽃」 부분

당신은 이 시를 읽고 무슨 생각을 하게 될까요? 누구를 떠올리게 될까요? 저는 이 시를 읽다가 문득 오드리 헵번이라는 여배우를 떠올립니다. 늙는다는 것. 아름답게 늙는다는 것. 늙은 오드리 헵번이 젊은 오드리 헵번보다 더 아름답다는 생각을 합니다. 예쁘기야 젊은 오드리가 더 예쁘겠지만 아름답기로는 늙은 오드리가 아름답지요. 성형수술이란 예뻐지려고 늙어서도 예뻐지려고 바둥거리는 것이지만, 성형수술이 결코 아름다움을 만들어 낼 수는 없는 것이지요. 늙어서도 아름다운 사람, 동강할미꽃 같은 사람을 생각합니다. 아름답게 늙는다는 것. 우리가 놓치며 사는 것 중 하나가 아닐는지요.

안감이 꼭 저런 옷이 있었다

안감이 꼭 저렇게 붉은 옷만을 즐겨 입던 사람이 있었다

일흔일곱 살 죽산댁이었다 우리 할머니였다 돌아가신 지 꼭 십 년
됐다

할머니 무덤가에 앉아 바라보는

앞산마루 바라보며

생각해보는…….

— 유흥준, 「할미꽃」 부분

일흔일곱에 죽은 죽산댁. 시인은 지금 어느 볕 좋은 봄날 죽은 할
머니의 무덤가에 앉아 있는 것인데요……. 할머니 무덤가에 피어 있
는 할머니처럼 허리 굽고 백발성성한 할미꽃을 바라보고 있는 것인데
요……. 서두에 할미꽃을 백발 속에 수줍은 듯 붉게 얼굴을 붉히고 있
는 꽃이라 했지요. 그런데 유흥준 시인은 할미꽃을 일러 "안감이 꼭 저
렇게 붉은 옷"이라 합니다. 죽은 할머니가 즐겨 입던 옷이랍니다. 그리
고는 마침내 할미꽃은 (인용문에는 싣지 않았지만) "봄날의 안감"이
되고 "무덤의 안감"이 되어 그 붉은 안감이 "얼마나 깊고 어두운 것이
냐"라고 합니다. 꽃이 할머니가 되고 할머니의 무덤이 되는 것이니 시
인의 혜안이란 얼마나 깊고 또 깊은지요.

할미꽃에 관한 옛날이야기 하나 들려드릴까요? 옛날 옛적 청상과부
가 된 여자가 딸 셋을 키워 시집을 보내고 세월이 흘러 이제는 늙어서
혼자 살기 너무 어려워 딸들을 찾아갔답니다. 그런데 큰 딸을 찾아갔
지만 박대를 당하고, 둘째도 셋째도 모른 척 했답니다. 남편 여의고 혼

가장 고울 때 만났습니다 ……
가장 아름다운 것은 가장 아름다울 때,
가장 아름다운 곳에, 그대로 두어라
그래서 그곳에 그대로 두고
나만 돌아왔습니다
　　　　　　　　　- 이향지, 동강할미꽃

자서 딸 셋 키워 시집도 보냈건만 딸자식 소용없어 한 몸 뉘일 곳 없게
된 처량한 신세. 자기 신세가 한탄스러웠던 여자는 고갯마루에서 딸들
이 살고 있는 마을을 바라보며 허리 굽은 채 고개 숙인 채 그 모양 그
대로 죽었다고 합니다. 할미꽃 설화는 그리도 서러운 어머니의 애기
를 담고 있지요. 그래서 그런가요 옛날 시집간 딸들은 마당에 할미꽃
을 키우지 않았다나요.

　그렇다고 할미꽃이 언제나 어디서나 항상 슬픈 꽃만은 아닙니다. 할
미꽃이 저 북녘에서는 추운 겨울을 이겨내고 맨 처음 봄소식을 알리는
반가운 꽃이기도 하니까요. 러시아의 아무르 강을 아시는지요? 중국에
서는 헤이룽 강(흑룡강)이라고 부르고 몽골에서는 하라무렌(검은 강)
이라고 불리는 강인데요, 그 지역에서는 할미꽃이 제일 먼저 꽃을 피

운다고 합니다. 그래서 할미꽃을 봄소식을 알리는 꽃이라 해서 '영춘화(迎春花)'라고 부른다네요.

그러고 보면 영춘화란 이름을 가진 꽃은 지역마다 시대마다 다른 것이니, 때로는 사람마다 저마다의 영춘화를 갖고 있을 수도 있겠다는 생각도 듭니다. 하여튼 헤이룽강 지역에서는 할미꽃이 필 때면 시집갈 날을 손꼽으며 소녀들의 가슴이 부풀어 오른다는 얘기도 있는데요. 과거 만주 꾸냥(아가씨라는 뜻의 중국어, 姑娘)들은 "춘삼월 눈 녹고 영춘화 피면 시집을 갈 테니 이웃 마을 왕 씨는 꼭 기다려 달라"는 할미꽃 노래를 부르기도 했다지요. 그러니 할미꽃 보면서 너무 슬퍼하거나 서러워할 필요는 없겠습니다.

> 어무이요
> 어여 일나이소
> 손 잡고 산보 나가입시더
> 꽃이 천지삐까리니더
>
> — 이인수, 「봄, 할미꽃」 전문

그래요. 더 이상 슬퍼하지 마시고 서러워하지도 마시고, 우리 어여 일나서 손잡고 산보 나 가입시더! 봄볕은 쨍쨍하니 여기도 할미꽃! 저기도 할미꽃! 하고마! 꽃이 천지삐까리니더! 🌱

모란

나의 봄날도 가겠지라

　일본 속담에 미인을 일러 "앉으면 모란, 서면 작약"이라는 말이 있습니다. 이리 보아도 예쁘고, 저리 보아도 예쁘다는 뜻이겠지요. 모란의 한자명은 '목단(牧丹)'입니다. 모란이란 이름이 여기서 유래했지요. 물론 화투판에서는 모란 대신 목단, 육목단으로 불립니다만······. 그런데 작약과 모란은 자매지간입니다. 다만 작약은 풀이고 모란은 나무이지요. 그래서 모란은 '목작약(木芍藥)', 작약은 '초작약(草芍藥)'으로 구분해서 부르기도 하는 것이지요. 아무튼 탐스럽고 화려한 자태, 매혹적이고 농염한 향기를 지닌 꽃이라 중국에서는 모란을 최고의 꽃으로 여긴답니다.

　'화중지왕(花中之王)'이라! 꽃 중의 왕이라 불리는 꽃. '국색천향(國色天香)'이라! 나라 최고의 미모와 천하 최고의 향기라 불리는 꽃. 어떤 꽃이 있어 이런 찬사를 들을 수 있을까요. 참 대단한 모란입니다. 모란 모란 하다보면 혹 떠오르는 詩가 있지 않나요? 영랑 김윤식의 「모란이 피기까지는」 말입니다.

　　모란이 피기까지는

모란을 따라
삼춘의 봄날은 갔지라
무에 대수간
갈 테면 가라지라

나는 아즉 나의 봄을 기둘리고 잇슬테요

모란이 뚝뚝 떠러져버린 날

나는 비로소 봄을 여흰 서름에 잠길테요

五月 어느날 그하로 무덥든 날

떠러져 누은 꼿닢마져 시드러버리고는

천지에 모란은 자최도 업서지고

뻐처 오르든 내 보람 서운케 문허졌느니

모란이 지고 말면 그뿐

내 한 해는 다가고 말아

三百예순날 하냥 섭섭해 우옵내다

— 김영랑, 「모란이 피기까지는」 부분

영랑이 1934년에 발표하였으니, 오래 되어도 한참은 오래 되었는데요, 지금 읽어도 절창입니다. 좋은 시는 시간에 세월에 결코 풍화되는 법이 없나 봅니다. 백 년이 지나도 천 년이 지나도 별처럼 빛나고 사람의 심금을 울리니 말입니다.

오월에서 유월 사이 모란은 피고 집니다. 모란이 피면 뒤를 이어 작약이 피지요. 작약처럼 모란도 일주일 피었다가는 부질없이 뚝뚝 지고 맙니다. 김영랑의 시, 「모란이 피기까지는」은 그러니까 굉장히 사실적인 묘사입니다. 삼백예순날 기다리면 모란이 피는데, 이 꽃이 그만 일주일 만에 지고 마는 것이니, 모란이 피고 지는 오월은 그야말로 찬란하지만 슬픈 봄날이겠지요. 그러니 영랑이 "찬란한 슬픔의 봄"이라 했을 겁니다. 삼백예순날 하냥 섭섭해 울면서도 모란이 피기까지 우리는 기다려야 합니다. 그게 삶이지요.

아, 모란을 얘기하면서 이백(李白)의 시를 빼놓을 수는 없습니다. 「청평조사(清平調詞)」. 이 시는 이태백이 당대 최고의 미인 양귀비를 꽃 중의 왕인 모란에 비유해서 지은 것이지요

名花傾國兩相歡(명화경국양상환) 모란과 경국지색이 서로 반기니
常得君王帶笑看(상득군왕대소간) 바라보는 군왕의 미소 끊이지 않네
解釋春風無限恨(해석춘풍무한한) 봄바람에 무슨 한이 있으리
沈香亭北倚欄干(침향정북의난간) 침향정 북쪽 난간에 기대어 있네
— 이백(李白), 「청평조사(清平調詞)」 부분

'당현종과 양귀비'. 치명적이고 지독한 사랑, 하면 떠오르는 대표적

인 주인공들이지요. 어느 봄날 현종과 양귀비가 여전히 사랑에 빠져 시간 가는 줄 모르던 어느 날이었습니다. 양귀비가 거처하던 침향정 아래 모란꽃이 활짝 피었는데요, 이를 본 현종이 난데없이 잔치를 벌입니다. 왜냐고요? 당연히 양귀비를 기쁘게 해주려고 그런 것이지요. 암튼 한 마당 연회가 벌어졌는데, 노래가 빠질 수는 없겠지요. 그런데 현종이 말하길, "이봐라. 오늘같이 좋은 날 어찌 옛 노래를 쓰겠느냐. 이백을 불러 새로운 시를 지어 부르게 하라." 난리가 났지요. 부랴부랴 환관이 이백을 찾으러 갑니다. 아뿔싸 이백은 이미 술이 거나하게 취해 있었으니 환관이 난리가 났겠지요. 억지로 끌고 연회장으로 데려 갑니다. (이때 이백이 환관이랑 치고받고 했다는데요, 이에 앙심을 품은 환관의 고자질로 결국 이백은 궁궐에서 쫓겨났다는 일화도 있습니다.) 고주망태로 현종 앞에 불려간 이백은 놀랍게도 일필휘지로 시 삼수를 써내려 갑니다. 그렇게 지은 것이 바로 「청평조사」입니다. 취중에 그것도 일필휘지로 저리 절창을 지은 것이니 가히 시선(詩仙)은 시선이지요. 참고로 당나라의 4대 시인, '이백, 두보, 한유, 이하'를 일컬어 각각 '시선(詩仙), 시성(詩聖), 시불(詩佛), 시귀(詩鬼)'라고 합니다.

목단. 한자로 '牧丹' 혹은 '牡丹'이라고 씁니다. 굵은 뿌리 위에 새싹이 돋는 모습이 마치 수컷의 형상이라 하여 수컷 목(牧)자를, 그 꽃의 색깔이 붉다 해서 붉을 단(丹)을 붙였다고 하지요. 이 밖에도 중국에서 모란은 '국색천향(國色天香)', '낙양화(洛陽花)', '백량금(百兩金)', '부귀화(富貴花)' 등 다양한 이름으로 불립니다. 각각의 이름에는 나름의 사연과 전설이 있기 마련인데요, '국색천향'은 당나라 시인 이정봉(李正封)의 시, 「목단」에서 유래하였다고 합니다.

天香夜染衣(천향야염의) 밤이면 하늘의 향기가 옷에 물든 듯
國色朝酣酒(국색조감주) 아침이면 고운 얼굴 술에 취한 듯
丹景春醉容(단경춘취용) 단경의 봄은 취한 듯 얼굴을 붉게 물들이고
明月問歸期(명월문귀기) 밝은 달은 돌아갈 기약을 묻누나

— 이정봉, 「목단(牧短)」 전문

이후 중국과 한국 일본 등에서 천하제일의 미녀를 일컬어 모란이라 하고 국색천향, 천향국색이라는 말을 쓰게 되었다고 하지요. 그런 연유로 당나라 이후 중국의 모란 그림에는 으레 이정봉의 싯귀, "天香夜染衣 國色朝酣酒(천향야염의 국색조감주)"를 적어 넣었던 것이고요.

'낙양화'라는 이름은 워낙에 낙양의 모란이 아름답기로 유명한 까닭에 붙은 이름인데요, 북송 때의 문인 구양수가 쓴 「낙양목단기(落陽牧丹記)」에 낙양화에 얽힌 사연이 전해지기도 합니다. 당나라의 여황제 측천무후. 절대 권력을 휘둘렀던 천하여걸. 그녀가 한겨울 어느 날 꽃들에게 명령을 내립니다. "꽃들은 내 말을 들을지니 내일 아침까지 모두 꽃을 피우거라. 내가 꽃을 좀 봐야겠다." 다음날 아침 모든 꽃이 황제의 명령대로 일제히 꽃을 피웠지요. 그런데 오직 꽃의 왕이었던 모란만은 그 명을 따르지 않은 겁니다. 신하들이 불을 때서라도 꽃을 피워보려고 했지만 모란은 끝내 꽃을 피우지 않았지요. 이에 화가 난 측천무후가 상원의 모란을 모두 뽑아 낙양으로 추방해 버렸다고 합니다. 이때부터 모란이 낙양화로 불리게 되었고, 당시 불에 그을린 탓에 모란의 줄기가 검은 빛을 띠게 되었다 하지요. 암튼 중국에서는 낙양의 모란을 가장 높게 처준다고 합니다.

'백량금'이라는 이름은 황금 100량만큼이나 귀한 꽃이라는 데서 유래한 것이고, '부귀화'는 모란이 부귀영화를 가져다주는 꽃이란 뜻입니다. 송나라 때 주돈이(周敦頤)의 「애련설(愛蓮說)」에 보면 "당나라 이래 세상 사람들이 모란을 매우 사랑하였다 / 모란은 꽃 중에서 부귀한 것이다(自唐以來 世人甚愛牡丹 / 牡丹花之富貴者也)"라는 구절이 나오지요.

우리나라 조선 후기의 민화에도 모란이 자주 등장하는데요. 부귀영화를 바라는 서민들의 마음이 담긴 것입니다. 예전에 전통 혼례 때 쓰던 병풍에 그려진 그림도 바로 모란인데, 신랑신부가 부귀영화를 누리며 잘 살라는 뜻을 담은 것이지요.

우리나라에서 모란에 관한 기록이 처음 나타난 것은 신라 선덕여왕(덕만공주) 때입니다. 『삼국유사』에 보면 당 태종이 홍색, 자색, 백색의 모란 그림과 씨앗을 보내왔다는 기사가 나옵니다. "선덕여왕이 모란 그림을 보고 '이 꽃은 필시 향기가 없을 것이다'고 하였는데, 씨앗이 자라 꽃이 피고 보니 과연 향기가 없었다. 신하들이 그림만 보고 모란이 향기가 없다는 것을 어찌 아셨는가 여쭈니, 나비가 그려져 있지 않기 때문이라 답하였다." 워낙에 유명한 일화이지요. 그 후 한국의 모란 그림에는 벌과 나비가 사라졌다고 합니다. 중국의 모란 그림에는 벌과 새와 나비가 함께 그려지지만 중국과 달리 한국의 모란 그림에는 벌과 나비가 없는 것은 그런 까닭이라고 합니다. 그런데 실은 모란은 그 향기가 무척 진하지요. 오죽하면 천향(天香)이라 했겠습니까. 다만 여왕이 말하길 향기가 없다고 하니 그렇다 한 것이겠지요. 하여튼 동

모란이 피기까지는
나는 아즉 기둘리고 있을테요
찬란한 슬픔의 봄을

~김 영랑, 모란이 피기까지는

서고금 신하들이란…….

　화투판에서 모란은 육목단으로 불립니다. 육목단 중에서도 열끝, 육
목단 열끝을 뭐라고 부르는지 아시나요? '김지미 궁뎅이'라고 들어보
셨는지요. 저는 어릴 때 어른들이 화투를 칠 때, 육목단 열끝이 들어오
면 "김지미 궁뎅이가 왔네. 김지미가 왔어" 하는 소리를 듣곤 했습니
다. 김지미 하면 1960~1970년대 당대 최고의 미녀였지요. 그러니 모
란에 비유했던 것일 텐데요, 여배우가 아무리 예뻐도 그림의 떡이었을
테니 무슨 소용이 있겠습니까. 화투판에서 고스톱판에서 육목단 열끝
이 딱 그렇거든요. 흑싸리 껍데기만도 못하지요. 아마도 그래서 붙은
말이 아닐까 싶습니다.

　　쓰잘데기 없이 또 김지미가 와부렀어 형님 가지성
　　육목단 열끝을 삼촌은 늘 김지미 궁뎅이라 불렀지라

어느 날 궁금해서 물었더니
예쁘면 뭐 하나 그림의 떡인데 써먹을 데가 없는 걸
당대 최고의 여배우가 화투판에서 육목단 열끝이 된 사연이지라

나이가 들면서 나도 제법 고스톱을 치게 되었는데
육목단 열끝이 들어올 때마다 당대의 여배우 이름을 부르곤 했지라
유지인이 와부렸네 장미희가 와부렸어
정윤희, 이미숙, 강수연, 최진실, 심혜진, 전도연
당대의 여배우들이 육목단으로 많이도 피고 졌지라

모란을 따라 삼촌의 봄날은 갔지라
그게 무에 대수간
갈 테면 가라지라

미자가 왔네 옜다 니 해라
어제는 순자가 피었다 지고
오늘은 영자가 피었다 지고
동네 술집 마담들이 화투판에서 육목단 열끝으로 피고 지면

모란을 따라 나의 봄날도 가겠지라
무에 대수간
갈 테면 가라지라

— 박제영, 「모란」 전문

부귀도 영화도 죽고 나면 무슨 소용이겠습니까. 꽃이 아무리 예쁜들 화무십일홍! 열흘 붉은 꽃이 없다지요. 그래도 꽃처럼 붉은 화양연화(花樣年華)의 한 시절을 보내고, 그 추억으로 사는 것이 인생 아닐는지요. 🌺

라일락
사랑의 쓴맛 이별의 단맛

파리 한 마리가 커피 잔에 빠졌는데, 익사 직전 한 마디를 남겼답니다. "인생의 쓴맛, 단맛을 다 보았도다." 꽃 이야기를 한다면서 웬 파리? 웬 커피? 하실지도 모르겠습니다. 실은 라일락을 생각하면서 첫사랑의 '단맛'과 이별의 '쓴맛'을 생각하다 보니 떠오른 오래된 유머였습니다. 우리 꽃 수수꽃다리와 똑같이 생겨서 '서양 수수꽃다리'라고 불리기도 하는 꽃 라일락. 라일락 하면 당신은 어떤 노래가 떠오를까요?

라일락 꽃향기 맡으면 / 잊을 수 없는 기억에 / 햇살 가득 눈부신 슬픔 안고 / 버스 창가에 기대 우네 / … 중략 … / 잊지 않으리 내가 사랑한 애기 / 우우 여위어 가는 가로수 / 그늘 밑 그 향기 더 하는데

이문세의 「가로수 그늘 아래 서면」을 떠올리고 있나요? 아니면,

라일락꽃 피는 봄이면 둘이 손을 잡고 걸었네. / 꽃 한 송이 입에 물면은 우린 서로 행복했었네. / 라일락꽃 지면 싫어요. 우린 잊을 수가 없어요. / 향기로운 그대 입술은 아직 내 마음에 남았네.

라일락이 집니다
첫사랑,
당신이 당신의 생에서
가장 예뻤던 때,
라일락이 집니다.

김영애가 부른 「라일락꽃」을 떠올리며, 따라 부르고 있나요?

두 노래 중 어느 하나라도 떠올렸다면 당신도 이미 중년을 지나고 있을 테지요. 첫사랑의 달콤함과 이별의 쓸쓸함을 이미 오래전에 건너왔을 테지요. 그러니까 당신도 당신의 생에서 가장 예뻤을 때, 그때를 이미 오래전에 건너왔을 테지요.

빗물에 씻기면 연보라 여린 빛이
창백하게 흘러내릴 듯한
순한 얼굴

꽃은 젖어도 향기는 젖지 않는다

꽃은 젖어도 빛깔은 지워지지 않는다

— 도종환, 「라일락꽃」 부분

라일락의 꽃말이 '첫사랑'이라고 하는데, 그 달콤한 향기에 비롯되었음에 틀림없지 않을까요. 도종환 시인도 그 향기에 발길을 멈추고 결국 시를 한 수 남기고 말았듯이, 어느 봄날 향기로 당신의 발길을 멈추게 하는 꽃이 있다면 그건 바로 라일락일 겁니다. 라일락은 누가 뭐래도 꽃보다 향기가 먼저 피는 꽃이니까요. 그 향이 멀리 가기로는 천리향, 만리향에 따르지 못하겠지만, 그 향의 달콤새콤함으로 치면 라일락이 으뜸 아닐까요. 첫사랑처럼 말입니다. 그런데 첫사랑은 대개 실패로 끝나기 마련이지요. 달콤한 향기가 첫사랑의 한 면이라면 아프고 쓰라린 이별이 또 한 면이지요. 첫사랑이란 그렇게 단맛과 쓴맛을 함께 지닌 꽃이지요. 그래서 그런가요? 라일락의 향은 무척이나 달콤하지만 라일락의 이파리는 소태보다 쓴맛을 지녔으니 우연이라고 하기엔 참 묘한 일입니다.

대학 1학년 때쯤이었을 겁니다. 어느 날 친구 녀석이 김영애의 「라일락꽃」 한 소절 부르더니 손에 있는 이파리를 보여주면서 그러는 겁니다. 이게 바로 라일락 꽃잎인데 어금니로 씹어 삼키면 첫사랑이 다시 찾아온다나 어쩐다나, 사랑이 이루어진다나 어쩐다나, 아무튼 그 비슷한 얘기였는데요. 그때만 해도 순진했던 저는 녀석의 말을 믿었습니다. 라일락 이파리를 어금니로 꽉!! 씹어 물었는데, 이럴 수가! 쓰다 쓰다 이렇게 쓰다니요! 소태를 씹은들 이보다 쓰지는 않겠다 싶었는데요. 그런 내 모습을 보면서 배꼽을 잡고 웃던 녀석이 그러는 겁니다. "넌 지금 사랑의 쓴맛을 맛본 기다!!" 그때 알았습니다. 라일락은 입에 물면 안 된다는 것을. 그냥 향기로 만족해야 한다는 것을. 첫사랑이 그런 것처럼 말입니다.

라일락은 유럽이 원산지로 물푸레나무과의 낙엽활엽소교목입니다. 우리나라 자생종인 수수꽃다리와 유럽이 원산지인 라일락을 일반인이 구분하기는 쉽지 않을 만큼 비슷하지요. 같은 물푸레나무과이고 그 꽃의 향이나 모양도 비슷한데, 다만 자생종인 수수꽃다리가 좀 더 향이 진합니다. '수수꽃다리'라는 이름은 그 꽃의 모양이 잡곡의 일종인 '수수'를 닮은 데서 유래한 것인데요. 아, 이름 얘기가 나온 김에…… 수수꽃다리가 영어로는 라일락(Lilac)이지만, 프랑스어로는 '리라(Lilas)' 인 것을 아시는지요?

> 베싸메 베싸메 무쵸 고요한 그날 밤 리라꽃 지던 밤에 / 베싸메 베싸메 무쵸 리라꽃 향기를 나에게 전해다오 / 베싸메 무쵸야 리라꽃 같은 귀여운 아가씨

저도 한때 노래방에서 많이 불렀던 번안곡 「베싸메무쵸」인데요, 가사에 나오는 '리라꽃'이 바로 수수꽃다리랍니다. 알고 계셨다고요? 그렇다면 혹시 혹시 '미스김라일락'은 들어보셨는지요?

1947년에 미국의 엘윈 미더(Elwin M. Meader)라는 식물채집가가 라일락과 똑같이 생긴 수수꽃다리를 발견하여 그 씨앗을 미국으로 가져가 발아에 성공했는데, 수수꽃다리라는 이름을 몰랐던 그가 원예종

으로 개량한 뒤, 당시 자신의 조수로 있던 한국인 여성의 성을 따서 '미스 김 라일락(Miss Kim Lilac, Syringa patula Miss Kim)'이라는 이름을 붙였다고 하지요. 졸지에 미스김라일락으로 창씨개명한 수수꽃다리가 현재 세계 라일락 시장에서 가장 높은 인기를 누리고 있다고 하니 참말로 아이러니한 일입니다.

> 멍이 잘 드는 여자가
> 슬쩍 부딪쳐도 쉬이 멍이 드는 여자가,
> 술 취하면 혀 고부라진 소리로
> 베사메 무초를 잘 부르던 여자가
> 겨드랑이에선 늘 리라꽃 향기가 나는 여자가
>
> — 고영민, 「라일락 그녀」 부분

고영민 시인의 시, 「라일락 그녀」를 읽다가 문득 제목을 '미스김라일락'이라고 했으면 더 좋았겠다는 뜬금없는 생각을 하는 것인데, 라일락은 지고 봄날은 갑니다.

유채꽃 봄날은 간다

봄날 전국 방방곡곡 산과 들 어디든 노랗게 물들이는 꽃. 개나리를 떠올리는 분도 계시겠지만 제가 얘기하려는 것은 실은 유채꽃입니다. 전국 어디든 피는 유채꽃이지만 유채꽃 하면 떠오르는 곳은 제주이지요. 3월이면 이미 제주는 유채꽃으로 노랗게 물들고, 4월이면 유채꽃 축제로 인산인해를 이룹니다. 제주의 봄은 누가 뭐래도 유채의 계절이지요.

지난봄 제주 가서 보고 온 노오란 유채꽃들은 모로 누워 일어날 줄 몰랐다 노오랗게 기절해 있었다 모슬포의 유채꽃들은 그랬다 모슬포의 바람 탓이었다 모슬포의 바람은 어찌나 빠른지 정갱이도 무릎도 발바닥도 없이 달려만 가고 있었다

— 정진규, 「모슬포 바람」 부분

유채는 예로부터 '파, 마늘, 부추, 달래, 생강' 등과 함께 훈채(葷菜)라 했습니다. 그 맛과 향이 맵고 자극적인 탓에 그리 불렀지요. 옛날 산사(山寺) 입구에는 으레 '불허훈주입산문(不許葷酒入山門)'이라는

붉은
유채가 붉은
그런 4월도 있습니다.

붓⊘

금표(禁標)가 붙어 있었다고 합니다. 술과 훈채를 먹은 사람은 절에 들지 말라는 경고인데요, 술이야 굳이 설명할 필요가 없겠고, 훈채를 먹으면 음욕이 생기고 화를 돋우게 되어 수도하는 데 방해가 된다고 여겼기 때문이랍니다. 절에서 훈채를 입에 대면 노역형에 처했을 만큼 엄하게 다스렸다고도 하고요. 하여튼 유채도 그런 훈채의 하나로 김치나 나물로 해서 즐겨 먹던, 그야말로 꽃보다 음식!이었다는 얘기입니다.

제주에서 식용으로 기름으로 사용되었던 유채가 관상용 '유채꽃'이 된 데는 신혼여행이 한몫을 했지요. 해외여행이 자유화된 지금은 좀 덜한 편이지만, 예전에는 유채꽃이 그야말로 제주도 신혼여행을 상징하는 꽃이었습니다. 제주도 노란 유채꽃밭을 배경으로 신랑신부가 환하게 웃고 있는 모습. 1980년대, 1990년대의 신혼 사진은 으레 그런 모습이었지요. 『동의보감』에 보면 "유채를 장복하면 양기가 너무 왕성하여 음욕이 일어난다"고 하였는데, 신혼부부가 유채꽃밭에서 사진을 찍는 데는 어쩌면 다 이유가 있는지도 모르겠습니다. 한편, 유채꽃은 영어로 'rape flower'라고 하는데 이게 또 참 거시기 합니다. 'rape'가 강간(强姦)이란 뜻도 있으니 그야말로 꽃 이름이 '강간 꽃'이라는 건데, 왜 강간이란 말을 꽃 이름으로 쓴 것인지 거시기 하지요. 그래서 그런가요 요즘 미국에서는 유채 농가들이 rape 대신 canola로 바꿔 쓴다고 합니다. 카놀라유가 바로 유채 기름이지요. 아무튼 동서고금 유채가 음욕을 일으키는 꽃임에는 틀림없는 모양입니다.

그런데 말입니다. 제주의 4월은, 유채꽃으로 노랗게 물든 제주의 4월은, 누군가에게는 핏빛 물든 4월이기도 합니다. 제주 4·3 사건을 기억하실는지요. 1948년 4월 3일부터 1954년 9월 21일까지 벌어진, 5·10 총선거를 반대하는 제주 민중들의 항쟁과 그에 대한 미군정기의 군인과 경찰들(대한민국 정부수립 이후에는 국군), 서북청년단 등 극우 반공단체들의 유혈 진압 사건. 이 사건으로 당시 제주도민 전체 인구의 10분의 1에 해당하는 3만여 명의 무고한 사람들이 학살당했다고 하지요. 전체 희생자 가운데 여성이 21.1%, 10세 이하의 어린이가 5.6%, 61세 이상의 노인이 6.2%를 차지하고 있다는 기록도 있습니다.

제가 제주 4·3 항쟁 사건을 처음 안 것은 고등학교 때입니다. 제주 살던 그 아이, 명자를 만난 게 그때였으니까요. 아니 정확하게는 명자를 만난 적은 한 번도 없습니다. 편지를 통해 만났고 편지를 통해 그 아이의 마지막 소식을 들었으니까요. 우리는 소위 펜팔 친구였습니다.

어느 날 그 아이가 편지에 유채꽃 하나를 말려서 보내왔습니다. 이 유채꽃이 한때 붉은 핏빛이었다며, 외할아버지, 외할머니 그리고 외삼촌들이 어떻게 죽어야 했는지, 엄마가 왜 미친년처럼 살아야 했는지,

핏빛 내력을 적어 보내왔습니다. (제가 세상을 좀 더 알아야겠다고 생각한 게 그때였습니다. 교과서 바깥을 좀 더 알아야겠다고 생각한 게.) 그 아이는 저보다 더 문학을 사랑했습니다. 그 아이는 저보다 더 시를 사랑했습니다. 박용래와 이용악 같은 시인이 되고 싶다던, 카잔차키스처럼 자유롭게 훨훨 날고 싶다던 그 아이는 이제 가고 없습니다. 애월의 절벽에 몸을 던졌을 때 아무도 그 아이를 구조하지 못했습니다. 시를 쓰다가 시가 도무지 되지 않을 때면, 문득 그 아이 명자가 붉어지는 순간이 있습니다. 4월이면 특히 더 그렇습니다. 유채꽃 같은 아이들이, 명자 같은 아이들이 세월호와 함께 팽목항 아래 깊이깊이 가라앉은 4월이면 더더욱 그렇습니다.

> 등대가 서 있는 방파제 끝
> 빚에 몰린 한 여자가 투신했다
>
> 마을 사람들 횃불을 들고 나와
> 간신히 구조되었다
>
> 이듬해 유채꽃이 피어서야
> 그 여자 이바지 떡짐을 이고 왔다
>
> — 송수권, 「땅끝에서」 부분

죽고 사는 것이 자연의 이치요 순리라지만, 스스로 목숨을 던지거나 죽임을 당하는 일은 결코 자연의 이치도 순리도 아닐 텐데, 그런 무리한 죽임과 억울한 죽음들이 여전히 우리 사회에 가득합니다. 그런데도 아무렇지도 않은 듯 제주도에 유채꽃은 피고, 아무렇지도 않게 사람들은 유채꽃을 배경으로 또 사진을 찍겠지요. 그렇게 또 4월은 가겠지요. 봄날은 그렇게 가겠지요.

> 연분홍 치마가 봄바람에 휘날리더라
> 오늘도 옷고름 씹어 가며 산제비 넘나드는 성황당 길에
> 꽃이 피면 같이 웃고 꽃이 지면 같이 울던
> 알뜰한 그 맹세에 봄날은 간다
>
> — 박시춘 작사, 「봄날은 간다」 부분

세월호가 인양되었다는 소식을 듣습니다. 팽목항에 가라앉은 노란 유채꽃들이 마침내 바다 위로 올라왔다는 소식을 듣습니다. 그나마 다행입니다.

명자꽃

꽃보다 더 붉은 이름

명자꽃, 봄꽃 중에서 붉은 꽃을 고르라 하면 명자꽃입니다. 봄날 붉은 저것이 동백인가 싶기도 하고 홍매화인가 싶기도 한데, 실은 명자꽃입니다. 흔하디흔해서 '아무개' 대신 써도 될 것 같은 이름, 명자. 명자꽃은 서럽게 붉습니다. 오늘은 그 명자를 불러봅니다. 자료를 검색하다 보니 눈에 띈 기사가 있어서, 그 기사를 쓴 이가 또 친한 선배이기도 해서 전문을 옮깁니다. 강원도민일보(2016년 3월 26일 자)에 실린 강병로 논설위원의 칼럼입니다.

담장너머 명자나무에서 봄을 찾다 문득 떠오른 시 한 편. 최영미 시인의 '선운사에서'다. 시를 읊조릴수록 마음이 무겁다. 세상이 그렇게 만든 탓일 게다. '꽃이 / 피는 건 힘들어도 / 지는 건 잠깐이더군 / 골고루 쳐다볼 틈 없이 / 님 한번 생각할 틈 없이 / 아주 잠깐이더군 / …… / 꽃이 지는 건 쉬워도 / 잊는 건 한참이더군 / 영영 한참이더군'. 암송이 끝나기도 전에 영화 '명자 아끼꼬 쏘냐'가 떠오르고, '귀향'이 머릿속을 헤집는다. 뒤이어 독도와 일본 역사교과서가 줄줄이 딸려 나온다. 바라본 건 명자나문데 이 많은 이야기들이 한꺼번에 스토리로 엮이는 이

마침내
애월에 몸을 던진
독한년,
열여덟 살 명자

유가 뭘까. / 힘들여 지키고 가꾼 그 무엇이 속절없이 무너지는 까닭이
다. 명자가 아끼꼬로, 독도가 다께시마로, 우리 땅이 일본 땅으로 바뀌
어도 너무나 둔감한 탓이다. 붉은 명자꽃을 홍매로 우기는 것과 뭐가
다를까. 명자꽃이 피는 봄, 일본 역사교과서는 일제히 '다께시마(독도)
는 일본 땅'이라고 기술했다. 지난 1992년 이장호 감독의 '명자 아끼꼬
쏘냐'로 심난했고, 2016년 조정래 감독의 '귀향'으로 눈시울을 붉혔던
많은 '한국인들'이 뒤통수를 세게 맞은 꼴이다. 도대체 우리 정부는 어
디서 무엇을 하고 있는가. / 명자나무는 집안에서 내쫓길 운명을 타고
났다. 흐드러진 꽃이 하도 예뻐 아녀자들이 넋을 잃는다 했던가. 그런
이유로 담장너머 한갓진 곳에 버려진 듯 심긴 나무가 명자나무다. 버
려진(?) 나무답게 스스로를 보호하기 위해 잔가지를 날카로운 가시로
탈바꿈시킨다. 홍자색과 흰색으로 피는 꽃이 빼어나게 아름답지만 꽃

말은 소박하다. 내쫓긴 꽃답지 않게 '평범, 신뢰, 겸손'이라는 꽃말을 지녔다. 그러나 김지미 주연의 '명자 아끼꼬 쏘냐'라는 영화가 만들어진 뒤 명자꽃은 비련의 조선 여인으로 환치됐다. 나라 없는 여인으로. / 명자나무 꽃 몽우리가 터질 듯 부풀었다. 그러나 시인이 간파했듯 '피는 건 힘들어도 지는 건 잠깐'일 것이다. 그래서 꼭 기억해야 한다. 미래 일본 세대들이 '독도는 일본 땅'이라고 굳게 믿는다는 사실을. 검정을 통과한 일본 교과서 10권 중 8권에 '독도는 일본 땅'이라는 주장이 실렸다. 아베정부가 그렇게 만들었다. 그런데도 우리 정부는 태연하다. 마치 아무런 일도 없었다는 듯……. 이건 아니다. 명자꽃을 홍매, 동백이라고 우길 수 없는 것처럼.

유채꽃 사연을 올리면서 한 번 소개했지요. 명자꽃보다 먼저 알았던 명자라는 계집아이. 아직 꽃도 피기 전에 스스로 목숨을 끊은 모질고 독한, 열여덟 살 명자. 똥밭을 구른다 해도 저승보다야 이승이 낫다는데…… 명자로 살든 아끼꼬로 살든 쏘냐로 살든 (명자를 일본말로 아끼꼬라 하고 러시아말로 쏘냐라고 한다는 걸, 명자로 살다가 아끼꼬로 살다가 쏘냐로 살아야 했던 어떤 굴곡진 삶에 대해, 굳이 설명할 필요는 없겠지요.) 어떡하든 살아서 살아남아서 똥밭인들 못 구를까 그렇게 이를 악물고 살 것을, 결국 제대로 독하지도 못한 그런 독한년 명자. 삼십 년도 훨씬 더 지났지만 봄날 핀 명자꽃은 아직도 꽃이 아니라 검붉은 멍입니다. 통증입니다. 얼마나 더 지나야 이 멍이 이 통증이 사라질는지요.

아비 없이 태어난 명자는 열여덟 살 꽃 같은 나이에 스스로 목숨을 끊었습니다 간장을 먹고 절벽을 구르고 약도 먹고 별의별짓을 다했는데 죽지도 않더라 독한년, 독한년, 술에 취한 날이면 어미는 독한년을 입에 달고 살았지만 식구들 모두 빨갱이로 몰려 죽고 혼자 남은 어미가 어찌 살았는지 아니까 어미도 스스로 징한년이 되어 살아남은 것을 너무 잘 아니까 원망은 없다 했습니다

먼 남쪽 바다, 涯月의 석양이 왜 핏빛이 되었는지 알려주었던, 박용래와 이용악과 니코스 카잔차키스를 사랑했던, 애월의 모래밭에서 조르바와 춤을 추길 좋아했던, 마침내 애월에 몸을 던져버린 독한년, 열여덟 살 명자는 이제 가고 없습니다

먼 훗날 어느 가을 호젓한 오솔길을 홀로 걸을 때 혹여 코스모스 피었거든, 그 붉은 잎에 박용래의 코스모스 한 구절 적어 바람에 날려 보내주면 그것으로 좋겠다던, 독한년 명자, 삼십 년 전 명자가 문득 붉어지는 가을이 있습니다

— 박제영, 「애월, 독한년」 전문

강병로 논설위원의 글에도 있지만, 명자꽃은 집 안에 심지 않았습니다. 집의 아녀자가 명자꽃을 보면 바람이 난다고 하여 집 안에 심지 못하게 한 것이랍니다. 우습지요? 꽃이 뭐라고! 암튼요. 경기도에서는 명자꽃을 아가씨꽃, 애기씨꽃이라고 부르고, 전라도에서는 산당화라고 부른다지요. 아참, '붉은 명자, 붉은 명자' 해서 명자꽃이 붉은 꽃만 있다고 생각하면 안 됩니다. 희디흰 명자도 있으니까요. 희붉은 명자도 있고요. 물론 어떤 색이든 명자는 사람을 홀릴 만큼 예쁜 꽃입니다.

그러니 예로부터 바람난다 하지 않았겠습니까. 붉은 명자를 얼핏 보면 동백과 구분이 어려운데요, 사실 알고 보면 구분하기는 쉽습니다. 동백은 녹색의 잎사귀들 사이로 붉은 꽃이 피지만, 명자는 잎이 없이 꽃만 다닥다닥 피는 까닭입니다. 동백은 꽃잎이 5~7장으로 벌려 피는데, 명자는 오직 다섯 잎이 오므려 피는 까닭입니다.

> 내 남편의 첫사랑은
> 명자, 명자나무
> 갈비뼈 사이 어디쯤에서
> 아직도 나붓거리고 있을
> 붉은 꽃잎의 기억
> 왠지 심술 나
> 모른 척 툭 건드리면
> "그거이 왜 자꾸 건드립네까"
>
> — 이영혜, 「꽃잎의 기억」 부분

　실제로 시인의 남편에게 첫사랑이 있고, 그 첫사랑의 이름이 명자일 수도 있겠지만, 아니어도 무슨 상관이 있겠습니까. 내 생애 가장 붉고 예뻤던 시절, 화양연화의 시절은 지나고 이제는 세월 따라 늙어 가는데, 명자 저 붉은 가시내 같은 꽃을 보면 누군들 시샘을 하지 않을 수 있겠습니까. 시인의 마음이 지금 그럴 테지요. 그렇게 넘어가면 됩니다. 그런데 이 시를 읽다가 문득 떠오르는 시가 하나 있는데요, 민왕기 시인의 「마리여관」이라는 시입니다.

마리여관이 서 있다 아름다운 마리여관이 서있다
투숙객들 떠났다고 쓰면 더 아름다울 것 같아서
수첩에 마리여관, 마리여관, 사람 없는 마리여관이라고 써보았다
아버지에겐 명자라는 이름의 여자가 그랬던 것처럼
마리, 그건 정말 슬픈 이름 같아
사람을 홀리기도 하는 퇴색한 흰 벽에 마리, 라고 써보고 싶었다

— 민왕기, 「마리여관」 부분

"아버지에겐 명자라는 이름의 여자가 그랬던 것처럼 / 마리, 그건 정말 슬픈 이름 같아"(민왕기, 「마리여관」)와 "내 남편의 첫사랑은 / 명자, 명자나무 / 갈비뼈 사이 어디쯤에서 / 아직도 나붓거리고 있을"(이영혜, 「꽃잎의 기억」) 두 문장을 놓고 보면 참 묘하지요. 두 시인이 말하는 '명자'는 각각 다른 명자일 텐데, 마치 세월을 두고 한 여자를 가리키는 것만 같은 착각에 빠지게 하니 말입니다.

사랑이란
지상에 별 하나 다는 일이라고
별것 아닌 듯이
늘 해가 뜨고 달이 뜨면
환한 얼굴의
명자 고년 말은 했지만
얼굴은 새빨갛게 물들었었지

— 홍해리, 「명자꽃」 부분

흰꽃은 흰 대로, 붉은꽃은 붉은 대로, 명자꽃은 사람 마음을 흔드는 묘한 꽃이긴 하지만 무엇보다 그 이름 때문에, 꽃보다 먼저 명자라는 그 이름 때문에 더 사람 마음을 흔들기도 하는 참 묘한 꽃이지요. "환한 얼굴의 / 명자 고년 말은 했지만 / 얼굴은 새빨갛게 물들었었지"라는 문장만큼이나 말입니다. 🌺

감꽃
밥 대신 따 먹던 꽃

"똥구멍이 찢어지게 가난하다."는 말은 보릿고개에서 나온 말이지요. 두산백과에는 보릿고개를 이렇게 설명하고 있습니다. "지난가을에 수확한 양식은 바닥이 나고 보리는 미처 여물지 않은 5~6월(음력 4~5월), 농가 생활에 식량 사정이 매우 어려운 고비."

1960년대까지 보릿고개를 겪었는데, 보릿고개가 되면 사람들은 먹을 게 없어서 초근목피(草根木皮)로 연명했다고 하지요. 그 초근목피가 변비를 일으키는데, 심한 경우 항문이 찢어져서 피가 날 정도였다고 합니다. 한 끼 건너기가 강물 건너는 것보다 힘들었다는 보릿고개. 물론 지금은 사라진 고개입니다만, 우리 부모 세대에는 누구나 힘겹게 넘어야 했던 고개이지요. 그 시절이 어떤 시절인지 모르겠다고요. 그 시절에는 쌀 두 가마에 사람을 팔고 사기도 하던 시절입니다. 당장 제 부모가 그렇게 살아오셨으니까요.

어머니는 참 무식하시다
초등학교도 다 채우지 못했으니 한글 쓰는 일조차 어눌하시다 아들

별은 서듯
감꽃 세던 우리 누이 ```
별이 된 우리 엄니 ```

이 시 쓴답시고 어쩌다 시를 보여드리면 당최 이게 몬 말인지 모르겠
네 하신다 당연하다

　어머니는 참 억척이시다
　열일곱 살, 쌀 두 가마에 민며느리로 팔려 와서, 말이 며느리지 종살
이 3년 하고서야 겨우 종년 신세는 면하셨지만, 시집도 가난하기는 매
한가지요, 시어미 청상과부라 시집살이는 또 얼마나 매웠을까, 그래저
래 직업군인인 남편 따라 서울 와서 남의 집살이 시다살이 파출부살이
수십 년 이골 붙여 자식 셋 대학 보내고 시집 장가 보냈으니, 환갑 넘어
서도 저리 억척이시다 이번에 내 시집 나왔구만 하니, 이눔아 시가 밥
인겨 돈인겨 니 처자식 제대로 먹여 살리고는 있는겨 하신다 당연하다

　무식하고 억척스런 어머니가 내 모국이다 그 무식한 말들, 억척스런
말들이 내 시의 모국어다 당연하다

지금까지 써 온 수백 편 시들을 전부 모아 밤새 체를 쳤다 바람 같은
말들, 모래 같은 말들, 다 빠져나가고 오롯이 어, 머, 니,만 남았다

— 박제영, 「어머니는 참 무식하시다」 전문

꽃 얘기도 아니고 보릿고개니, 민며느리니, 무슨 뚱딴지같은 얘기냐
고요? 실은 감꽃 이야기를 하려다 보니 자연스레 보릿고개가 나왔네
요. 보릿고개 그 한가운데 피는 꽃이 감꽃이기 때문입니다.

우리 엄마 어릴 때 보릿고개 오월은 하도 길고 길어서 엄마는 그 노
란 꽃을, 떫디떫은 감꽃을 밥 대신 따 먹었답니다. 그 시절 아이들은
보릿고개 와중에도 감꽃을 굴비처럼 실에 꿰어 목걸이로 만들어 목에
걸고 다니다가 배고프면 하나씩 빼 먹기도 했다나요. 감꽃과 함께 그
길고 긴 보릿고개를 넘었다고 합니다. 저도 잘 이해하지 못하는데 하
물며 요즘 젊은 사람들에게는 도저히, 도무지 이해가 되지 않는 상황
이겠지요. 그렇다면 청마 유치환과 나눈 애틋한 연애편지로 유명한 이
영도(1916~1976) 시조시인의 「보릿고개」를 소개한다 해도 요즘 젊은
사람들은 뭔 소린지 통 모르겠다 할지도 모르겠습니다.

사흘 안 끓여도
솥이 하마 녹슬었나

보리누름 철은
해도 어이 이리 긴고

감꽃만

줍던 아이가
몰래 솥을 열어보네

— 이영도, 「보릿고개」 전문

아이라고 눈치가 없겠습니까. 굴뚝에 연기 끊긴 지 이미 오래된 것을 아이도 알고 있었지요. 솥에 끓일 양식 떨어진 지 오래된 것을 아이도 알고 있었지요. 찔레 순으로 허기를 달래보고, 아카시 꽃으로 허기를 달래보고, 감꽃으로 허기를 달래보지만, 그런 것으로 채워질 허기가 아니었겠지요. 그러니 알면서도 헛된 기대인 줄 알면서도 빈 솥 열어보는 것이지요.

혓바닥이 노랗게 되도록 감꽃 주워 먹고 밤새 배앓이하고, 그래도 날이 새면 다시 감꽃 주워 먹고 배앓이하고…… 감꽃 먹고 배앓이하기를 수십 번 하다 보면 겨우 넘을 수 있었던 보릿고개. 배를 곯다가 배를 앓다가 살아남은 자들만 겨우 넘었다는 가난 고개, 눈물 고개. 이영도 시인만, 이영도 시인의 고향만 그랬겠습니까. 마을마다 굶어죽는 사람이 지천에 널렸던 시절. 우리 부모 세대의 고향은 어디고 할 것 없이 다 그런 모습을 하고 있었습니다.

그런데 감꽃 하면 제가 제일 먼저 떠올리는 시는 따로 있습니다. 김준태 시인의 「감꽃」입니다. 지금까지 말씀드린 감꽃이 보릿고개의 메타포로 쓰인 것과는 사뭇 다른 작품이지요.

어릴 적엔 떨어지는 감꽃을 셌지
전쟁통엔 죽은 병사들의 머리를 세고

지금은 엄지에 침 발라 돈을 세지
그런데 먼 훗날엔 무엇을 셀까 몰라

— 김준태, 「감꽃」 전문

　김준태 시인의 감꽃은 '보릿고개'라기보다는 어린 시절의 '순수함'을 상징하지요. 감꽃(별처럼 생긴 꽃이니 어쩌면 별일지도 모르겠네요)을 세던 어린 아이가 한국전쟁을 겪으면서는 죽은 병사의 머리를 세고, 박정희에서 전두환에 이르는 군부독재 시절에는 돈을 세면서 성장하여 마침내 어른이 되고 가장이 되었지요. 열심히 살았는데, 현실에 순응하면서 열심히 잘 살았는데, 시인은 어째 잘못 살았다고 고백하는 것 같지 않나요?

　어릴 때 할머니가 그러셨지요. "보릿고개가 무척 질었네라(길었단다). 감꽃 피고 오일장 세 번 지내고, 뻐꾹새 울고 오일장 세 번 지내믄 지우(겨우) 보릿고개를 넘었네라." 보릿고개, 피고개 넘는 것으로 일생을 살다 가신 할머니. 그 간난신고의 시절을 모르고 살았지만, 지난 오십 년 동안에도 감꽃 피고 지고 피고 져도 그 감꽃에 담긴 아픔 모르고 살았지만, 나이 오십이면 지천명(知天命)이라 했던가요. 요즘은 모르고 지나온 것들, 모르고 살아온 사연들이 문득 문득 궁금해지기도 하는 세월입니다. 🌸

앵두꽃 지금은 간신히 아무도 그립지 않은

『동의보감』에 이런 구절이 있습니다. "위앵조소함차형사도고왈앵도
(爲鶯鳥所含且形似桃故曰櫻桃)" 간략히 번역을 하면 '앵조(鶯鳥, 꾀꼬
리)가 즐겨 먹고, 그 모양새가 도(桃, 복숭아)를 닮았다 하여 앵도(櫻
桃)라고 불렀다'는 뜻입니다. 지금은 벗나무 앵(櫻)을 쓰지만 본디 꾀
꼬리 앵(鶯)자를 썼다는 얘기입니다.

실제로 앵두는 꾀꼬리를 비롯한 많은 새들이 좋아하는 열매 중 하나
라고 합니다. '단순호치(丹脣皓齒)'와 '앵순(櫻脣)'이라는 말을 들어보
셨는지요? 중국에서는 예로부터 미인의 조건으로 '붉은 입술(丹脣)'과
'하얀 이(皓齒)'를 들었는데요, 붉은 입술 중에서도 최고의 입술을 붉
은 앵두 같은 입술이라 하여, 앵순(櫻脣)이라 불렀다고 합니다.

　　　믿어도 되나요 당신의 마음을
　　　흘러가는 구름은 아니겠지요
　　　믿어도 되나요 당신의 눈동자
　　　구름 속의 태양은 아니겠지요
　　　… 중략 …

지금은 앵두가 익을 무렵
그리고
간신히 아무도
그립지 않을 무렵

철없이 믿어버린 당신의 그 입술
떨어지는 앵두는 아니겠지요

— 안치행 작사, 최헌 노래, 「앵두」 부분

앵두 같은 입술, 앵순(櫻脣). 잘 익은 앵두만큼이나 붉고 반짝이는
입술. 그런데 곰곰 생각하면 앵순은 실제 앵두를 닮은 입술이라기보
다는 지금 내가 사랑하는 여자의 입술이겠다 싶습니다. 사랑에 빠지
면, 눈에 콩깍지가 씌면 그 입술이 앵순으로 보이지 않겠나 싶습니다.

『조선왕조실록』 중종실록 10권에 보면, 앵두 관련해서 이런 얘기가
또 나옵니다. 효심이 뛰어난 문종이 세자 시절 앵두나무를 심었다는
기록입니다. "문종은 앵두나무를 심어 손수 뿌리에 물을 주고, 그 열
매를 세종께 드렸습니다. 어찌 진어(進御)할 다른 물건이 없겠습니까

마는, 효도를 위해서는 하지 않는 일이 없으므로 그런 것입니다." 실제로 조선의 왕궁에 가보면 곳곳에 앵두나무가 자라고 있는 것을 볼 수 있는데요. 혹시라도 왕궁 나들이 할 일이 있다면 꼭 살펴보시기 바랍니다.

그런데 요즘은 통 앵두나무가 보이질 않지요. 한때 전국의 어느 마을을 가도 볼 수 있었던 흔하디흔한 나무였는데 말입니다. 마을마다 우물이 있고, 우물가에는 꼭 앵두나무가 있었지요. 하얀 꽃이 환하게 피었다 지면 붉은 앵두가 우수수 열리고…… 우물가에서 수다 떨던 누이들, 집으로 돌아갈 때 한 바가지씩 앵두를 담아가곤 했던 그 모습을 이제는 볼 수가 없지요.

앵두나무 우물가에 동네 처녀 바람났네
물동이 호밋자루 나도 몰라 내던지고
말만 들은 서울로 누굴 찾아서
이쁜이도 금순이도 단봇짐을 쌌다네

석유등잔 사랑방에 동네 총각 맥 풀렸네
올가을 풍년가에 장가 들라 하였건만
신붓감이 서울로 도망갔다니
복돌이도 삼룡이도 단봇짐을 쌌다네

서울이란 요술쟁이 찾아갈 곳 못 되더라
새빨간 그 입술에 웃음 파는 에레나야
헛고생을 말고서 고향에 가자

달래주는 복돌이에 이쁜이는 울었네

— 천봉 작사, 한복남 작곡, 김정애 노래, 「앵두나무 처녀」(도미도 레코드, 1955) 전문

마을회관 앞 앵두나무 다 익으면

떠났던 사람들 돌아올 것입니다

… 중략 …

앵두가 익을 무렵 앵두는 지고

지는 열매를 주우러 모여든 할머니들은

기웃한 삽짝 같은 기억을 앵두칠합니다

… 중략 …

여기가 아니라면 누가 앵두의 시절을 믿을까요

앵두가 익을 무렵, 없는 나무에 손 뻗어

앵두를 흘리는 어린 소녀들을 보았습니다

— 김종태, 「앵두가 익을 무렵」 부분

　김정애의 노래 「앵두나무 처녀」를 들으며, 김종태의 시 「앵두가 익을 무렵」을 읽습니다. 가능하면 이 글을 읽는 당신도 따라해 보시기 바랍니다.

　새마을운동과 경제개발 5개년 계획이 추진된 1960년대. 사람들은 농촌을 떠나 너 나 할 것 없이 서울로, 서울로 떠났지요. 이쁜이도 금순이도 단봇짐을 싸서 서울로 가고, 복돌이도 삼룡이도 단봇짐을 싸서 서울로 갔습니다. 이쁜이는 새빨간 입술에 웃음을 파는 에레나가 되고, 금순이는 공순이가 되어 미싱을 돌리고 또 돌렸습니다. 그 사이 마을에는 우물도 사라지고, 앵두나무도 사라졌지요. 어쩌다 간신히 마

을회관 앞에 앵두나무 한 그루 심어져 있기도 하지만, 어쩌다 간신히 마을에 남은 누이들은 이제 할머니가 되어 앵두나무 아래에서 떠났던 사람들을 기다리고 있지만, 기웃한 삽짝 같은 기억을 앵두칠한들, 누가 앵두의 시절을 믿을까요. 앵두는 익어도 사람들은 이제 돌아오지 않을 테지요.

> 그녀가 스쿠터를 타고 왔네
> 빨간 화이바를 쓰고 왔네
>
> … 중략 …
>
> 그녀가 풀 많은 내 마당에 스쿠터를 타고 왔네
> 둥글고 빨간 화이바를 쓰고 왔네
>
> — 고영민, 「앵두」 부분

고영민 시인의 시 「앵두」와 김정애의 노래 「앵두나무 처녀」 사이에는 사실 객관적으로는 어떤 관련도 없지만 왠지 깊은 관련이 있을 것 같다는 생각. 십 년 전, 고영민의 「앵두」라는 시를 처음 봤을 때 기억, 시를 보자마자 김정애가 부른 노래 「앵두나무 처녀」를 떠올렸던 기억이 아직도 또렷합니다. 1960년대 단봇짐 싸서 서울 갔던 이쁜이가, 새빨간 입술에 웃음을 팔던 이쁜이가, 이제 다시는 돌아오지 않을 줄 알았던 이쁜이가, 40여 년 만에 다시 고향에 돌아왔구나! 스쿠터를 타고 빨간 화이바를 타고, 티켓 파는 다방 레지 '지나'가 되어 고향에 돌아왔구나! 우물 대신 티켓 다방이 들어서고, 앵두 같은 레지들이 누이를

대체하면서 세상은 돌고 도는구나! 그런 우울한 생각을 했던 것인데
요, 당신은 지금 어떤 생각이 드는지요?

> 지금은 앵두가 익을 무렵
> 그리고 간신히 아무도 그립지 않을 무렵
> 그때는 내 품에 또한
> 얼마나 많은 그리움의 모서리들이
> 옹색하게 살았던가
> 지금은 앵두가 익을 무렵
> 그래 그 옆에서 숨죽일 무렵
>
> — 장석남, 「옛 노트에서」 부분

앵두가 시야에서 멀어진 지금, 앵두가 간신히 그리운 지금, 세상은
점점 더 빠르게 변하고 있습니다. 내 몸, 내 정신, 내 마음이 그 변화
의 속도를 도저히 따라갈 수 없을 만큼 **빠르게** 변하고 있습니다. 그러
면서 하나둘 사라져갑니다. 우물이 사라지고 앵두나무가 사라지고 누
이들이 사라지고 내 안에 무수한 그리운 것들이 사라지고 그리울 것
들이 사라져 갈 것입니다. 슬퍼할 일은 아닙니다. 그게 삶이니까요. 🌿

바람꽃
흰 바람벽이 있어

이른 봄부터 늦은 여름까지 우리네 산과 들에서 볼 수 있는 키 작은 꽃들이 있습니다. 바람처럼 왔다가 바람처럼 가버리는 꽃. 바람꽃입니다. 영어로도 윈드플라워(Windflower)로 불리는, 우리말 이름과 영어 이름이 놀랍게도 완전히 같은 꽃이지요. 우리 이름이 먼저일까요 아니면 영어 이름이 먼저일까요? 그것은 모르겠지만, 바람꽃의 학명은 아네모네 코로나리아(Anemone coronaria L.)인데요, 그리스어의 아네모스(Anemos: 바람)에서 비롯하였고, 그리스 신화에 따르면 미소년 아도니스가 죽을 때 흘린 피에서 생겨난 꽃이라 전해지지요. 잠시 신화를 들여다보겠습니다.

제우스는 아도니스에게 1년 중 넉 달은 저승 왕비와, 넉 달은 아프로디테와 머물게 했다. 나머지 넉 달은 아도니스 자신에게 주어 운기조식하는 기간으로 삼게 했다. 하지만 아도니스는 저승 왕비에게 돌아갈 수 없었다. 아프로디테가 가지고 있던 케스토스 히마스(마법의 띠)에 홀린 아도니스가 저승 왕비를 까맣게 잊어버린 것이다. 저승 왕비는 아프로디테의 정부(情夫)인 전쟁신 아레스를 꼬드겼다. '아프로디테 여

이 된 바람꽃에
내 가난한
늙은 어머니가 있다

신은 아레스 신은 안중에도 없다는 듯이 자고새면 아도니스만 난잡하
게 희롱해서 태양신이 다 낮을 붉힌다고 하더이다.' 저승 왕비가 아레
스의 불뚝 성미를 건드려놓은 줄도 모르는 채 아프로디테는 아도니스
를 달고 다니며 시도 때도 없이 숲속의 골풀 위에서 사랑을 나누었다.
아레스의 신수(神獸) 멧돼지는 아프로디테가 자리를 뜰 때만을 기다
렸다가, 이윽고 고향으로 나들이한 틈을 타서 아도니스의 옆구리에다
어금니를 박았다. / 비둘기 편에 전갈을 받고 급히 숲으로 돌아온 여신
은 아도니스의 주검에다 넥타르(神酒)를 뿌리고 꽃이 될 것을 축원하
니, 여기에서 피어난 꽃이 바로 '아네모네(바람꽃)'다. 아도니스는 1년
의 3분의 1은 땅속에서 머물고, 3분의 1은 생장하고, 3분의 1은 곡물의
형태를 취하는 씨앗의 운명을 상징하는 것으로 알려져 있다.

— 이윤기, 「새 천년을 여는 신화 에세이(8)」(문화일보 2000년 1월1일) 중에서

바람꽃의 꽃말이 왜 '사랑의 괴로움'인지 알 것도 같습니다. 그런데

인터넷에 '바람꽃'으로 검색해보면, 그 종류가 무척이나 많습니다. 가래바람꽃, 국화바람꽃, 긴털바람꽃(조선바람꽃), 꿩의바람꽃, 나도바람꽃, 남방바람꽃, 너도바람꽃, 들바람꽃, 만주바람꽃, 매화바람꽃, 바이칼바람꽃, 변산바람꽃, 세바람꽃, 숲바람꽃, 쌍둥이바람꽃, 외대바람꽃, 태백바람꽃, 홀아비바람꽃, 회리바람꽃 등등 참 많지요. 그러니 너도바람꽃, 나도바람꽃이란 이름도 생긴 듯합니다. 우리나라의 꽃이며 나무며 그 이름을 보면 '너도'나 '나도'가 붙은 경우가 많은데, '너도'나 '나도'가 붙은 것은 생김새나 성질이 비슷할 뿐 엄밀히 말하면 붙지 않은 것들과 다른 개체일 확률이 높습니다. '종-속-과-목-강-문-계'라는 계통도를 아시는지요? 그러니까 '너도'나 '나도'가 붙은 것은 붙지 않은 것과는 실제로는 다른 족속(族屬)인 경우가 태반입니다. 사람으로 치면 흑인을 백인이라 부르는 꼴이니, 식물 입장에서 보면 참 억울하겠다 싶기도 합니다. 식물은 입이 없으니 할 수 없는 노릇인가요? 하여튼 식물(자연) 입장에서 보면 인간이란 참 모자라고 희한한 존재들인지도 모릅니다. 남의 사정은 아랑곳 않고 그저 제 편한 대로 이름 붙이고 해석해 버리는 것이니 말입니다.

하여튼 바람꽃 종류를 찾아보니 제 말이 맞았습니다. 위에 열거한 바람꽃이 모두 미나리아재빗과(科)로 같기는 하지만 그 속명(屬名)은 다 다릅니다. 바람꽃속(Anemone)이 아닌 것은 그러니까 바람꽃이 아닌데 바람꽃이라 불리는 족속들겠지요. 다시 말하지만 억울해도 할 수 없는 노릇입니다. 이름이 다양하다는 것은 그만큼 많은 지역에 자생한다는 뜻이기도 하지요. 지역이 다르면 개화 시기도 달라지는 법이고요. 그래서 바람꽃을 개화 시기와 속명을 기준으로 알기 쉽게 분류해봤습니다.

바람꽃속 : 들바람꽃(4월), 외대바람꽃(4월), 홀아비바람꽃(4월), 국화바람꽃(4~5월), 꿩의바람꽃(4~5월), 남방바람꽃(4~5월), 태백바람꽃(4~5월), 세바람꽃(5~6월), 숲바람꽃(5~6월), 쌍둥이바람꽃(5~6월), 회리바람꽃(5~6월), 바이칼바람꽃(6월), 긴털바람꽃(6~7월), 가래바람꽃(7~8월), 바람꽃(7~8월)

나도바람꽃속 : 나도바람꽃(5~6월)

너도바람꽃속 : 너도바람꽃(3~4월), 변산바람꽃(3~4월)

만주바람꽃속 : 만주바람꽃(4~5월)

매화바람꽃속 : 매화바람꽃(7~8월)

나름대로 알기 쉽게 분류한 것인데, 여전히 어렵나요? 염려하지 마세요. 굳이 외우실 필요는 없으니까요. 다만 다음의 문장만 기억해두시면 어떨까 싶습니다.

이른 봄 다른 바람꽃들이 나오기 전에 서둘러 '너도바람꽃'이 언 땅을 뚫고 나오고, 뒤를 이어 이런저런 바람꽃들이 피기 시작하면 이제 질세라 '나도바람꽃'이 피어 봄은 절정에 다다르고, 봄이 가고 여름이 오면서 온갖 바람꽃들이 다 지고 나면, 진짜배기 그냥 '바람꽃'이 한 여름을 만끽하면서 피네.

이른 봄, 아직 꽃 필 때가 아닌데 싶은, 그런 추운 때에도 바람꽃은 핍니다. 바위 틈, 절벽 아래, 설마 이런 곳에 꽃이 필까 싶은, 그런 곳에서도 바람꽃은 핍니다. 한라에서 백두까지 산이며 강이며 바다며 그 곳이 어디든 바람꽃은 핍니다. 그야말로 바람 같은 꽃이지요. 바람이 닿지 않는 곳이 없으니까 말입니다. 시인들의 삶이 그렇지요. 어디에도 매이지 않고 바람처럼 살다 가는 사람들. 그래서 그런가요. 바람꽃을 소재로 많은 시인들이 시를 남겼습니다. 김기산 시인의 「홀아비바람꽃」처럼 해학적인 것, 문효치 시인의 「나도바람꽃」처럼 애잔한 것에 이르기까지 말이지요. 이런 선시(禪詩)도 있습니다.

> 무갑사 뒷골짝,
> 그늘볕을 쬐던 어린 꽃
> 가는 바람 지나가자
> 여린 목을 연신 꾸벅댄다
>
> 전등선원 동명스님은
> 깜빡 졸음도 수행이라 했다
>
> 꽃도
> 절밥을 하도 먹어
> 그 정도는 알아듣는다
>
> ― 류병구, 「무갑사 바람꽃」 부분

　　지금까지 바람꽃에 관해 이런저런 이야기를 두서없이 떠들었네요. 정작 하고 싶은 얘기는 지금부터인데 말입니다. 바로 백석의 시 「흰 바람벽이 있어」입니다. 문청 시절, 그러니까 스무 살 무렵 백석을 비롯한 월북 시인들의 시를 꽤 많이 필사했는데, 그때의 기억입니다. 백석의 「흰 바람벽이 있어」도 수십 번 필사하였는데, 어느 날 문우가 제 필사 노트를 보더니 그러는 겁니다. "야, 흰 바람벽이야, 흰 바람꽃이 아니고." 그러고 보니 필사를 하면서, 바람벽을 전부 바람꽃으로 적었던 겁니다. 왜 그랬을까요? 지금도 이유는 모르겠습니다. 다만, 저에게 바람꽃은 백석과 함께, 백석의 시 「흰 바람벽이 있어」와 함께, 해마다 피고 있다는 것이지요. 그래요. 제가 정작 하고 싶었던 얘기는 바람꽃이 아니라 어쩌면 백석의 「흰 바람벽이 있어」가 「흰 바람꽃이 있어」로 바뀐 사연이었는지도 모르겠습니다. 아래처럼 말이지요.

오늘 저녁 이 좁다란 방의 흰 (바람꽃)에 / 어쩐지 쓸쓸한 것만이 오고 간다 / 이 흰 (바람꽃)에 / 희미한 십오촉 전등이 지치운 불빛을 내어던지고 / 때글은 다 낡은 무명샤쓰가 어두운 그림자를 쉬이고 / 그리고 또 달디단 따끈한 감주나 한잔 먹고 싶다고 생각하는 내 가지가지 외로운 생각이 헤매인다 / 그런데 이것은 또 어인 일인가 / 이 흰 (바람꽃)에 / 내 가난한 늙은 어머니가 있다 / 내 가난한 늙은 어머니가 / 이렇게 시퍼러둥둥하니 추운 날인데 차디찬 물에 손은 담그고 무이며 배추를 씻고 있다 / 또 내 사랑하는 사람이 있다 / 내 사랑하는 어여쁜 사람이 / 어늬 먼 앞대 조용한 개포가의 나즈막한 집에서 / 그의 지아비와 마주앉어 대구국을 끓여놓고 저녁을 먹는다 / 벌써 어린것도 생겨서 옆에 끼고 저녁을 먹는다 / 그런데 또 이즈막하야 어느 사이엔가 / 이 흰 (바람꽃)엔 / 내 쓸쓸한 얼골을 쳐다보며 / 이러한 글자들이 지나간다 / ─ 나는 이 세상에서 가난하고 외롭고 높고 쓸쓸하니 살아가도록 태어났다 / 그리고 이 세상을 살어가는데 / 내 가슴은 너무도 많이 뜨거운 것으로 호젓한 것으로 사랑으로 슬픔으로 가득찬다 / 그리고 이번에는 나를 위로하는 듯이 나를 울력하는 듯이 / 눈질을 하며 주먹질을 하며 이런 글자들이 지나간다 / ─ 하늘이 이 세상을 내일 적에 그가 가장 귀해 하고 사랑하는 것들은 모두 / 가난하고 외롭고 높고 쓸쓸하니 그리고 언제나 넘치는 사랑과 슬픔 속에 살도록 만드신 것이다 / 초생달과 바구지꽃과 짝새와 당나귀가 그러하듯이 / 그리고 또 '프랑시스 쨈'과 도연명과 '라이넬 마리아 릴케'가 그러하듯이

— 백석, 「흰 (바람꽃)이 있어」전문. ( )는 필자 변형. 🦂

달맞이꽃

아아, 달맞이꽃 터지는 소리 들어봐

가만히 들여다보면
슬픔이 아닌 꽃은 없다

… 중략 …

눈물 닦고 보라
꽃 아닌 것은 없다

— 복효근, 「꽃 아닌 것 없다」 부분

지난 몇 년 동안 이 꽃 저 꽃 직접 찾아보기도 하고 자료도 찾아보기도 하고 꽃 꽃 꽃 하며 살았는데요. 복효근 시인의 말마따나 가만히 들여다보면 세상에 슬픔이 아닌 꽃 없고, 꽃 아닌 슬픔 없다 싶더군요. 이놈의 세상, 정말로 꽃 아닌 것은 없지 않나 싶기도 합니다. 장사익 선생이 부른 「달맞이꽃」을 들어보셨는지요?

얼마나 기다리다 꽃이 됐나 / 달 밝은 밤이 오면 홀로 되어 / 쓸쓸히

만나고 헤어지고
아프게 그리워 하고
달맞이 꽃처럼
한 일생이 가는 것

쓸쓸히 미소를 띠는 / 그 이름 달맞이꽃 아—아—아 아~아~아 / 서산
에 달님도 기울어 / 새파란 달빛 아래 고개 숙인 / 네 모습 애처롭구나~

　소리꾼 장사익이 부르는 「달맞이꽃」. 그 노래를 듣다보면 저절로 애
절해지는 것인데요……. '기다림'이라는 꽃말처럼 떠난 이를 못 잊어
기다리다 마침내 달빛 아래 애절하게 노랗게 노랗게 달빛처럼 꽃으로
피어난 달맞이꽃. 영어로는 이브닝 프림로즈(Evening primrose)라고
하지요. '저녁에 피는 앵초'란 뜻입니다.
　태양빛을 피하기라도 하듯 낮 동안 다물었던 꽃잎이 밤이 되면 달
빛과 함께 활짝 피어나는 꽃. 떠난 님을 그리워하며 이제 오실까 저제

오실까 우물가 발을 동동 구르며 밤을 지샐 때 그 곁을 함께 지키며 노랗게 피어 있으니, 달맞이꽃을 일본에서는 '월견초(月見草)'라 부르고 중국에서는 '야래향(夜來香)'이라고 부른 것이겠지요. 밤에 피었다 낮에 지니 어떤 이들은 야화(夜花)라고도 불렀다던가요.

　달맞이꽃은 남아메리카 칠레가 원산지인 두해살이 귀화식물입니다. 달맞이꽃이 일제로부터 해방될 무렵 우리나라에 들어왔다고 해서 일각에서는 '해방초'라 불리기도 한다던가요. 5월쯤이면 논두렁 밭두렁에 흐드러지기 시작해서 7월 여름밤이면 노란색 꽃이 달빛처럼 가득해지는 달맞이꽃은 본래 북미 인디언들이 약초로 활용했던 꽃이라고 합니다. 피부염이나 종기를 치료하는 데 썼고, 기침이나 통증을 멎게 하는 약으로 달여 먹기도 했다고 합니다. 그런데 저는 왜 달맞이꽃이 약(藥)보다는 병(病)의 느낌으로 다가오는지 모르겠습니다. 당신은 어떤가요?

　　　하필 그 환한 꽃을 죽이다니
　　　밤마다 달을 바라보던 그 꽃을
　　　꽃 심장에 가득 찼을 달빛을
　　　그 달빛으로 기름을 짜다니
　　　노오란 꽃에 앉았던 나비의 기억까지
　　　모두 모두 으깨다니
　　　부서진 달빛, 꽃잎, 나비,
　　　두 알씩 삼키고 내 피가 평안해지다니
　　　생수 한 컵으로 넘긴 감마리놀렌산 두 알

혈관에 달맞이꽃 몇 송이 둥둥 떠다닌다

— 최문자, 「달맞이꽃을 먹다니」 부분

최문자 시인도 시중에 떠도는 소문에 혹해, 달맞이꽃을 약이라 생각했다가, 약인 줄 먹다가, 아, 마침내 병인 것을 깨달은 것인데…… 당신은 어떤가요?

1979년 『창작과비평』 가을호에 실린 김주영의 단편소설 「달맞이꽃」에 보면 이런 구절이 나옵니다. "나는 흐느끼는 소리를 들으며 팔자가 사나웠던 어머니를 생각하게 된다. 어머니는 우물가에 축대에 앉아 달맞이꽃을 바라보며 애써 삼키지도 않고 대놓고 울지도 않는 자제력 있는 흐느낌으로 우셨는데 나는 그런 어머니의 울음소리가 달밤에만 피는 달맞이꽃 잎에 묻어가고 꽃잎은 어머니의 한이 서린 입김으로 자꾸만 핀다는 생각을 한 적이 있다."

소설 속의 주인공처럼 나는 아무래도 달맞이꽃은 서럽고 아픈 사람의 병이 아닐까 싶습니다. 삶이란 게 병이지요.

기다림 없는 삶, 그리움 없는 삶, 애별리고(愛別離苦) 없는 삶이 어디 있겠습니까. 만나고 헤어지고 기다리고 아프게 그리워하고 그러면서 달맞이꽃처럼 한 일생이 가는 것이지요.

한 아이가 돌을 던져놓고
돌이 채 강에 닿기도 전에
두 손으로 얼굴을 가린다

… 중략 …

그로부터 너무 멀리 왔거나
그로부터 너무 멀리 가지 못했다.

— 이홍섭, 「달맞이꽃」 부분

논둑, 밭둑에 흐드러진 달맞이꽃이 농사를 짓는 농부들에게는 하등 필요 없는, 잠시라도 놔두면 쑥처럼 쑥쑥 자라는, 늦기 전에 베어내야 하는 잡초이겠지만, 누군가에게는 병을 낫게 하는 약초이겠고, 또 누군가에게는 이홍섭의 시처럼 첫사랑을 추억하게 해주는 증표 같기도

아내여, 귀 기울여봐
온갖 것 다 놓아버리고 싶은 밤이면
어둠 가득한 마당귀에
귀 기울여봐
아아, 달맞이꽃 터지는 소리 들어봐

— 복효근, 아내와 다툰 날 밤

할 테지요. 달맞이꽃이 잡초여도 좋고 약이어도 좋고 병이어도 좋겠다
는 생각을 해봅니다.

> 새로 얻은 전셋집 마당엔
> 편지 대신 들꽃씨가 자주 날아와 앉았지
> 봄 내내 우린
> 싸움닭처럼 다투었고 그런 날이면
> 마당귀 가득 달맞이꽃이 피었지
>
> … 중략 …
>
> 달 없는 밤에도 꽃은 피는지
> 우리 긴긴 싸움의 나날
> 아내여, 귀 기울여봐
> 온갖 것 다 놓아버리고 싶은 밤이면
> 어둠 가득한 마당귀에
> 귀 기울여 들어봐
> 아아, 달맞이꽃 터지는 소리 들어봐
>
> — 복효근, 「아내와 다툰 날 밤」 부분

　　복효근 시인의 시로 시작했으니 복효근 시인의 시로 마무리하려고
합니다. 달맞이꽃이 노랗게 핀 어느 늦은 봄밤, 박봉의 선생 월급으로
이곳저곳 전전긍긍 전세를 옮겨 다니던 그 시절이었을 겁니다. 바깥
사정 안사정, 서로 그 사정 모르거나 사정을 안다 해도 자주 다툴 수

밖에 없던 그 시절은 '긴긴 싸움의 나날'들이었을 겝니다. 그런 나날들을, 그런 시절들을 시인과 시인의 아내는 어떻게 견디고 어떻게 건너왔던 것일까요?

"귀 기울여봐 / 온갖 것 다 놓아버리고 싶은 밤이면 / 어둠 가득한 마당귀에 / 귀 기울여 들어봐 / 아아, 달맞이꽃 터지는 소리 들어봐"

그래요. 그렇게 달맞이꽃 터지는 소리 들으며, 달맞이꽃에 기대어, 그 긴긴 싸움의 날들을 견디고 건넜을 겝니다. 아직도 여전히 그 싸움의 나날들을 지나고 있는, 건너야 하는 저로서는 시인의 말처럼 한번, 귀 기울여 볼 밖에요. 당신은요? 들리시나요? 아아, 달맞이꽃 터지는 소리! 🌹

양귀비

하시시 웃고 있는 여자

물고기도 반해서 바닥에 가라앉게 만들어 침어(沈魚)라는 별칭을 얻은 '서시(西施)', 날아가던 기러기도 넋을 잃고 떨어지게 만들어 낙안(落雁)이라는 별칭을 가진 '왕소군(王昭君)', 달도 부끄러워 얼굴을 가린다 해서 폐월(閉月)이라는 별칭을 가진 '초선(貂蟬)', 그리고 꽃마저 부끄럽게 만든다 해서 수화(羞花)라 불리기도 한 '양귀비(楊貴妃)'. 이 넷을 일러 중국의 4대 미녀라고 하지요. 왕소군 하면 그가 남긴, "호지무화초 춘래불사춘(胡地無花草 春來不似春, 오랑캐 땅에는 꽃과 풀도 없으니 봄이 와도 봄 같지가 않구나)"이라는 유명한 시구도 떠오를 텐데요, 오늘은 그중에서 양귀비를 이야기하려고 합니다.

'안사의 난'을 피해 쓰촨으로 도망가던 당나라 6대 황제 현종의 가마가 마외파에 이르렀을 때였다. 호위하던 병사들이 소동을 일으켰다. 나라를 망친 양귀비와 그 일족을 죽이지 않으면 한 발짝도 나가지 않겠다고 주저앉은 것이다. 뒤에선 안록산의 군대가 쫓아오고 피난 가마는 조금도 움직일 기미를 보이지 않자 다급해진 현종은 병사들의 요구를 들어 줄 수밖에 없었다. 양귀비의 일족은 병사들에게 내어주어 주살하게

양귀비 꽃만큼
짖어서
후생이 생겨난다

했고 사랑해 마지않던 총비 양귀비는 내팽개쳤다. 눈에 넣어도 아프지 않고 자신의 목숨보다 더 귀하다고 했던 양귀비가 환관 고력사의 손에 이끌려 죽으러 가는 것을 그저 수수방관할 뿐이었다. 양귀비는 마외파 인근 불당 앞 배나무에 비단천으로 목을 매어 죽었다. 자결했다고도 하고 고력사가 죽였다고도 한다. 당시 양귀비의 나이 38세였다. 나라를 기울게 할 만큼 아름다웠다는 여인, 경국지색(傾國之色) 양귀비의 10여 년 권세는 이렇게 끝이 났다.

네이버캐스트 인물세계사에서 김정미가 쓴 「양귀비-중국 당나라 6대왕 현종의 총비」의 일부인데요, 글이 다소 길지만 읽어보시는 게 좋을 듯하여 옮겨 적습니다. '화무십일홍 권불십년(花無十日紅 權不十年)'이라는 말과 양귀비는 그야말로 제대로 된 한 짝이지요. 조선으로 넘어오면 장녹수가 있겠고, 장희빈이 있겠지만 양귀비만은 못하지요.

미녀 양귀비 이야기는 이쯤하고 꽃 양귀비 얘기로 넘어가야겠습니다.

 앵속(罌粟)이라고도 하는 식용 양귀비는 아편의 원료로 쓰여 우리나라에서는 일반인이 재배하는 것을 금하고 있지요. 우리가 볼 수 있는 것은 관상용 양귀비(개양귀비)로 물론 마약 성분이 없는 것입니다. 마약, 아편, 대마, 마리화나, 환각, 중독… 이런 단어들을 만나면 당신은 어떤 것을 연상할까요? 모르겠다고요? 그러면 안현미 시인의 등단작이기도 한 「하시시」라는 시를 읽어보는 것도 좋을 듯합니다.

> 바람이 분다
> 양귀비가 꽃피는 그녀의 옥탑방
> 검은 구두를 신은 경찰이 어제, 다녀갔다
> 하시시 웃고 있는 여자
>
> … 중략 …
>
> 마리화나 같은 추억
> 하시시 바람이 분다
> 아편과 같아 사내는,
>
> 중독을 체포할 수 있는 수갑은?
>
> 그녀의 옥탑방
> 하시시

양귀비꽃 붉다

— 안현미, 「하시시」 부분

제목으로 쓰인 '하시시'는 '배시시'처럼 웃는 모습을 나타내는 '의태어'로 쓰였지만, 한편으로는 하시시(hashish) 즉, 마약인 대마를 뜻하기도 하지요. 시에서는 사실 그 이상의 의미로 쓰인 것이니 다의적이기도 합니다. 시인의 의도가 다분하지요. 하시시 울다가 하시시 우는 여자, 하시시 피어오르는 향기, 하시시 부는 바람 그렇게 하시시 양귀비꽃이 붉다고 하는데, 어떤가요? 어떤 느낌인가요? 시인이 말하고 싶은 게 무언지 감이 잡히시는지요? 시인들이란 참 묘한 족속들이지요. 민용태 시인의 말을 빌리면, 일반적으로 쓰는 말 속에서 시의 말을 캐는 광부들이지요.

정한용 시인은 붉은 양귀비를 일러, "피울음이 난다"고 했고, 조용미 시인은 "단 하루만 타올랐다 꺼지는 불"이라 하기도 했는데요, 그만큼 붉은 양귀비는 지독할 만큼 강렬한 느낌을 자아내는 꽃입니다. 그런데 양귀비를 소재로 한 문장 중에서 제가 제일 좋아하는 문장은 바로 문정영 시인의 "양귀비 꽃은 양귀비 꽃만큼 젖어서 후생이 생겨난다"는 시구입니다. 해마다 양귀비꽃 피는 계절이면 따라서 떠오르는 구절, 양귀비만큼이나 붉디붉은 시문이지요.

누가 나를 순하다하나 그것은 거친 것들 다 젖은 후
마른 자국만 본 것이다.
후박나무 잎은 후박나무 잎만큼 젖고

양귀비 꽃은 양귀비 꽃만큼 젖어서 후생이 생겨난다.

— 문정영, 「그만큼」 부분

비가 내리는 어느 봄날, 붉은 야생 양귀비꽃을 보러 가시려거든, 이
제 꼭 이 시를 함께 가져가시기 바랍니다. 다 가져가기 무겁다면 그저
"양귀비 꽃은 양귀비 꽃만큼 젖어서 후생이 생겨난다"는 이 문장 하나
만이라도 가져가시길요. 그만큼 더 붉어진, 그만큼 더 예뻐진 양귀비
를 보시게 될 테니 말입니다.

개양귀비꽃을 일러 우미인초(虞美人草)라고도 하는데, 그 연유를
아시는지요. 「패왕별희(覇王別姬)」를 보셨다면 아시겠지만 그래도 혹
시 몰라 간단히 말씀드리면 이렇습니다. 초패왕 항우(項羽)가 한고조
유방(劉邦)에게 쫓기어 마침내 해하(垓下)에 이르렀을 때, 유방의 계
략, 사면초가(四面楚歌)로 더 이상 싸울 의지를 상실한 항우의 군사
들이 뿔뿔이 흩어집니다. 전쟁에 패했음을 인정한 항우는 애첩이었던
우미인(虞美人, 흔히 우희라고도 합니다)과 마지막 석별의 잔을 나누
는데, 그때 항우가 우희에게 불렀던 노래가 바로 「해하가(垓下歌)」입
니다.

力拔山兮氣蓋世(역발산혜기개세)
힘은 산을 뽑고 기개는 세상을 덮을 듯한데
時不利兮騅不逝(시불리혜추불서)
시운이 불리하니 오추마조차 나아가질 않는구나
騅不逝兮可奈何(추불서혜가내하)

오추마가 나아가지 않으니 어찌 할까
虞兮虞兮奈若何(우혜우혜내약하)
우미인아 우미인아 너를 어찌 할까

　항우의 노래에 대한 답으로 우미인은 「답항왕가(答項王歌)」를 풀
어놓지요.

漢兵已略地(한병이략지) 한나라 군사가 이미 점령하여
四面楚歌聲(사면초가성) 사방이 초나라 노래 소리
大王意氣盡(대왕의기진) 대왕의 의기가 다 했으니
賤妾何聊生(천첩하료생) 천첩인들 어찌 살기를 바라리오

　노래를 끝낸 우희는 항우의 칼로 자결을 하고, 항우도 오강(烏江)에
서 자결을 합니다. 그후 우미인의 무덤 위로 붉은 꽃이 피었는데, 그
게 바로 양귀비였고 사람들은 우미인초라 불렀다지요. 중국에서는 지
금도 바람 한 점 없어도 항우의 「해하가」를 부르면 우미인초가 흐느
낀다고 합니다. 그 여린 꽃대가 흔들린다고 합니다. 믿거나 말거나 말
입니다.

　양귀비꽃에 얽힌 이런저런 이야기들을 알고 나면, 양귀비에 대한 이
런저런 시편들을 알고 나면 누구라도 양귀비 그 붉은 꽃잎을 쉬 지나
치지 못할 테지요. ❦

박태기꽃
유다가 흘린 피

예, 예. 진정했습니다. 그 사람을, 살려둬서는 안 됩니다. 온 세상의
적입니다. 예, 모든 것을 전부 말씀드리지요. 저는 그 사람이 있는 곳을
알고 있습니다. 곧바로 안내해드리겠습니다. 어설프게 질질 끌지 말
고, 그대로 죽여주십시오. 그 사람은 제 스승입니다. 주인입니다. 하지
만 저하고 같은 나이지요. 서른넷입니다. 저는, 그 사람보다 겨우 두 달
늦게 태어났을 뿐입니다. / 큰 차이도 없습니다. 사람과 사람 사이에, 차
별은 있을 수 없는 겁니다. / 그런데도 저는 바로 오늘까지 그 사람에게,
얼마나 지독하게 부려지고 있었는지요. 얼마나 조롱당해왔는지. 아아,
더 이상은 견딜 수 없습니다. 참을 수 있는 만큼 참아왔습니다. 화날 때
에 화를 낼 수 없으면, 인간으로 태어난 의의가 없지요. 저는 지금까지
그 사람을 성심을 다해 보호했습니다. (… 중략 …) 그래, 그거, 그거다.
자기 입으로 자백하고 있는 거야. 베드로가 뭘 할 수 있다는 거야. 야곱,
요한, 안드레, 토마, 멍청한 것들뿐. 어슬렁거리면서 그 사람을 따라다
니며, 등에 소름이 돋을 만큼 입에 발린 아첨만 늘어놓으면서, 천국이
어쩌고 하는 바보 같은 소리에 빠져서 열광하고 있지. 그 천국이 다가
오면 그놈들은 모두 좌대신, 우대신이라도 될 셈인가. 바보 같은 놈들.

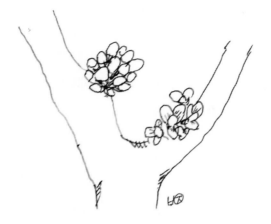

봄을 긁어대는
저 박태기꽃들
지독한 가려움

당장 먹을 빵조차 부족해서 내가 어떻게든 조달해오지 않았으면 모두 굶어죽었을 게 아닌가. 나는 그 사람에게 설교를 시키고, 모여든 군중으로부터 헌금을 걷고 마을의 부자들에게 공물을 받아 숙소를 잡고 의식주의 모든 것을 도맡아서 일했어. 그런데도 그 사람은 바보 같은 제자들처럼 나에겐 감사의 말 한 마디 안 하는 거야. 감사는커녕, 그 사람은 내 이런 숨겨진 고생 따위는 모르는 척 하면서 언제나 사치스러운 소리만 하고. 빵 다섯과 물고기 두 개밖에 없었을 때에도 눈앞의 대군중에게 음식을 주라는 불가능한 명령을 했어.

　위 글의 화자는 누구일까요? 유다입니다. 예수를 배반한 유다. 인용한 글은 다자이 오사무(太宰治)(1909~1948)가 쓴 단편소설 「유다의 고백」이고요. 꽃 얘기가 아닌 웬 유다 얘기를 할까 궁금하실 텐데요. 실은 박태기꽃 이야기를 하려는 까닭입니다. 박태기나무가 유다나무,

박태기꽃이 유다꽃이라 불리기도 하기 때문입니다. 예수를 배반한 유다가 결국 이 나무에 목을 매달고 피를 흘리며 죽었다고 하지요. 그 피가 스며들어 붉은 꽃이 피었는데, 그 꽃이 지금의 박태기꽃이라는 겁니다. 그렇다면 시쳇말로 배반의 꽃이란 건가요? 실제로 박태기꽃이 유럽에서는 배신을 상징한다고 합니다.

한편 박태기꽃이 중국으로 건너오면 이번에는 오히려 다른 나무, 다른 꽃이 되는데요. 중국에서는 박태기나무를 자형(紫荊), 박태기꽃을 자형화(紫荊花)라고 하는데, 이 나무와 꽃이 '우애(友愛)' 혹은 '우정(友情)'을 상징하거든요. 예로부터 중국에서는 형제끼리 우애가 깊어지라고 가정마다 박태기나무를 심었다고 하는데, 특히 당(唐)나라 때 많은 집에서 이 박태기나무를 심었던 모양입니다. 당나라 자연파 시인의 대표자로 당시 왕유(王維, 701~761)와 더불어 왕맹위유(王孟韋柳)라 불렸던 위응물(韋應物, 737~804)은 박태기나무를 보면서 고향을 떠올리고, 고향의 나무를 떠올리고, 고향의 사람들을 떠올리기도 하니 말지요.

> 雜英紛己積(잡영분기적) 많은 꽃 어지럽게 떨어져 쌓였는데
> 含芳獨暮春(함방독모춘) 향기 머금고 늦은 봄 홀로 피었네
> 還如故園樹(환여고원수) 고향의 나무와 같아서
> 忽憶故園人(홀억고원인) 문득 고향 사람 생각하네
>
> — 위응물, 「견자형화(見紫荊花)」 전문

봄날 피었던 꽃들이 필 만큼 핀 꽃들이 이제는 지는 때, 늦은 봄이 되

어서야 박태기나무는 꽃을 피우는 것이니, 그 모습 보면서 시인은 고향을 떠올리고 있는 모양입니다.

박태기꽃은 중국이 원산지입니다. 예로부터 절 주변에서 많이 자라, 옛날 스님들이 중국을 왕래할 때 들여온 것으로 추정하는데, 확실하지는 않습니다. 분홍색의 꽃이 먼저 피며 꽃 색깔이 화려해 지금은 정원수로 많이 심기도 하지요.

우리나라로 전해져서 박태기라는 이름을 갖게 되었는데요, 꽃봉오리 모양이 밥풀과 닮아 '밥티기'라 부른 데서 유래했다고 합니다. 지금도 일부 지방에서는 '밥티나무'라고도 부르고, 북한에서는 꽃봉오리가 밥풀이 아닌 구슬처럼 생겼다고 하여 '구슬꽃', '구슬꽃나무'라고 부른다고 하네요.

> 좁쌀 크기에서 쌀알로, 옥수수알갱이로 뭉쳐지는
> 진액의 전언들, 가시로 고동을 발라내듯
> 마른 뼈를 눅진하게 쑤셔댄다
> 묵은 살갗이 터진다
> 지울 수 없는 진자홍, 더 이상은 벗겨낼 수가 없다
>
> 봄을 긁어대는 저 박태기꽃들
> 지독한 가려움이다
>
> ― 박수현, 「박태기꽃」 부분

박태기나무에서 그 붉은 꽃이 피려할 때, 나무를 뚫고 밥풀 같은 꽃

들이 돋아날 때, 가렴움처럼 돋아나는 그 모습을 보면, 박수현 시인의
시가 조금은 더 환하게 들어올지도 모르겠습니다.

　누군가는 세상에서 가장 화려한 밥이라고 하는 박태기꽃. 그러나 곰
곰 생각하면, 그 이름 세상에서 가장 아름다운, 가장 눈물겹게 황홀한
꽃은 오늘 한 끼로 올라온 밥상 위의 밥풀, 그 밥풀이라는 꽃이 아닐
까 싶기도 합니다. 🌺

여름

....

수국 / 봉선화 / 작약

능소화 / 나팔꽃 / 엉겅퀴

접시꽃 / 애기똥풀 / 패랭이꽃

백일홍 / 며느리밥풀꽃 / 채송화

해바라기 / 장미 / 연꽃 / 칡꽃

개망초 / 노루오줌 / 안개꽃 / 수련

수국(水菊) 꽃을 품은 꽃

제가 사는 아파트에는 작은 인공 연못이 있습니다. 주변에는 버드나무도 심어져 있고, 봄부터 가을까지 갈대를 비롯한 다양한 수생 식물들로 우거져 주민들의 쉼터가 됩니다. 가을이 깊어지고 겨울이 시작될 무렵이면 연못의 물도 빠지고 우거졌던 식물들도 자취를 감추면서 조금은 황량해집니다만, 지난 계절에 피었던 꽃을 끝까지 지켜내고 있는 용한 친구가 있습니다. 물론 이제는 물기도 다 빠져서 금방이라도 부서져 내릴 것 같기도 합니다만, 그래도 서리가 내리는 계절까지 마른 꽃다발을 지켜내고 있는 기특한 녀석입니다. 다발로 피는 꽃. 한 송이 꽃이면서 한 아름 꽃다발이기도 한 꽃. 수국(水菊)입니다. 물가에 피는 국화이지요.

수국. 꽃말 냉담, 변절, 고독, 고독한 여인…… 수국을 한자로 쓰자면 수국(水菊)이 되는지? 물빛갈도 되고 하늘빛도 되고 때로는 저녁바다처럼 붉게 물드는 꽃이 아닙니까? / 고인(古人)들은 수국을 가리켜 '고숙(孤淑)한 여인'이라고 하였습니다. 정말 그 푸른빛에는 정적(靜寂)한 품(品)이 있어 좋습니다. / 수국의 꽃잎은 네 개씩 달려 있습니다. 그

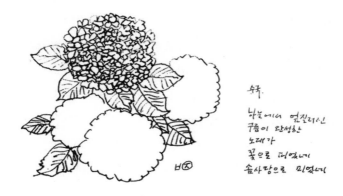

수국.

하늘에서 엄전하신
구름이 완성한
노래가
꽃으로 피었네
솜사랑으로 피었네

러나 이것은 꽃잎이 아니라 꽃받침이 커져서 꽃잎처럼 행세하는 것뿐입니다. 이제 꽃 속을 좀 더 자세히 보세요. 그러면 또 하나의 작은 꽃이 그 속에 달려있고 작으나마 거기에는 다섯 개의 꽃잎과 수술이 제대로 있는 것을 볼 수 있습니다만 씨는 맺지 못하므로 무시해도 관계는 없습니다. / 수국의 처음 꽃폈을 때는 엷은 연둣빛이지만 점점 시일이 경과함에 따라 변해져 희어지고 다시 엷은 분홍으로 변하고 다음은 물빛 그 다음에는 좀 짙은 하늘빛 그리고 보랏빛으로 변해갑니다. 그런데 왜 한 개의 꽃이 이처럼 여러 빛깔로 변하는 것입니까? / 이것은 꽃잎 속에 들어있는 화청소(花靑素)의 성질이 산성일 때에 붉게 되고 알카리성일 때 푸르게 되기 때문입니다. / 말하자면 꽃나무의 세포액이 산성이나 알카리성이 되는데 따라서 수국은 붉으락푸르락하게 된다는 말입니다. 실험으로 붉은 빛깔로 된 수국을 잘라 백반물(明礬水)에 꽂으면 꽃빛이 곧 하늘빛으로 변하는 것을 볼 수 있습니다.

— 조동화, 경향신문, 1955년 7월 11일자

조동화 선생의 글을 읽으니 비로소 알겠습니다. 지난 계절 수국을 지나칠 때마다 왜 그 빛깔이 달라보였는지. 하얀 꽃다발이었던 것이 어느 순간 보랏빛 꽃다발로 바뀌어서 내가 잘못 봤나 생각도 했었는데 제대로 보았던 것이네요. 누군가 들려준 '꽃집에서 하얀 수국을 사다가 심었는데 보라색 꽃이 피더라'는 얘기도 이해가 됩니다.

시시각각 그 빛과 색을 바꾸는 꽃. 아침에는 물 빛깔이었다가 오후에는 하늘빛이었다가 저녁에는 붉은 노을빛으로 바뀌는 꽃. 꽃 속에 꽃을 품어 꽃다발로 피는 꽃. 참 오묘하고 황홀한 꽃이 아닌가 싶습니다.

조동화 선생께서 수국의 꽃말을 고독한 여인이라고 했는데, 왜 고독한 여인인지 이해가 되지 않는다면 박옥춘 시인의 시, 「수국」을 읽어보시기 바랍니다.

한여름 그늘막이 아래
흰 꽃숭어리 무리져 피어있다

머리 위 숯불 다 사위고
허물어진 입술 위 시간은 졸며 지나고
런닝 바람에 홀쭉한 젖무덤 꽃판 일다

둘러앉아 마흔여덟 패를 돌린다
열두 달이 왔다 가며 끝물 화투 무르익다
희희낙락, 흐물거리는 잇몸 사이로

돌아보면 하루 같은

날들, 흰 꽃술로 피어나는 해름

— 박옥춘, 「水菊(수국)」 부분

한여름 그늘막이 아래 평상에서 패를 돌리는 노파가 있습니다. 런닝
(러닝셔츠) 바람의 노파가 패를 돌릴 때마다 늘어지고 홀쭉한 젖이 흔
들립니다. 패를 돌리다가 막걸리 한잔 마시다가 그러다보면 어느새 더
위도 한풀 꺾이고 하루가 저뭅니다. 노파를 통해 수국(水菊)을 떠올린
것인지, 수국을 보면서 노파를 그린 것인지, 그 둘(수국과 노파)을 동
시에 보고 있는 것인지 잘 모르겠습니다만 이 시를 읽으면서 떠오른
생각은, 시인이 그리고 싶었던 것이 어쩌면 수국의 꽃말, '고독한 여인'
이 아니었을까 하는 것이었습니다.

한편 수국 꽃을 일러 수의(壽衣)라 하는 시도 있습니다. 김왕노 시인
의 「수국 꽃 수의」인데요, 시인들의 상상력은 그 끝이 없지요.

세상의 아름다운 기억 한 벌이

세상 그 어떤 수의보다 더 좋은 수의라며

여유가 있다면 마당에 꽃이나 더 심으라고 하셨다.

그 말씀 후 어머니 잠든 머리 곁 여름 마당에

수국 꽃 환한 수의가 철마다 곱게 놓여있다.

— 김왕노, 「수국 꽃 수의」 부분

수국 꽃 환한 수의랍니다. 그런데 요즘 아침저녁 마른 수국을 보면
서, 정말 수의 같다는 생각이 들기도 합니다. 봄여름 지나 가을도 지

나 화려했던 빛과 색을 지우고, 한가득 머금었던 물기도 버리고, 이제
부서져 떨어지기만을 기다리고 있는 수국을 보면서, 마치 무명 수의
를 두른 듯 삼베 수의를 두른 듯 고요에 든 수국을 보면서, "수국 꽃
환한 수의가 철마다 곱게 놓여있다"라는 문장이 정말로 가슴에 와 닿
는 요즘입니다.

　반면, 홍일표 시인은 수국을 보면서 솜사탕이라 하기도 하는데요. 여
름날 활짝 핀 수국은 정말로 솜사탕을 닮긴 닮았지요.

> 솜사탕을 수국 한 송이로 번안하는 일에 골몰한다
> … 중략 …
> 하늘에서 엎질러진 구름이 완성한 노래가
> 나무젓가락에 매달려 반짝이는 동안
> 구석에 쪼그리고 있던 햇살들이 손수건만한 경전을 펼쳐들기도 한다
>
> — 홍일표, 「수국에 이르다」 부분

　'수국을 보면서 솜사탕을 떠올리는 것'을 일러 시인은 이렇게 말합
니다. "솜사탕을 수국 한 송이로 번안하는 일"이라고. 그리고 또 수국
을 일러 이렇게 말합니다. "하늘에서 엎질러진 구름이 완성한 노래가 /
나무젓가락에 매달려 반짝"이고 있다고. 그렇게 수국은 수국을 통과하
여 마침내 솜사탕이 되고 맙니다. 아니면 그 반대이던가요.

　아무렴 어떻습니까. 한 계절 한 계절 어떤 꽃은 피고 어떤 꽃은 지
면서 세월은 흘러가는 법. 그저 우리는 바람이 그러하듯 '수국(이라는
꽃)을 입안에 넣고 우물거리며' 한 생을 지나가는 것. 누구도 피할 수
없는 그것이 일생일 테지요. 🌹

봉선화 누이의 손톱 붉게 물들이던

1923년 간토(關東)에 대지진이 났을 때, 일본 정부는 흉흉한 민심을 돌리기 위해 헛소문을 퍼트리지요. "조센진들이 우물에 독약을 타고 불을 놓았다." 일본 경찰과 자경대들은 재일 조선인들을 보이는 족족 총으로 쏴 죽이고, 죽창으로 찔러 죽였습니다. 정부의 계략은 성공을 거두었지요. 정부로 향했던 성난 민심의 화살을 재일 조선인으로 돌렸으니 말입니다. 당시 육천 명이 넘는 재일 조선인들이 학살을 당했는데, 그때 시인 이상화도 그 자리에 있었습니다. 그 광란의 현장을 목격했을 뿐 아니라 그 자신도 자경대에 붙잡혀 죽을 뻔했는데요, 다행히 위기를 넘기고 조선으로 탈출한 뒤 발표한 시가 바로 「빼앗긴 들에도 봄은 오는가」입니다. 관동대학살이 낳은 아픈 산물이지요. 일제의 만행 그중에서도 관동대학살 하면 떠오르는 대표적인 시가 아닐까 싶습니다.

그런데 이 관동대학살 이후 조선인들의 심금을 울린 노래가 하나 더 있습니다. 홍난파가 작곡하고 김형준이 작사한, 가곡 「봉선화」입니다.

울 밑에 선 봉선화야 네 모양이 처량하다

사랑아
붉게 물든 사랑아
지워지지 않는
사랑아
그리운 봉선화야

길고긴 날 여름철에 아름답게 꽃 필 적에
어여쁘신 아가씨들 너를 반겨 놀았도다

어언간에 여름가고 가을바람 솔솔 불어
아름다운 꽃송이를 모질게도 침노하니
낙화로다 늙어졌다 네 모양이 처량하다

— 김형준 작사, 「봉선화」 부분

관동대학살이 일어나고 한 해, 두 해가 지났을까 아무튼 그 무렵 시인 김형준이 친구 홍난파가 1920년에 만든 바이올린 곡 「애수」를 듣고 시를 썼는데, 그렇게 세상에 나온 가곡이 바로 「봉선화」입니다. 1940년대 이 노래를 세상에 처음 알린 이는 김천애라는 성악가인데, 이 노래를 부르다 옥고를 치르기도 했다지요. 당연히 노래는 금지곡이 되었고요. 그래서 그런가요. 일본의 양심 있는 시민단체에서는 대학살이 벌어졌던 동경의 아라카와 강변에 조선인 학살 추모비를 세우고 봉선화를 심기도 했습니다. 이렇듯 우리 민족에게 봉선화에는 조국을 잃은 슬픔이 진하게 배어 있습니다.

봉선화 하면 남북 분단의 아픔을 떠올리게 하는 사연도 있습니다. 한평생 무소유를 실천하며 가난한 이를 위해 의술을 펼친 성산(聖山) 장기려(張起呂, 1911~1995) 박사에게 봉선화는 이산의 아픔, 북에 두고 온 엄마에 대한 그리움 그 자체였을지도 모릅니다. 3남 3녀 중 둘째였던 장기려 선생은 1950년 피난길에 엇갈려 아버지와 단 둘이 남쪽에 남고 나머지 가족은 북에 남게 되었답니다. 평생을 그리워했던 어머니. 그 어머니가 어느 날 미국에 사는 친척을 통해 보내온 소포 꾸러미. 그 안에 한 장의 사진과 봉선화 씨앗, 그리고 어머니가 부른 노래 녹음테이프가 있었는데요, 어릴 때 어머니가 불러주었던 "울 밑에선 봉선화야 / 네 모양이 처량하다……" 그 노래 「봉선화」가 들어 있었다고 합니다.

그러고 보면 '망국의 설움'과 '이산의 아픔'을 지닌 봉선화입니다. 물론 지금은 시대가 바뀌어 봉선화가 설움과 아픔보다는 사랑의 노래가 되었지요. 현철의 노래 「봉선화연정」처럼 말입니다.

> 손대면 톡 하고 터질 것만 같은 그대
> 봉선화라 부르리
> 더 이상 참지 못할 그리움을 가슴 깊이 물들이고

수줍은 너의 고백에 내 가슴이 뜨거워

터지는 화산처럼 막을 수 없는 봉선화 연정

— 김동찬 작사, 현철 노래, 「봉선화 연정」 부분

"손대면 톡 하고 터질 것만 같은"이 가사는 알고 보면 굉장히 사실적인 표현이지요. 봉선화는 조금만 건드려도 씨앗이 톡 터져버리거든요. 터진 씨앗들이 사방팔방으로 투두둑 날아가 버리거든요. 조금만 건드려도 터질 것만 같은 여자. 조금만 건드려도 터질 것만 같은 사랑. 그러니 봉선화 같은 여자, 봉선화 연정. 참 맞는 말입니다.

그런데 봉선화 하면 생각나는 건 무엇보다 어린 누이가 손톱에 봉숭아, 그 붉은 물을 들이던 추억일 테지요. (봉숭아는 봉선화의 우리말 이름입니다.) 아주 오래전부터 우리네 누이들은 봉숭아로 손톱을 물들였더랬지요. 정태춘이 작곡하고 박은옥이 작사하여 둘이 함께 부른 노래 「봉숭아」는 그런 봉숭아 물 들이던 누이의 추억을 떠오르게 하지요.

손대면 톡 하고 터지는 꽃과 첫사랑을 이루기 위해 그 꽃물을 들이는 누이들. 그래서 봉선화의 꽃말을 두고 '나를 건드리지 마세요'라고 하기도 하고 '소녀의 순정'이라고도 하나 봅니다.

초저녁 별빛은 초롱해도 이 밤이 다하면 질 터인데

그리운 내 님은 어딜 가고 저 별이 지기를 기다리나

손톱 끝에 봉숭아 빨개도 몇 밤만 지나면 질 터인데

손가락마다 무명실 매어주던 곱디고운 내 님은 어딜 갔나

— 박은옥 작사, 정태춘 작곡, 「봉숭아」 부분

봉숭아 물 들이기. 누구나 한 번쯤 해봤거나 누구나 한 번쯤 그 모습 보았을 텐데요. 봉선화 꽃잎을 따서 백반과 함께 돌이나 그릇에 찧어 열 손가락 손톱에 붙인 뒤 헝겊으로 싸서 무명실로 꽁꽁 감았다가 하룻밤을 자고 일어나 헝겊을 떼어보면 봉선화 붉은 빛깔이 손톱에 물들지요. 예로부터 붉은색이 악귀를 물리친다는 벽사(辟邪)의 의미를 지녔는데, 봉선화로 손톱을 물들이는 것도 그런 민간 신앙에서 유래한 것이겠지만, (실제로 뱀을 쫓기 위해 집 주변에 봉숭아꽃을 심기도 했다고 합니다.) 언제부터인지 봉숭아 물 들인 손톱에 첫눈을 맞으면 첫사랑이 이루어진다는 소문이 장안에 퍼졌지요. 제가 어릴 때만 해도, 첫눈이 내릴 때까지 봉숭아물이 지워지지 않으려고 철 지날 무렵까지 기다렸다가 그예 늦게 핀 봉숭아로 물들이던 누이들도 참 많았는데요. "손톱 끝에 봉숭아 빨개도 몇 밤만 지나면 질 터인"줄 알았던 누이들의 어여쁜 꾀였지요. 지금은 그 풍경이 조금은 낯선 옛 추억이 되었습니다만 노래로 남아서, 시로 남아서, 여전히 우리의 마음을 붉게 물들이는 꽃. 봉선화입니다.

> 열에 열 손가락 핏물자국 박혀
> 사랑아, 너는 이리 오래 지워지지 않는 것이냐
> 그리움도 손끝마다 핏물이 배어
> 사랑아, 너는 아리고 아린 상처로 남아 있는 것이냐
>
> — 도종환, 「봉숭아」 부분

올해는 텃밭에 봉선화를 좀 심어야겠습니다. 봄날 싹이 돋으면 아내와 두 딸 데리고 가서 넷이서 쪼그리고 앉아, "이 꽃이 붉게 피면 내가

봉숭아 물들여주마" 도란도란 이야기도 나누고, 붉은 꽃 활짝 핀 어느 날 꽃잎 한 움큼 따다가 아내와 두 딸, 서른 개의 손톱을 서른 개의 붉은색으로 물들여 주어야겠습니다. 🌹

작약
간질처럼 꽃을 피웠다

작약이라는 꽃이 있습니다. 모란과 닮았지요. 생김새만 그런 게 아니라 모란과 작약은 유전자로 보면 미나리아재비과로 자매 사이라고 할 수 있습니다. 단지 모란은 나무이고 작약은 풀이지요.

봄이 끝나는 오월에서 유월 사이 모란이 피기 시작하면 뒤를 이어 작약이 핍니다. 두 꽃이 모두 지고 나면 비로소 여름이 오지요. 붉은 작약과 흰 작약. 붉으면 붉은 대로, 희면 흰 대로 사람의 눈을 홀리는 작약. 조동화 선생의 오래된 칼럼, 「식물세시기」에서 작약을 이렇게 설명하고 있습니다. 옛 글을 읽는 재미도 쏠쏠할 테니 한 번 읽어보시기 바랍니다.

영랑의 모란이 지고 말면 작약이 펴난다. 작약을 함박꽃이라고 한다. 화품(花品)의 넓고 풍요함을 함지박, 그것의 형용(形容)을 빌어 함박꽃이라 한 것이다. 헌데 봄철 방향(芳香)의 꽃을 피우는 목련과교목, 「함박꽃나무」의 꽃도 함박꽃이라고 한다. 물론 다르다. / 사상(史上)에 작약이 처음 나타난 것은 800년 전 고려 의종 때며 화용(花容)이 작약(綽約)하여 그 음(音)대로 「작약」이라고 했다는 단정도 내린, 호암 문일평(湖岩 文一平)의 사화(史話)에는 원나라의 공주로 고려 충렬왕의 아내가 된 제국공주(齊國公主)가 오월 어떤 날 시녀에게 작약꽃을 따오라 명하여 한참동안 그 꽃의 아름다움에 눈물 흘리더니 그대로 병들어 누운 채 죽었다는 슬픈 이야기도 있다. / 작약에는 백작약(白芍藥)이니 적작약(赤芍藥)이니 하는 것이 있다. 허나 이런 것은 작약의 꽃 빛깔에 붙인 이름은 아니고 한방에서 생약부분인 뿌리의 빛깔에 붙인 이름이다. 말하자면 백작약이란 꽃이 붉고 뿌리가 흰 것이며, 적작약은 꽃이 희며 뿌리가 붉은 것을 말한다. 이처럼 꽃의 미학이란 인간의 효용성으로 만들어지는 것. / 작약은 모란과 같은 미나리아재비과의 다년생 식물이다. 이 두 식물의 두드러진 차이란 모란이 목본(木本)인데 작약이 초본(草本)인 것에 있다. 그래서 모란을 일명 목작약(木芍藥)이라 하는 것이다. 작약의 옛 이름은 「샤약」, 약재로서의 식물임을 두둔해서 "약(藥)"자가 붙는 이름이 되었다고 생각하는 것이 더 가깝다. / 원산지는 서백리아(西伯利亞)로 현재 수백종의 변종이 있다.

— 조동화, 「식물세시기」, 동아일보 1958년 5월 20일자

샤약 샤약. 발음하기도 어려운데, 옛 사람들은 그렇게도 불렀던 모양입니다. 그런데 처음 안 사실이 하나 있습니다. 백작약과 적작약이 꽃의 색깔이 아니고 그 뿌리의 색깔로 구분한 것이라는데요, 당신은 혹 알고 계셨는지요? 꽃이 흰데 붉은 꽃이라 부르고, 꽃이 붉은데 흰 꽃이라고 부르다니요. "꽃의 미학이란 인간의 효용성으로 만들어지는 것"이라는 조동화 선생의 말씀에 밑줄을 긋습니다. 아, '서백리아'는 눈치채셨겠지만 시베리아를 한자로 음역한 것입니다.

작약밭에서 덕구형이 웃고 있다
작약 같은 여자와
산수유 같은 소녀가
함박 함박 웃고 있다

유월이었다

한낮이었다

있는 대로 몸을 배배 틀었다

방바닥에 대고

성기를 문질러대는 자위행위처럼

간질을 앓던 이웃집 형이 있었다

꽃송이처럼 제 몸을 똘똘 뭉쳐

비비적거리던 형이 있었다

— 유홍준, 「작약」 부분

유홍준 시인의 「작약」을 읽고 작약을 보러 간 적이 있습니다. 꽃집 주인 말로는 "작약은 환장하게 예쁘긴 한데 6일 만에 진다"고, "6월에 단 6일 만 피어 있는 그 꽃을 보려고 삼백예순날을 기다려야 한다"고 하더군요. 꽃집 주인 말을 들으며 '간질처럼 피었다 지는 작약을 보다가 다시 작약이 피길 기다리는 시인의 마음이 저토록 간절한 시를 낳았겠구나' 하는 생각이 들었습니다. 간질을 앓는 세상이든, 꽃피는 세상이든, 어쩌면 우리는 그저 "마루 끝에 앉아 오래 끝나도록 지켜"(유홍준, 「작약」) 볼 수밖에 없는 존재들 아니겠나 싶습니다. 나의 유정(有情)이 아무리 개입된다 한들 세상은 무심히 간질처럼 꽃을 피웠다 지우며 무정(無情)으로 흐르는 것이니 말입니다.

작약의 영어 이름은 Peony, 학명은 Paeonia lactiflora입니다. '파에온'이라는 이름, 어디서 많이 들어본 것 같지 않나요? 그리스 신화에 나오는 신들의 의사(神醫) 말입니다. 지옥의 신 하데스가 헤라클레스의 화살을 맞고 파에온을 찾아갔는데, 그때 파에온이 하데스의 상처를 치료한 것이 바로 작약의 뿌리였다고 하지요. Peony라는 이름은 바로 그 파에온에서 유래한 것입니다.

모란과 작약에 얽힌 전설도 전해집니다. 이웃 나라의 왕자를 사랑한 파에온이라는 공주가 있었습니다. 그 왕자가 먼 나라로 전쟁을 떠났는데, 전쟁이 끝나고 모두 돌아왔지만 왕자는 끝내 돌아오질 않았습니다. 죽었다는 소문이 흉흉하게 돌았지만 공주는 믿지 않았습니다. 반드시 돌아올 거라 그리 믿고 기다리고 또 기다렸습니다. 그러던 어느 날 장님 악사가 부르는 노래를 듣게 됩니다. "먼 나라에서 왕자가 죽어 모란꽃이 되었다네. 먼 나라에서 왕자가 공주를 기다리고 있다네." 노래를 들은 공주는 먼 나라로 길을 떠납니다. 그리고 그곳에는 정말로 모란꽃이 피어 있었습니다. 공주는 신에게 기도를 올립니다. "왕자와 함께 있게 해주세요. 영원히 함께할 수 있게 해주세요." 기도가 이루어졌고 마침내 공주는 모란꽃 옆에 작약꽃으로 피었다고 합니다. 모란과 작약이 왜 닮았는지. 왜 함께 피고 지는지. 전설이 가르쳐 주고 있지요.

작약(芍藥)과 관련한 중국의 전설도 있습니다. 삼국 시대 죽어가는 조조를 살려낸 '화타'라는 명의. 바로 그 화타에 얽힌 전설입니다. 누군가 화타에게 백작약 한 그루를 보내왔는데 화타가 꽃과 잎, 줄기를 살펴보니 약으로 쓸 수 없는 것이었습니다. 그래서 마당 한 구석에 심어 놓고는 더 이상 관심을 갖지 않았다고 합니다. 그러던 어느 날 밤, 여인의 울음소리가 들려 창을 열고 내다보니 아름다운 여인이 슬피 울고 있는 것이었습니다. 황급히 마당으로 나가봤지만 여인은 간 데 없고 백작약 나무만 서 있을 뿐이었습니다. 그런 일이 몇 번 반복되자 화타는 아내에게 얘기를 들려주었습니다. 아내는 그 나무에 특별한 효험이 있는데 당신이 몰라주어 눈물을 흘리는 것이라며, 보이지 않는 뿌리도 살펴보라 권합니다. 하지만 화타는 아내의 말을 듣지 않았습니다. 나무의 약효를 확신했던 아내는 화타가 백작약의 약효를 알아볼 수 있게 할 방법을 궁리하다가 마침내 자신의 허벅지를 도려냅니다. 놀란 화타가 지혈을 하기 위해 여러 약재를 썼지만 상처가 워낙 깊어 피가 도무지 멈추질 않았습니다. 그때 아내가 말합니다. 백작약의 뿌리를 한번 써보라고. 결국 마지못해 백작약의 뿌리를 잘라 상처에 붙였는데 놀랍게도 피가 멈추고 통증도 사라졌다고 합니다.

작약과 관련된 동서양의 전설을 보면, 확실히 작약은 피를 멈추고, 피를 정화하는 약효가 있음에 틀림없는 모양입니다. 유홍준의 시, 「작약」에 왜 '간질'이라는 병이 등장하는지 이제야 알 것도 같습니다. 한방에서는 작약의 뿌리가 보혈 작용을 하고 경련과 통증을 멈추는데 쓰인다 했으니…….

> 붉은 비단처럼 요요한 작약이 핀다 이까짓 것! 어머니는
> 댕강댕강 작약의 목을 친다 밭고랑에 작약의 머리통 흥건하다
> 또, 지랄이야! 아버지의 화려한 정원은 끔찍한 현장이고
> 날씨는 환장하겠다 들판을 타고 산을 타고 천지사방 작약을 타던
> 어머니가 고질적인 혁명을 일으켰다 더 이상 이렇게는 못
> 살아옷! 백합나무 가로수를 따라 어머니의 흰 저고리가 나비처럼
> 날아간다 속수무책 아버지의 농업은 망하지도 못했다
>
> — 손순미, 「작약」 부분

작약 관련해서 아프고 시린 시가 있다면 단연 손순미 시인의 「작약」이 아닐까 싶습니다. 이 시 또한 작약이라는 꽃의 색(붉음)과 효능(경련을 멈추고 통증을 멈추는)이 시적 모티브로 쓰였는데요, 시각적으로 들어오는 이미지가 너무도 강렬하지요. 눈이 시리고 가슴이 아플 지경이니 말입니다. 먼 훗날 어쩌면 이 시도 작약의 전설로 후대에 전해지지 않을까 싶습니다.

> 구례 촌놈이 서울놈들 변호를 하고 있으니
> 이만 하면 출세한 건데

가슴팍은 왜 맨날 지랄맞은지 모르겠다
꽃이나 심어야지
산수유 핀 고향으로 돌아가야지
술만 걸치면 그놈의 꽃을 입에 달고 살던 덕구 형

그해 유월이었나
아내와 딸을 꺾어버린 뺑소니범을 찾겠다며
덕구 형이 사무실을 닫고 훌쩍 자취를 감췄던 게

오년 만에 편지가 왔다
봉투 속엔 달랑 사진 한 장뿐이다
— 유월에 구례 한번 내려와라 작약 보러 와라
색시도 새로 구하고 덤으로 예쁜 딸도 하나 얻었다

무작정 꽃 피기만을 기다렸다
무작정 꽃송이만을 바라보았다
마루 끝에 앉아
오래 끝나도록 지켜보았다

─유홍준, 작약

작약 밭에서 덕구 형이 웃고 있다
작약 같은 여자와 산수유 같은 소녀가
함박 함박 웃고 있다

— 박제영, 「작약」 전문

　작약꽃. 순 우리말로는 함박꽃이라고 하지요. 작약 같은 아내와 산수유 같은 딸을 한꺼번에 새로 얻었으니 덕구 형은 좋겠습니다. 삼백예순다섯 날 내내 활짝 핀 꽃들과 함께 살 테니 말입니다. 🌹

능소화
사랑이란 무릇 저리도 치명적인 것이다

능소화라는 꽃이 있습니다. 중천에 뜬 해가 당장이라도 터질 것 같은 여름날, 담장 위로 연붉은 꽃이, 활짝 핀 꽃이, 꽃 핀 채로 속절없이 뚝뚝 떨어지고 나면, 이를 슬퍼하듯 하늘에서는 굵은 비가, 장맛비가 뜨겁게 내리기 시작하는 장면을 연출하는…… 염천(炎天)의 꽃, 능소화라는 꽃이 있습니다.

누가 봐주거나 말거나
커다란 입술 벌리고 피었다가, 뚝

떨어지는 어여쁜
슬픔의 입술을 본다

… 중략 …

어리디 어린 슬픔의 누이들을 본다

— 나태주, 「능소화」 부분

나태주 시인은 능소화를 일러 "어리디 어린 슬픔의 누이들"이라고 했는데요, "비 오는 이른 아침 // 마디마디 또 일어서는 / 어리디 어린 슬픔의 누이들" 같은 능소화를 본 적이 있는지요? 장맛비에 뚝 뚝 떨어진 능소화를 본 적이 있는지요?

중국 명나라 때 이시진(李時珍)이 쓴 약학서, 『본초강목(本草綱目)』에 "부목이상 고수장 고왈능소(附木而上 高數丈 故曰凌宵)"라는 말이 있습니다. 쉽게 말하면 "하늘 높은 줄 모르고 나무를 타고 오른다"는 뜻인데요. 중국이 원산지인 능소화는 낙엽덩굴식물이라 담쟁이처럼 등나무처럼 나무나 담 같은 것을 타고 감아 오르는 성질을 갖고 있습니다. 그래서 붙은 이름이 능소화(凌宵花)이지요. '하늘(宵)을 능가(凌)할 만큼 높이 오르는 꽃(花)'이란 것입니다. 그런데 이 '능'이라는 글자를 능가할 능(凌)이 아닌 무덤 능(陵)으로 붙여 부르기도 하는데, 능소화에 얽힌 전설 때문입니다.

오랜 옛날 중국의 황제와 소화(宵花)라는 여인의 애달픈 사랑 이야기입니다. 소화라는 절세의 미인이 있다는 장안의 소문을 들은 황제가 어느 날 소화를 불러들였고, 후궁으로 삼겠다며 하룻밤 만리장성을 쌓았습니다. 그런데 어찌 된 일일까요? 그날 이후 다시는 황제가 소화를 찾지 않은 겁니다. 생각하면 황제에게 후궁이 어찌 소화 하나뿐이겠으며, 황제의 베갯머리 사랑을 독차지하기 위한 황비를 비롯한 후궁들의 싸움이 얼마나 치열했겠습니까? 모르긴 몰라도 그런저런 비슷한 사정과 음모가 있었겠지요.

구중궁궐 후미진 한 편에 마련된 후원에서 소화는 담 너머로 황제가

능소야, 능소야,
염천을 능멸하며
제 몸의 소리 스스로 깨트려
고수레 —
툭, 툭,
떨어져 내리는
붉디 붉은 징소리
— 김선우, 능소화

오기를 기다리고 또 기다렸답니다. 일 년 또 일 년 그렇게 세월이 흘렀지만 끝내 황제는 오질 않았고 상심한 소화는 끝내 숨을 거뒀지요. 시녀들이 소화의 유언대로 그녀의 시신을 후원 담장 아래 묻었는데, 그 자리에서 덩굴나무가 자라났습니다. 나무는 담장을 타고 올라 해마다 붉은 꽃을 활짝 피웠고, 담장 아래로 붉은 꽃들이 뚝뚝 떨어지면 하늘에서는 굵은 빗물이 사나흘을 계속 내렸답니다. 혹여 황제가 오실까 기다리면서, 혹여 꽃 지면 몰라보실까 꽃 핀 채로 떨어지면서…… 혹여 다른 사람이 만지지 못하도록 그 속에 독을 품은 채…… 꽃이 된 소화는 그렇게 지금까지 사랑하는 님을 기다리고 있다고 합니다. 능소화(陵宵花). 소화의 무덤이라는 말은 그렇게 사람들 입에서 입으로 불리게 된 것이랍니다.

요선동 속초식당 가는 골목길 고택 담장 위로 핀 꽃들, 능소화란다
절세의 미인 소화가 돌아오지 않는 왕을 기다리다가 그예 꽃이 되었단

다 천 년을 기다리는 것이니 그 속에 독을 품었으니 함부로 건드리지 말란다 혹여 몰라볼까 꽃핀 그대로 떨어지는 것이니 참으로 독한 꽃이란다 담장 아래 꽃 미라들, 천 년 전 장안에 은밀히 돌았던 어떤 염문이려니, 꽃핀 채로 투신하는 저 붉은 몸들, 사랑이란 무릇 저리도 치명적인 것이다

내 사랑은 아직 이르지 못했다 순이도 금홍이도 순하고 명랑한 남자 만나서 아들 딸 낳고 잘 살고 있다 아내는 내 먼저 가도 따라 죽진 않을 거란다 끝까지 잘 살 거란다 다행이다

이르지 못한 사랑이라서 참 다행이다

— 박제영, 「능소화」 전문

능소화
천년전 장안에 은밀한
어떤 염문이려니,
꽃핀 채로 투신하는
저 붉은 몸들,
사랑이란 무릇 저리도
치명적인 것

졸시, 「능소화」는 그런 전설을 배경으로 쓴 것입니다. 춘천의 요선동 골목길, 능소화를 볼 때마다 소화의 애절한 사연이 떠오르고…… 도대체 사랑이란 게 무얼까 생각하게 되고…… 그런 생각이 결국 졸시를 낳은 것인데요. 당신이 생각하는 사랑은 과연 어떤 것인가요?

등나무 중에서도 으뜸인 등나무라 하여 '금등화(金藤花)'라고 불리고, 양반집 마당에만 키울 수 있었다고 해서 '양반꽃'이라고도 불렸던 능소화. 그런데 능소화에 독이 있다는 말은 사실과 좀 다릅니다. 실은 능소화의 꽃가루가 갈고리 모양을 하고 있어서 눈에 들어가면 망막을 다치게 할 수도 있는 것이라네요. 어쨌든 눈을 다칠 수 있으니 옛날부터 어린 아이들이 함부로 만지지 못하게 한 것일 텐데요…… 그럼에도 자꾸만 소화의 전설 때문이라고, 소화가 품은 독이라고 믿고 싶어지는 건 왜일까요?

아직 태어나지 않은 어머니를 죽이러 우주 어딘가 시간을 삼킨 구멍을 찾아가다 그러다 염천을 딱! 만난 것인데 이글거리는 밀랍 같은, 끓는 용암 같은, 염천을 능멸하며 붉은 웃음 퍼올려 몸 풀고 꽃술 달고 쟁쟁한 열기를 빨아들이기 시작한 능소(凌宵)야, 능소(凌宵)야, 모루에 올려진 시뻘건 쇳덩어리 찌챙찌챙 두드려 소리를 깨우고 갓 깨워놓은 리가 하늘을 태울라 찌챙찌챙 담그고 두드려 울음을 잡는
장이처럼이야 쇠의 호흡 따라 뭉친 소리 풀어주고 성근 소리 묶어주며 깨워놓은 소리 다듬어내는 장이처럼이야 아니되어도 능소(凌宵)야, 능소(凌宵)야, 염천을 능멸하며 제 몸의 소리 스스로 깨뜨려 고수레—던져 올리는

— 김선우, 「능소화」 부분

수많은 시인들이 능소화를 다루었지요. 수많은 시인들이 동백을 다룬 것처럼 말입니다. 여름의 능소화와 겨울의 동백이 자웅을 겨루면 누가 이길까요? 시인들은 어느 꽃에 손을 들어줄까요? 아마도 영원히 자웅을 겨루지 못하고 능소화는 능소화대로 동백은 동백대로 꽃핀 채로 모가지 뚝뚝 떨어질 테지요. 그 모습 그냥 지나칠 수 없어 다시 수많은 시인들이 시로 다루게 될 테고요.

능소화를 노래한, 능소화를 다룬 수많은 시들 중에서 오직 한 편만 고르라면 저는 서슴없이 김선우의 「능소화」를 고를 겁니다. 능소화에서 징소리를 끌어내오는 구절은 그야말로 절창입니다. 시인은 능소화를 보면서 염천을 뚫는 쇳소리, 염천을 능멸하는 뜨거운 쇳소리, 붉디붉은 쇳소리랍니다. 과연 그러하지요. 붉은 능소화를 가만히 들여다보시길요. 찌챙찌챙 쇳소리가 당장이라도 뚫고 나올 것 같지 않나요? 찌챙찌챙 붉디붉은 쇳소리가 들리지 않나요?

일 년 중 가장 뜨거운 날 능소화는 꽃처럼 피어오릅니다. 능소화가 굵은 장맛비에 불꽃처럼 지고 나면 마침내 서늘한 가을이 옵니다. 당신 안의 붉은 능소화, 뜨거운 능소화는 언제 피었던가요? 여름이 채 가기 전에 능소화가 다 지기도 전에 벌써부터 능소화가 그립습니다.

나팔꽃 나는 한 철 환할 것이다

「꽃밭에서」라는 동요를 기억하시는지요. "아빠가 매어 놓은 새끼줄 따라 나팔꽃도 어울리게 피었습니다." 아니면 임주리의 노래, 「립스틱 짙게 바르고」를 기억하시는지요.

"내일이면 잊으리 꼭 잊으리 / 립스틱 짙게 바르고 / 사랑이란 길지가 않더라 / 영원하지도 않더라 // 아침에 피었다가 / 저녁에 지고 마는 / 나팔꽃보다 짧은 사랑아 / 속절없는 사랑아"

나팔꽃. 나팔 모양을 닮아서 누구나 그 모습 한 번 보면, 그 이름 한 번 들으면 결코 잊지 못하는 꽃. 해바라기가 피는 여름이 되면 아빠가 매어놓은 새끼줄을 휘감아 올라 어느새 담벼락을 덩굴로 덮어버리는 꽃. 새벽 어스름에 피었다가 해가 중천에 떠오르면 슬그머니 꽃을 오므려 닫아버리고 저녁이면 다 지고 마는 꽃. 그러니 속절없는 사랑이지요.

그런데 이 꽃의 꽃말은 두 가지입니다. 하나는 '허무한 사랑'이고 또 하나는 '기쁜 소식'이지요. 하나의 꽃을 바라보면서 한쪽에서는 속절없다, 덧없다 하고 또 한쪽에서는 아침에 전해주는 기쁜 소식이라 합니다. 컵에 물이 아직 반이나 남았네 하는 낙관론과 이제 반밖에 남지 않았네 하는 비관론을 보는 듯하지요. 당신은 어느 쪽인가요?

나팔꽃을 서양에서는 '모닝 글로리(Morning Glory)'라 부르고 중국과 일본에서는 '조안화(朝顏花)'라고 부릅니다. 서양에서는 '아침의 영광'이요 '기쁜 소식'인데 동양에서는 '아침에 잠깐 얼굴을 보여주는 꽃'이요 '허무한 사랑'이니, 당신은 어느 이름에 기대고 싶은지요?

그런데 이런 질문을 무색하게 만드는 시가 있습니다. 박정남 시인의 시, 「나팔꽃과 어둠」입니다.

> 나팔꽃이 피는 데는 얼마간의 어둠이 필요하다 … 중략 … 나팔꽃은 햇빛과는 상관없이 어둠 속에서 핀 꽃이다 어둠 속에서 네가 본 것이 무어니? 너의 어둠은 무엇이었니? 더욱 또록또록해진 눈을 뜬 아침의 나팔꽃에게 이제는 내가 나직이 물을 차례다
>
> — 박정남, 「나팔꽃과 어둠」 부분

박정남 시인이 바라보고 있는 것은 오히려 지난밤의 어둠이지요. 나팔꽃이 아침에 꽃을 피우기 위해 보내야 했던 간밤의 어둠 말입니다. 나팔꽃이 피기 위해서는 약간의 어둠이 필요하다는 시인의 시선이야말로 나팔꽃을 바라보는 깊은 시선이 아닐는지요. 나팔꽃만 그런 게 아니지요. 오히려 우리의 삶이란 게 그렇지요. 어둠이 있어야 비로소 밝음이 있는 것이니, 우리 삶 또한 얼마간의 어둠이 필요한 것일 테지요. 어둠을 견디고, 어둠을 딛고 마침내 피는 꽃. 그게 나팔꽃입니다. 때로는 식물학자보다 시인이 더 식물을 깊게 이해하기도 하는 것이니, 그것이 이 글을 쓰는 이유이기도 하겠지요. 詩라는 프리즘을 통하면

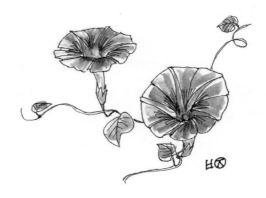

오늘 밤, 온몸에 나팔꽃 문신이 번져
나는 한 철 환할 것이다
— 정병근, 나팔꽃 씨

가끔은 미지의 세계에 닿기도 하는 것이니 말입니다.

개미는 어깨에 저보다 큰 나팔을 둘러메고
둥둥, 하늘북 소리를 따라
입 안 가득 채운 입김을 꽃 속에 불어넣으니

아, 이 아침은 온통 강림하는
보랏빛 나팔소리와 함께

— 고영민, 「나팔꽃과 개미」 부분

고영민 시인의 눈이 참 밝습니다. 나팔꽃 속을 들여다보고 그 안의 개미까지 관찰을 하는 것이니, 시인의 눈은 무릇 저리 밝아야 하겠지요. 사실 개미가 나팔을 불기 위해 새벽부터 그 높은 곳까지 올랐을까요. 개미들이야 나팔꽃이 만든 달콤한 꿀을 따러간 것이지요. 나팔꽃은 나팔꽃대로 개미들에게 꿀을 주는 대신 개미를 통해 수정을 하고 번식을 하는 것이니, 그야말로 누이 좋고 매부 좋고 공존공생의 섭리입니다. 사실 해가 중천에 뜨면 '신혼의 방, 그 꽃문'이 닫히고 말아 벌, 나비는 더 이상 꽃 속으로 들어갈 수 없는 것이니, 아침나절 그 잠깐의 시간 동안 수정을 해야 하는 나팔꽃으로서는 작은 틈이라도 비집고 들어올 수 있는 개미가 무척 고마운 존재입니다. 개미가 나팔을 불어주어야 나팔꽃은 씨를 뿌릴 수 있는 것이니까요. 어떤가요? 고영민 시인의 시를 통해 본 나팔꽃도 조금은 색다르게 읽히지 않나요?

우리가 흔히 말하는 나팔꽃은 메꽃과의 한해살이 덩굴식물로 인도에서 중국을 거쳐 건너온 외래종입니다. 토종인 메꽃과는 엄연히 다른 꽃입니다. 처음 나팔꽃을 들여온 것은 그 씨앗을 나라에서 약재로 쓰기 위한 것이었다고 하는데요. 그것이 민간에 널리 퍼져 약재뿐 아니라 관상용으로도 재배를 하게 되었다고 하네요.

이렇듯 예로부터 약재로 쓰인 나팔꽃 씨앗은 민간에서는 가정상비약으로 쓰였는데요, 그 효과가 얼마나 좋았던지 사람들이 집에서 기르던 소를 끌고 와서 나팔꽃 씨앗과 바꾸기도 하였다고 합니다. 한방에서는 붉은 나팔꽃 씨앗을 흑축(黑丑), 흰 나팔꽃 씨앗을 백축(白丑)이라 부르고, 말린 나팔꽃 씨앗을 견우자(牽牛子)라고 부르는데, 견우자라는 말이 소를 끌고와 바꾼 씨앗이라는 뜻이지요.

살아서 기어오르라는,

단 하나의 말씀으로 빽빽한

환약 같은 나팔꽃 씨

입속에 털어 넣고 물을 마셨다

오늘 밤, 온 몸에 나팔꽃 문신이 번져

나는 한 철 환할 것이다

— 정병근, 「나팔꽃 씨」 부분

흔히 부종과 요통 그리고 야맹증의 치료에 쓰였다고 하는 나팔꽃 씨, 그 까만 환약 같은 나팔꽃 씨앗을 입속에 털어 넣고 물을 마시며 시인은 "오늘 밤, 온몸에 나팔꽃 문신이 번져 / 나는 한 철 환할 것이다"라고 합니다. 그렇다면 나팔꽃 씨앗이 부종과 요통의 치료에만 쓰이는 것이 아니라 마음을 치료하기도 하는 것이니, 가히 그 씨앗의 약효가 대단하긴 대단한 모양입니다. 비상용 상비약으로 말린 나팔꽃 씨앗을 준비해두시는 것도 좋겠습니다. 물론 나팔꽃 씨앗을 너무 많이 복용하면 복통, 설사, 탈수, 언어장애 등 부작용도 일으킬 수 있으니 주의하셔야 하겠지요.

포크레인 지게차가 잡풀 무성한 오쇠리 집들

은밀한 부분을 더듬을 때면

심심한 사내 몇쯤은 끄떡없다고

붉은 얼굴에 분칠하던 그녀

마른 풀씨 같은 내 여자도 봄이면

다시 눈을 뜰 수 있을까 나는 지금

자궁을 들어낸

늙은 동네의 뱃속을 들여다보는 중이다

— 유미애, 「오쇠리나팔꽃」 부분

조선시대 아녀자들 특히 정절을 중히 여겼던 과부들은 나팔꽃을
"바람둥이꽃"이라 여겨 터부시했다고 하였지요. 아침에 피었다가는 해
가 중천에 뜨면 어느새 시들고, 붉은 꽃에서 받은 씨를 뿌렸는데 보라
색 꽃이 피는 것이니, 바람을 피지 않았다면 있을 수 없는 일이라, 그
야말로 지조도 없고 정절도 모르는 천하의 바람둥이란 것이지요. "심
심한 사내 몇쯤은 끄떡없다고 / 붉은 얼굴에 분칠하던 그녀" 황마담
은 정말로 천하의 바람둥이일까요? 아니면 오해와 소문이 만들어낸
통설일 뿐일까요? 여름에 나팔꽃 피면 찬찬히 그 속을 들여다봐야겠
습니다. 🌺

엉겅퀴

하나의 꽃이 사랑이기까지

오, 스코틀랜드의 꽃이여 / 언제 우리가 다시 볼 수 있을까 / 언덕과
골짜기에서 싸우다가 죽어간 그들을 / 에드워드의 군대와 맞서 싸운
그들을 / 에드워드의 군대를 집으로 돌려보낸 그들을

스코틀랜드의 비공식 국가(國歌)이자 스코틀랜드 사람들의 애창곡
「스코틀랜드의 꽃(Flower of Scotland)」의 한 구절입니다. 오래전 바
이킹들로부터, 적들로부터 스코틀랜드를 구한 꽃이지요. 스코틀랜드
의 꽃, 스코틀랜드의 국화(國花). 엉겅퀴입니다. 전설에 따르면 엉겅퀴
가 스코틀랜드를 덴마크의 바이킹들로부터 구했다는데, 그게 엉겅퀴
의 가시 덕분이라지요. 야밤에 기습을 감행하던 바이킹들이 엉겅퀴 가
시에 찔려 소리를 지르는 바람에 기습에 실패했고 그후 엉겅퀴는 스
코틀랜드의 국민 꽃이 되었답니다. 어떤 자료에는 '브리태니커 백과사
전'을 상징하는 것이 또한 엉겅퀴 꽃이라고도 합니다. 그러고 보면 우
리에게는 흔하디흔한 천덕꾸러기 들꽃이 바다 건너 북구(北歐)에서는
꽤 유명하고 제대로 대접을 받고 있으니, 우리 것이면서 우리가 천덕
꾸러기로 방치하고 있는 것이 또 없는지 생각해볼 일입니다.

엉겅퀴 하면 떠오르는 민중가요가 있지 않나요? 「엉겅퀴야」 말입니다. 실은 민영 시인의 詩 「엉겅퀴꽃」에 곡을 붙인 것이지요.

엉겅퀴야 엉겅퀴야 철원 평야 엉겅퀴야
난리통에 서방 잃고 홀로 사는 엉겅퀴야

… 중략 …

엉겅퀴야 엉겅퀴야 한탄강변 엉겅퀴야
나를 두고 어디 갔소 쑥국 소리 목이 메네

— 민영, 「엉겅퀴꽃」 부분

아, 엉겅퀴 하면 떠오르는 게 또 하나 있는데요. 청마 유치환의 시, 「항가새꽃」입니다. 항가새는 엉겅퀴를 부르는 여러 이름 중 하나이지요. 엉겅퀴는 그 모양이 호랑이와 고양이를 닮았다 하여 '호계(虎薊)', '묘계(猫薊)'라고도 하고, 닭벼슬 같다 하여 '가시털풀', '계항초(鷄項草)'라 부르기도 하고, 소 주둥이 같다고 하여 '우구자(牛口刺)'라고 부르기도 하고, 들판에 핀 붉은 꽃이라고 '야홍화(野紅花)'라고도 하고, 그 뿌리가 우엉뿌리를 닮았다고 '산우엉', '산우방(山牛蒡)'이라고도 부르니 그 이름도 참 각양각색입니다. 동의보감에는 엉겅퀴를 가시가 크다고 하여 '대계(大薊)' 혹은 '항가새'라 하였으니, 항가새는 '한 가시' 즉, '가시가 크다'는 뜻에서 유래한 것일 테지요. 지역과 시대에 따라 들꽃 이름이 다르게 불리는 것은 엉겅퀴라고 예외는 아닌가 봅니다.

한 생을 꼬박 앓고도
꽃으로 스미지 못한 당신,
그리고 나

보라,
엉겅퀴 하얗게 지고 있다

하세월 가도 하늘 건느는 먼 솔바람 소리도 내려오지 않는 빈 골짜기
··· 중략···

스며 오듯 산그늘 기어내리면 아득히 외론 대로 밤이 눈감고 오고
그 외롬 벗겨지면 다시 무한 겨운 하루가 있는 곳
그대 그린 항가새꽃 되어 항가새꽃 생각으로 살기엔 여기도 즐거
웁거니
아아 날에 날마다 다소곳이 늘어만 가는 항가새꽃 항가새꽃

— 유치환, 「항가새꽃」 부분

그리운 사람, 그 한 사람만 있다면 항가새꽃(엉겅퀴) 되어 살아도 좋
겠다 합니다. 아니 인기척도 없고 오로지 산그늘과 외로운 밤, 그리고
멧새와 찔레만이 전부인 빈 골짜기에 홀로 핀 항가새꽃의 지금 심정이

그러하다고 합니다. 그래요. 빈 골짜기라도, 빈집이라도 그리운 사람, 그대 한 사람만 내내 그리울 수만 있다면, 그리워할 수 있다면, 항가새 꽃 되어 항가새꽃의 생각으로 살아도 즐거울지 모르겠습니다. 그런 사람, 지금 당신 곁에 있는지요?

드물게 흰 꽃도 있지만, 대개는 자홍빛 붉은 엉겅퀴꽃은 국화과에 속하는 꽃입니다. 민들레와 질경이와 더불어 우리나라 방방곡곡 산이며 들이며 지천에 널린 꽃이지요. 한방과 민간에서는 약재로 쓰고, 식용으로 쓰기도 한다지만 복효근 시인의 시구(詩句)처럼 그보다는 잡초로 천덕꾸러기로 수없이 밟히고 베였을 테지요. 그 한, 삭이며 숨기며 또 한 계절 피었다 지는 꽃. 그래서 가시로 온몸을 무장하고, 가시

하나의 꽃이 사랑이기까지
하나의 사랑이 꽃이기까지
우리는 얼마나 앓고 또
떠나야 하는지
이제는
들꽃이거든 가시 돋친 엉겅퀴이리라

— 복효근, 엉겅퀴의 노래

로 꽃을 피어내는 것은 아닌지 모르겠습니다. 밟히고 베인 그 모습에서 김수우 시인은 아버지를 떠올리기도 하는 것인데요.

진통제처럼 떠있는 새벽달을 먹고 당신은 기침을 쏟는다

기침마다 헐은 아침이 묻어나온다 헌 구두짝에 담긴 하루를 신고 당신이 걷는 길은 손등에서 쇠빛 혈관으로 툭툭 불거지는데

당신의 방 앞에서 매일 꽃피는 붉은 엉겅퀴

— 김수우, 「엉겅퀴꽃 아버지」 부분

앞에서 엉겅퀴가 스코틀랜드를 구한 꽃이며 스코클랜드의 영웅이라고 했지요. 김수우 시인의 엉겅퀴는 어떤가요. 세상에 지고 패잔병이 되어 돌아와 새벽이면 붉은 기침을 쏟아내는 가여운 아버지라고 합니다.

수없이 밟히고 베인 자리마다
돋은 가시를 보리라
하나의 꽃이 사랑이기까지
하나의 사랑이 꽃이기까지
우리는 얼마나 잃고 또
떠나야 하는지
이제는
들꽃이거든 가시 돋친 엉겅퀴이리라

사랑이거든 가시 돋친 들꽃이리라

— 복효근, 「엉겅퀴의 노래」 부분

　한편 복효근 시인은 엉겅퀴를 일러 영웅도 패잔병도 아닌 그저 사랑
이라고 하는데요. 당신은 어떤 엉겅퀴를 보고 있는지요. 저는요? 저는
아무래도 복효근 시인이 바라보는 그곳을 보고 있지요. '사랑' 말입이
다. 사랑은 세상에서 가장 위대한 것이지만, 사랑이라는 그 말은 너무
허약해서 사랑을 온전히 담을 수도 없고, 담는 순간 진부해지기 마련
이지요. 그런데 가끔 시인들이 있어 그 사랑을 말에 담아내기도 하는
것이니, 그래서 시인인가 봅니다.
　"하나의 꽃이 사랑이기까지 / 하나의 사랑이 꽃이기까지 / 우리는
얼마나 잃고 또 / 떠나야 하는지"
　복효근 시인의 시에서 이 문장 하나 지팡이 삼아 산에 오른 탓일까
요. 선입견 탓일까요. 엉겅퀴를 찍으러 영창고개를 올랐는데 그 기슭
에 홀로 지고 있는 엉겅퀴가 왜 그리도 쓸쓸하고 서럽던지요.

　　텅 빈 숲 기슭에
　　엉겅퀴 홀로 지고 있다

　　지난 계절,
　　가시를 세우고 독을 품은 것도
　　제 설움을 가리고 싶었을 뿐이라며

　　보라,

/ 사는 게 참 꽃 같아야

보랏빛 한 설움이 지고 있다

한 생을 꼬박 앓고도
꽃으로 스미지 못 한 당신,
그리고 나

보라,
엉겅퀴 하얗게 지고 있다

— 박제영, 「엉겅퀴」 전문

붉은 꽃 다 떨구고 하얗게 지고 있는 엉겅퀴. 그 모습을 보면 당신도, 당신의 심장도 아프고 저리지 않을까 싶습니다. 🌸

접시꽃 숙아 그렇게 징징 울고 있느냐

　어느 집 담장 아래 혹은 어느 마을 초입, 키 작은 여느 꽃과는 달리 눈높이에서 마주치는, 기다란 줄기에 매달리듯 피어 있는 큼직한 접시꽃. 접시꽃 이야기를 할까 합니다.

　언제였던가. "저기 무궁화가 피었네!" 한 마디 건넸다가, "무궁화가 아니라 접시꽃이네요." 아내의 말에 이리저리 살펴보다가 "접시보다는 무궁화를 더 닮았네……." 슬그머니 얼버무리려 했던 기억이 있습니다.

　아! 그보다 앞선 기억이 있네요. 4개월 된 어린 딸과 남편을 두고 먼저 세상을 떠난 젊은 아내. 그 아내에 대한 지순지고한 사랑을 애절하게 그려낸 도종환 시인의 시집. 가난한 시인과 시한부 선고를 받은 아내의 절절한 사연이 알려져 장안의 베스트셀러가 되고, 영화로도 만들어져 수많은 사람들을 울렸던, 『접시꽃 당신』. 그 사랑 하도 절절했던 탓에 몇 년 후 도종환 시인이 재혼했을 때 사람들은 그 사실을 쉽게 받아들이지 못하기도 했지요.

　그런데 그 당시 저는 시집보다 시인의 사랑보다 오히려 꽃이 더 궁금했던 것인데요. 도대체 어떻게 생긴 꽃일까, 일부러 화원을 찾아가

옥수수잎에 빗방울이 나립니다
오늘 또 하루를 살았습니다……

당신과 내가 갈아엎어야 할
저 많은 묵정밭은 그대로 남았는데……

— 도종환, 접시꽃 당신

서 그 꽃을 보았던 것인데요. 그리고 그 꽃말이 '애절한 사랑'이란 것
도 그때 알았습니다. 왜 시인의 사랑보다 접시꽃이 더 궁금했던 것일
까…… 그 이유는 기억이 나질 않지만 말입니다.

그런데 말입니다. 일부러 화원까지 찾아가 확인까지 했던 그런 접시
꽃을 왜? 어떻게! 까마득히 잊고 살았던 것일까요. 왜? 어떻게! 접시꽃
을 몰라봤던 것인지 그 이유가 문득 궁금해지기도 합니다.

오늘도 또 하루를 살았습니다
낙엽이 지고 찬바람이 부는 때까지
우리에게 남아 있는 날들은
참으로 짧습니다
아침이면 머리맡에 흔적 없이 빠진 머리칼이 쌓이듯
생명은 당신의 몸을 우수수 빠져나갑니다

씨앗들도 열매로 크기엔

아직 많은 날을 기다려야 하고

당신과 내가 갈아엎어야 할

저 많은 묵정밭은 그대로 남았는데

논두렁을 덮는 망촛대와 잡풀가에

넋을 놓고 한참을 앉았다 일어섭니다

— 도종환, 「접시꽃 당신」 부분

마침내 아내가 떠나고 시인은 아내를 옥수수밭 옆에 묻어주었다지요. "당신을 땅에 묻고 돌아오네 / 안개꽃 몇 송이 함께 묻고 돌아오네 / 살아평생 당신께 옷 한 벌 못해주고 / 당신 죽어 처음으로 베옷 한 벌 해 입혔네 / 당신 손수 베틀로 짠 옷가지 몇 벌 이웃께 나눠주고 / 옥수수 밭 옆에 당신을 묻고 돌아오네"(「옥수수밭 옆에 당신을 묻고」 부분). 먼지가 수북이 쌓인 시집을 꺼내어 다시 읽어봐도 접시꽃 꽃말처럼 애절하고 절절한 사랑입니다.

중국이 원산지로 귀화식물인 접시꽃은 아욱과의 여러해살이풀입니다. 2년에 한 번 6월에서 9월 사이 뜨겁게 꽃을 피웁니다. 다섯 개의 꽃잎이 넓고 둥글게 피어 얼핏 보면 접시를 닮았다고 접시꽃이라 불린 것이라는데, 글쎄요. 저는 이미 말씀드렸던 것처럼 무궁화를 더 닮은 것 같은데, 당신 생각은 어떤지 모르겠습니다. 아무래도 궁금해서 자료를 찾아보니 역시나 무궁화와 접시꽃은 아욱이라는 같은 뿌리를 가졌더군요. 서로 닮은 이유가 있었습니다. 물론 여러 줄기에서 꽃이 피는 무궁화와 한 줄기에서 층층이 꽃이 피는 접시꽃은 다른 꽃입니다.

접시꽃을 촉규화(蜀葵花), 혹은 촉규(蜀葵)나 규화(葵花)라고도 하는데요, 규화라는 이름은 해바라기를 가리키는 것이기도 하니 조금 헷갈리지요. 한자사전에서 규(葵)자를 찾아보니 '해바라기, 접시꽃, 아욱' 그 셋을 다 포함하고 있습니다. 그렇다면 아무래도 세 꽃이 모두 깊은 연관이 있는 게 아닐까…… 곰곰 생각하니 떠오르는 단어가 있습니다. 바로 규심(葵心)입니다. 일편단심, 변함없는 사랑, 특히 임금을 향한 충심을 일러 예로부터 '규심(葵心)'이라 했지요. 그렇다면 여기서 규(葵)는 해바라기를 가리키는 것일까요 아니면 접시꽃일까요? 그도 아니면 아욱꽃일까요? 누구는 해바라기라 하고, 누구는 접시꽃이라 하고, 또 누구는 아욱이라 하니, 선택은 오직 당신의 마음에 달렸습니다.

> 무섭고도 그리운 은은한 바다 소리에 낡은
> 오막사리 집들을 껍질처럼 벗어 두고
> 어제도 오늘도
> 뿔뿔이 바다로 헤어져 가버린 빈 담장가에
> 뉘를 기다려 대해를 향하여 철 겨운 빨간 촉규ㄴ고!
>
> — 유치환, 「촉규(蜀葵)있는 어촌」 부분

청마가 살았던 통영. 그 바닷가에 빈 오막살이가 많았던 모양입니다. 빈 담장마다 접시꽃이 붉게 피었었나 봅니다. 그리고 그 시절 그 지역에서는 접시꽃을 촉규라 불렀었나 봅니다. 아, 아니지요. 서정주 시인이 살던 고창에서도 접시꽃을 촉규라 불렀던 모양이니, 예전 우리 조상들은 접시꽃보다는 촉규로 더 많이 불렀던 것은 아닌지…….

담장 아래 목을 길게 내민
붉은 접시꽃 보면은
고향집 떠올라
꽃 같은 가시내들 떠올라
자야, 숙아, 분아
불러보게 되는 꽃, 접시꽃

울타릿가 감들은 떫은 물이 들었고
맨드라미 촉규는 붉은 물이 들었다만
나는 이 가을날 무슨 물이 들었는고

— 서정주, 「추일미음(秋日微吟)」 부분

　신라 때 최치원(崔致遠)이 쓴 한시, 「촉규화(蜀葵花)」를 생각하면,
촉규라는 그 이름, 꽤 오래전부터 우리 조상들이 써왔던 이름일 텐데,
언제부터 촉규 대신 접시꽃으로 부르게 된 것일까 궁금해지기도 합니
다. 그리 오래된 것 같진 않은데 거기에 대한 자료는 찾을 수가 없네
요. 나중에라도 다시 한 번 찬찬히 찾아봐야겠습니다.

　접시꽃 하면 흔히 붉은색을 떠올릴 텐데요. 사실 접시꽃의 색은 노란색도 있고, 흰색도 있고, 놀랍게도 검은색도 있다고 합니다. 저는 아직 검은색 접시꽃을 보지 못했습니다만. 이영옥 시인은 흰 접시꽃을 보면서 '낮달이 꺼내는 새떼'라고 표현하기도 합니다. 시인의 상상력이란 상상을 초월하기도 하지요.

> 접시꽃이 엎지른 그림자에 금이 가는 구월
> 낮달은 가슴을 열고 까만 새떼를 자꾸 꺼낸다
> 그리움을 보태거나 덜어내며
> 위태롭게 균형을 잡아오던 접시들은
> 꽃이 일생동안 하나씩 공들여 빚어 온 것,
> 찬바람이 허공에서 하얀 접시 여러 개를 깨트렸다
> 새떼가 사분거리는 흰 빛을 물고 사라져도
> 꽃은 이듬해 새 접시를 들여 똑같은 상처를 담아 둘 것이다
>
> — 이영옥, 「낮달이 꺼내는 새떼—흰 접시꽃」 부분

어떤가요? 이제 흰 접시꽃을 보게 된다면 그 모습이 '낮달이 가슴을 열고 까만 새떼를 꺼내는 모습'으로 보이게 될까요? 시를 읽으면 그만큼 세계가 확장되는 것이니, 꽃을 보고 시를 읽는 일이란 게 어쩌면 임도 보고 뽕도 따는 일인지도 모르겠습니다.

> 자야, 니는 오늘도
> 들에 나가 돌아오지 않는 에미애비 기다리며
> … 중략 …
> 마른 침 꾸울꺽 삼키고 있느냐

숙아, 니는 오늘도

… 중략 …

온 몸에 땀띠로 송송 돋아나는 그 사내 기다리며

그렇게 징징 울고 있느냐

분아, 니는 오늘도

… 중략 …

널 공주처럼 떠받들며 살겠다던 그 오빠 기다리며

부황 든 볼 발갛게 붉이고 있느냐

— 이소리, 「접시꽃」 부분

도종환 시인의 「접시꽃 당신」이 워낙 유명해서 그렇지, 실제로는 그 이전에도 그 이후에도 수많은 시인들이 접시꽃을 시재(詩材)로 다루었는데요, 그중에서 하나를 꼽으라면 저는 서슴없이 이소리 시인의 「접시꽃」을 꼽습니다. 이영주 시인이 '흰 접시꽃'을 보고 있다면, 이소리 시인은 '붉은 접시꽃'을 보고 있지요. 어떤가요? 담장 아래 목을 길게 내민 붉은 접시꽃을 보게 되면, 당장이라도 따라 읊조리고 싶어지지 않을까요? "자야, 숙아, 분아" 하면서 말입니다.

여름 다 가기 전에, 붉은 꽃, 흰 꽃 다 지기 전에, 접시꽃 보러 한번 다녀오는 것도 좋겠습니다. 🌺

애기똥풀
풀잎 위에 노란 똥

잠시 짬을 내어 카메라 하나 달랑 들고 교외를 다녀왔습니다. 꽃에 대한 글을 쓰면서부터 주말이면 들꽃 사진을 찍으러 다니는 것이 습관이 되어버린 모양입니다. 물론 아직도 형형색색의 들꽃들 하나하나 제 이름을 불러주지는 못 하지만요. 아직도 꽃에 관한 한 초보중의 초보인 까닭입니다. 그래도 조금씩 그 이름을 불러주며 얼굴을 익히다 보니 제법 많은 꽃 친구들이 생긴 듯하여 마음 한 구석이 든든해지는 요즘이기도 합니다.

들꽃 이름을 불러보면 오래 소식 끊긴 친구들이 하나둘 떠오릅니다. 비비추 더워지기 으아리 진득찰 바위손 소리쟁이 매듭풀 절굿대 노랑 하늘타리 딱지꽃 … 중략 … 덕팔이 다남이 점순이 간난이 끝순이 귀돌이 쇠돌이 개똥이 쌍점이 복실이…… 불러보면 볼수록 정겨운 들꽃 이름들 속에서 순박했던 코흘리개들이 웃습니다.

— 권달웅, 「들꽃 이름」 부분

"이름을 불러보면 오래 소식 끊긴 친구들이 하나하나 떠오른다"는 권달웅 시인의 말이 실감이 나지 않는다면, 어느 들, 어느 산이라도 좋으니 바람도 쐴 겸 나가서서 지천에 핀 그 꽃들 하나하나 이름을 불러 보세요. 어느새 친구들이 하나하나 떠오르고, "불러보면 볼수록 정겨운 들꽃 이름들 속에서 순박했던 코흘리개들이" 웃을 테니 말입니다.

그나저나 당신은 애기똥풀이라는 꽃을 아시는지요? 의외로 모르는 사람도 많은데요, 안도현 시인도 몰랐다며 고백을 합니다.

> 나 서른다섯 될 때까지
> 애기똥풀 모르고 살았지요
> … 중략 …
> 애기똥풀도 모르는 것이 저기 걸어간다고
> 저런 것들이 인간의 마을에서 시를 쓴다고
>
> — 안도현, 「애기똥풀」 부분

노란색 들꽃 중에 하나를 고르라면 저는 애기똥풀을 꼽는 것인데요. 애기똥풀의 노란색이야말로 가장 으뜸이 아닐까 싶습니다. 당장이라도 샛노란 물이 뚝뚝 떨어질 것만 같은 그런 노란색이니까요. 게다가 애기똥풀은 잎이며 가지며 어디를 잘라도 그 안에서 노란 물이 뚝뚝 떨어지니 참 신기한 꽃입니다. 그런 애기똥풀을 서른다섯 살이 되도록 모르고 살았다고 안도현 시인은 고백을 하고 있는데, 실은 저도 마흔 살이 되도록 애기똥풀을 모르고 살았더랬습니다. 어느 날 딸아이가 노란 꽃 하나를 가져와 "아빠, 이게 애기똥풀꽃이래" 그 이름 불러주기까진 말입니다.

해마다 봄에서 여름 그리고 가을 초입까지 팔도강산 어디든 지천으로 핀 꽃이지만 그래서 오히려 사람들의 관심을 얻지 못한 애기똥풀. '엄마의 사랑과 정성'이 애기똥풀의 꽃말인데, 그러고 보면 엄마의 사랑은 언제나 차고 넘치는데 자식들은 미처 그것을 모르고 놓치고 사는 것이니, 그럴듯한 꽃말이지요. 물론 꽃말의 유래는 서양의 고대 그리스 신화에서 유래한 것이지만 말입니다.

애기똥풀의 학명은 첼리도니움(Chelidonium)인데, 그리스어로 제비를 뜻하는 말이 첼리돈(Chelidon)입니다. 고대 그리스 신화에 나오는 한 토막. 눈에 이물질이 끼어 눈을 뜨지 못한 채 태어난 아기 제비가 있었는데, 어미 제비가 애기똥풀의 줄기를 입으로 꺾어 거기서 나

집 비운 사이,
애기가 풀잎 위에 노란 똥을
싸놓았구나
무심코 중얼거리며
처맛자락 다잡으며
애기똥, 애기똥,
애기똥풀꽃 했을 것이다

―주용일, 애기똥풀꽃

온 유액으로 눈을 씻겨 눈을 뜨게 해주었다고 합니다. 여기서 첼리도 니움이라는 학명과 꽃말이 비롯된 것이지요. 영어 이름으로는 Asian celandine인데 이 또한 첼리돈(제비)을 그 뿌리로 둔 말입니다.

우리 민간에서는 애기똥풀에 독이 있어 '소가 피하는 풀'이라고도 하고, 애기똥풀을 꺾으면 나오는 노란색의 진액이 젖을 닮았다 하여 '젖풀'이라고도 하고, 그 노란색 액즙이 건강한 아기의 똥을 닮아 '씨 아똥' 혹은 '애기똥풀'이라고도 불렀답니다. 꽃 이름에 오줌이니 똥이 니 하는 것을 붙이는 것은 아마도 우리 조상들밖에 없지 않나 싶은데 요, 주용일 시인은 애기똥풀 이름의 유래를 이렇게 시로 풀어내기도 합니다.

> 집 비운 사이,
> 애기가 풀잎 위에 노란 똥 싸놓았구나
> 무심코 중얼거리며 치맛자락 다잡으며
> 애기똥, 애기똥, 애기똥풀꽃 했을 것이다
> 홀로 있는 애기가 걱정되는 아낙에게
> 지천으로 피어 있는 노란꽃은 똥이 되고
> 애기똥은 꽃이 되었을 것이다

— 주용일, 「애기똥풀꽃」 부분

서양의 전설, 그리스 신화의 전설보다는 훨씬 더 마음에 와 닿지 않 나요. 갓난아기를 돌볼 틈도 없이 밭일을 나가야 했던 우리 어머니들 의 삶. 고단한 밭일을 하면서도 집에 두고 온 애기가 눈에 밟혀야 했 던 우리 어머니들. 그러고 보면 어버이날 카네이션보다는 애기똥풀을

달아드리는 것은 어떨까 문득 그런 생각도 하게 됩니다. 나태주 시인
께 이런 말씀을 드린다면 "그래, 그게 좋겠네" 하실지도 모르겠습니다.

> 올해도 어렵사리 새봄은 찾아와
> 애기 똥물 아낌없이 받아낸 애기 기저귀
> 들판 가득 풀어 널어 바람에 날리우니
> 적막한 들판 오로지
> 늬들 땜에 자랑차누나
>
> — 나태주, 「애기똥풀1」 부분

애기똥풀에는 독이 있어 소도 피한다고 했는데요, 애기똥풀에는 독
소도 있지만 강한 살균 성분도 있다고 합니다. 사실 독과 약은 한 뿌리
에서 나온 혈연지간이지요. 하여튼 한방에서는 오래전부터 애기똥풀
을 '백굴채(白屈菜)'라 하여, 배가 아플 때 진통제로 쓰거나 벌레에 물
렸거나 짓무른 살갗에 바르는 약으로 썼다고 합니다. 애기똥풀 액즙을
바르면 사마귀가 없어진다는 얘기도 전해지고요. 요즘은 어린아이들
아토피 치료에 효과가 있다고 하여 새삼 주목을 받고 있다고 하니, 애
기똥풀이 아니라 애기약풀인가요?

> 황하의 탁한 물
> 암소가 마시면 우유가 되고
> 독사가 마시면 독이 된단다
> 그래, 잘 먹는 일보다
> 잘 싸는 일이 중한 거여

얼마나 서운했을까요
애기똥풀도 모르는 것이 저기 걸어간다고
저런 것들이 인간의 마을에서 시를 쓴다고

ㅡ 안도현, 애기똥풀

이 세상 아기들아
잘 싸는 일이 잘 사는 일
시궁창 물가에 서서도
앙증스레 꽃 피워 문
애기똥풀 보아라
어디 연꽃만이 연꽃이겠느냐

ㅡ 복효근, 「애기똥풀꽃」 부분

　세상에 흔한 들꽃들. 그래서 사람들 관심을 받지 못하는 들꽃들. 그 중에서도 어쩌면 제일 천덕꾸러기 취급을 받고 있는 애기똥풀. 그 애기똥풀을 두고 시인의 어머니가 시인에게 "연꽃만이 연꽃이겠느냐"고, 하늘 아래 귀하고 천한 것이 어디 있겠느냐고 꾸짖는 것인데, 부끄럽기는 왜 제가 부끄러운 것인지요. 유안진 시인의 「들꽃 언덕에서」라는 시를 꺼내 읽어봅니다.

> 들꽃 언덕에서 알았다.
> 값비싼 화초는 사람이 키우고
> 값없는 들꽃은 하느님이 키우시는 것을
> 그래서 들꽃 향기는 하늘의 향기인 것을
>
> — 유안진, 「들꽃 언덕에서」 부분

　가끔 스스로에게 묻습니다. 나는 왜 이 글을 쓰고 있을까? 내가 쓰는 이 글이 도대체 무슨 쓸모가 있을까? 아직도 그 질문에 대해 명확한 답을 찾진 못했습니다. 유안진 시인이 들꽃 언덕에서 깨달은 것을 나도 조금은 깨닫고 싶긴 합니다만, 글쎄요. 아직은 잘 모르겠습니다. 언젠가는 그런 날이 오겠지요. 🌸

패랭이꽃
눈물방울이여 언젠가는 황홀한 보석이여

패랭이꽃 하면 무엇이 떠오르냐고 물었더니 조현정 시인이 그러는 겁니다. 비누꽃! 보랏빛 꽃을 따서 두 손으로 비비면 비누처럼 거품이 생겨서 그 꽃을 비누꽃이라고 했다고. 그 꽃을 비누 삼아 소꿉놀이를 했다고.

꽃 이야기를 쓰면서부터 이 사람 저 사람에게 들꽃에 대한 경험을 묻곤 하는데요, 서울에서 자란 저로서는 처음 듣는 이야기들이 참 많습니다. 패랭이꽃이 비누꽃이라는 말. 이번에도 뜻밖의 소득을 얻은 셈입니다.

패랭이 아시지요? 조선시대 양반이 쓰던 갓이 아니라 역졸이나 보부상 같은 신분이 낮은 상민들이, 천민들이 썼던 패랭이삿갓. 댓개비를 엮어 만든 갓 말입니다. 그 패랭이를 닮았다 해서 패랭이꽃이라 불리게 되었다는 들꽃. 우리나라의 들꽃이 으레 그런 것처럼 지천에 낮게 낮게 피어 이놈 발 저놈 발에 숱하게 밟혀왔던 앉은뱅이 꽃. 아무나 아무렇게나 꺾고 또 꺾곤 했던 천덕꾸러기 들꽃. 그래서 조금은 슬픈 꽃. 이성복 시인이 얘기했던 "당신을 찾아가는 곳 어디에나 돋아나던 붉은 반점" 같은 꽃.

　　정적 하나가 내 가는 길과 들판을 몰아 옵니다 나직하던 발걸음 소리
가 나둥그라지며 패랭이꽃이 피어납니다 당신을 찾아가는 곳 어디에
나 붉은 班點이 돋지요 거친 호흡과 身熱은 내 것이고요

— 이성복, 「정적 하나가」 부분

　　패랭이꽃을 한자로 석죽(石竹) 혹은 천국(天菊)으로 부르기도 하는
데요, 우리말로 풀면 돌대나무와 하늘국화이지요. '돌 틈을 비집고 자
라는 대나무'라니 그만큼 생명력이 강하다는 것일 테고, '하늘에 핀 국

화'라니 그 모양과 색깔이 아름답다는 것일 테지요. 석죽 하면 떠오르는 시가 여럿 있겠지만 천국(天菊)의 이미지까지 고려하면 저는 고려 때 시인 정습명(鄭襲明)의 「석죽화(石竹花)」가 떠오릅니다.

世愛牧丹紅 栽培滿院中(세애목단홍 재배만원중)
세상에선 모란꽃 붉은색이 곱다고 화원 가득 심고 가꾸지만
誰知荒草野 亦有好花叢(수지황초야 역유호화총)
누가 알까, 풀이 우거진 들판에도 더 좋은 꽃들이 피어 흐드러졌는데
色透村塘月 香傳娘樹風(색투촌당월 향전낭수풍)
그 빛은 연못 속에서 달빛에 어리고 그 향기는 바람 따라 언덕을 넘어가는데
地僻公子少 嬌態屬田翁(지벽공자소 교태속전옹)
궁벽한 산골이라 잘난 사람들 없으니 그 아름다움은 오직 농부들 것이네
— 정습명, 「석죽화(石竹花)」 전문

아, 패랭이꽃을 하늘국화라고 부르면 또 슬그머니 떠오르는 시가 하나 있지요. 류시화의 「패랭이꽃」 말입니다.

살아갈 날들보다
살아온 날이 더 힘들어
… 중략 …
삶이란 것은
자꾸만 눈에 밟히는
패랭이꽃
누군가에게 무엇으로 남길 바라지만

한편으론 잊혀지지 않는 게 두려워

자꾸만 쳐다보게 되는

패랭이꽃

— 류시화, 「패랭이꽃」 부분

붉은 패랭이꽃. "살아갈 날들보다 / 살아온 날이 더 힘들어" 자꾸만 쳐다보게 된다는 꽃. "누군가에게 무엇으로 남길 바라지만 / 한편으론 잊혀지지 않는 게 두려워" 자꾸만 쳐다보게 된다는 꽃. 하늘을 닮은 꽃. 패랭 패랭 패랭 읊조리다 보면 바람소리가 들리기도 하고, 패랭 패랭 부르다 보면 헤어진 옛 애인의 눈물이 얼핏 떠오르기도 하는 것인데요. 그래서 그런가요. 시인은 사는 일이 힘들 때면, 자꾸만 쳐다보게 되는 꽃이라 합니다.

한편 석죽(石竹) 하면 떠오르는 그림이 있지 않나요? 단원 김홍도의 「황묘농접도(黃猫弄蝶圖)」. 누런 고양이가 나비를 놀린다는 뜻인데 제목과는 달리 고양이가 나비를 놀리는 게 아니라 나비가 고양이를 놀리고 있는 것 같은 그림이지요. 김홍도는 고양이와 나비를 그리면서 두 개의 다른 꽃을 또한 그려 넣었는데요, 바로 제비꽃과 패랭이꽃(석죽)입니다. 김홍도는 왜 고양이와 나비, 그리고 제비꽃과 패랭이꽃을 함께 그린 것일까요?

고양이 묘(猫)는 늙은이 모(耄)와 중국어 발음이 같고, 나비 접(蝶)은 노인 질(耋)과 발음이 같습니다. 이런 연유로 중국에서는 예로부터 고양이와 나비 그림을 통해 노인을 비유적으로 표현했던 것인데, 김홍도 또한 이런 뜻에서 고양이와 나비를 그려 넣은 것이지요.

살아온 날들보다 살아갈 날이 더 힘들어
자꾸만 쳐다보게 되는 꽃
패랭 패랭 부른다 보면
옛 애인의 눈물이 떠오르는 꽃
패랭이꽃

　제비꽃은 한자로 여의초(如意草)라 하고, 제비꽃은 '모든 일이 뜻대로 다 이루어지기를 바란다'는 뜻을 상징한다고 이미 말씀드린 바 있지요. 그렇다면 패랭이꽃은 왜 그렸을까요? 앞서 패랭이꽃을 석죽(石竹)이라고 했지요. 바위(石)와 대나무(竹)는 영원불변을 상징합니다. 이해되셨는지요? 그러니까 황묘농접도는 무병장수와 소원성취의 기원을 담고 있는 그림인 것입니다.

　그런데, 패랭이꽃을 자세히 보면 우리가 아는 어떤 서양 꽃과 무척 닮았습니다. 바로 카네이션입니다. 실제로 카네이션은 야생하는 패랭이꽃을 개량한 원예종이라고 합니다. 그러니까 같은 꽃이지요. 다만, 패랭이 꽃잎은 홑잎인데 반해 카네이션 꽃잎은 겹으로 핀 것이 다르다고 합니다. 그러니 이제부터라도 어버이날 화원의 비싼 카네이션 대신 들판에 흐드러진 패랭이꽃, 석죽화를 한 다발 안겨드리는 것은 어떨까 싶습니다.

해마다 돌아오는 어버이날, 어쩌면 형식적으로 꽃집에 들러 형식적으로 카네이션을 사고 형식적으로 부모님께 카네이션을 선물하고 있지는 않은지요. 그러니 조금 멀더라도 조금 불편하더라도 어느 들판에 나가 패랭이꽃을 찾아 오래오래 무병장수하시기 바라는 그 마음을 꽃과 함께 묶어서 부모님께 드리는 것, 그게 진짜 선물이 아닐까 싶습니다.

이 눈발을 거슬러 가면,
굴뚝 연기 자욱한 옛 집이 있으리라.
잃어버린 몽당연필과 딱지까지
유성기 나팔 속에 먼지를 쓰고 있으리라.
무명 치마 어머니의
패랭이꽃도 지워지고 없으리라.

— 이건청, 「옛 집」 부분

패랭이꽃은 어떤 척박한 환경에도 뿌리를 내리고 싹을 틔웁니다. 하다못해 바위며 돌 틈에도 뿌리를 내려 싹을 틔웁니다. 이른 봄부터 피기 시작해 서리가 내리기 전 늦가을까지 끊임없이 꽃을 피우는, 강한 생명력을 지닌 꽃입니다. 우리의 가난한 할아버지 할머니들이 그렇게 사셨지요. 가진 자들의 모진 핍박과 가난 속에서도 끈질기게 삶을 이어오셨습니다. 패랭이꽃처럼 착한 사람들일까요 아니면 착한 사람을 닮은 패랭이꽃일까요.

저이들을 봐, 꽃잎들의 몸을 열고 닫는 싸리문 사이로 샘물 같은 웃음과 길 끝으로 물동이를 이고 가는 모습 보이잖아, 해 지는 저녁, 방마다 알전구 달아놓고, 복(福)자 새겨진 밥그릇을 앞에 둔 가장의 모습, 얼마나 늠름하신지, 패랭이 잎잎마다 다 보인다, 다 보여.

— 이승희, 「패랭이꽃」 부분

이번 주말에는 식구들하고 패랭이꽃 보러 소풍을 가야겠습니다. 보랏빛 이슬방울, 눈물방울, 그리하여 황홀한 보석. 그 패랭이꽃 보러 가야겠습니다. 두 딸내미들과 함께 그 꽃 비벼 비누거품도 만들어보고, 보랏빛 설움을 함께 적셔도 봐야겠습니다.

보랏빛 이슬방울이여
눈물방울이여
언젠가는 황홀한 보석이여
앉아서 크는 너로 하여, 네 가난한 마음으로 하여 서 있는 세상, 온통 환하여라

— 이은봉, 「패랭이꽃」 부분

백일홍 삼백 년 된 별

한 여자 돌 속에 묻혀 있었네
그 여자 사랑에 나도 돌 속에 들어갔네
… 중략 …
남해 금산 푸른 하늘가에 나 혼자 있네
남해 금산 푸른 바닷물 속에 나 혼자 잠기네

— 이성복, 「남해 금산」 부분

30년 전쯤 같은데요, 이성복의 시, 「남해 금산」을 처음 읽고 무작정 남해에 가겠다고, 남해 금산을 보고 오겠다고 집을 나섰던 것이. 남해 금산이 궁금했었습니다. 남해 금산의 바위와 남해 금산의 푸른 바닷물이 궁금했었습니다. 한 편의 시가 마음을 움직이고, 한 편의 시가 홀쩍 여행을 떠나게 만드는 시절이었습니다.

그때 남해를 가면서 덕유산을 거치고 지리산을 거치고 담양과 진주 그리고 광주를 거쳐 마침내 남해 금산에 다다랐던 것인데요, 그때가 아마 8월 말 여름의 끝자락이었을 텐데요, 거치는 곳마다 배롱나

무, 붉은 백일홍이 흐드러졌던 기억이 아직도 눈에 선합니다. 남해 금
산의 기암괴석들을 보고 내려와 푸른 바닷가로 가던 그 길에도 배롱
나무마다 붉은 꽃들이 활짝 피었던 기억이 삼십여 년이 지난 지금도
눈에 선합니다.

그 여름 나무 백일홍은 무사하였습니다 한차례 폭풍에도 그 다음 폭
풍에도 쓰러지지 않아 쏟아지는 우박처럼 붉은 꽃들을 매달았습니다
… 중략 …
넘어지면 매달리고 타올라 불을 뿜는 나무 백일홍 억센 꽃들이 두어
평 좁은 마당을 피로 덮을 때, 장난처럼 나의 절망은 끝났습니다

— 이성복, 「그 여름의 끝」 부분

남해 금산을 다녀온 이듬해 저는 입대를 했고 자연스럽게 그 여행
도 이성복도 까마득히 잊었던 것인데요. 3년의 군 생활을 마치고 1990

년 복학을 했을 때. 우연인지 필연인지 그해 이성복 시인의 세 번째 시집, 『그 여름의 끝』이 세상에 나왔습니다. 시집의 마지막에 실린, 시집의 표제시이기도 한 「그 여름의 끝」이라는 시를 보면서 문득 남해 금산과 그때 만난 백일홍이 다시 제 안에 확 번지는데, 그때 알았습니다. 군대에서 포기할 수밖에 없었던 '시(詩)' 그러니까 저의 백일홍도 무사하였다는 것을. 여러 차례 폭풍에도 '나의 시, 나의 백일홍'도 결코 쓰러지지 않았다는 것을. '나는 아무래도 시를 계속 써야 하는 운명'이란 것을 말입니다. 이성복과 남해 금산과 그리고 백일홍이 없었더라면 어쩌면 진즉에 시를 포기했을지도 모르겠습니다.

이성복 시인이 말하는 백일홍(百日紅)은 백일초로 불리는 국화과 한해살이풀 백일홍이 아니라, 부처꽃과에 속하는 낙엽활엽소교목 배롱나무, 바로 그 배롱나무 가지에 피는 꽃입니다. 나무에 피는 백일홍이라 해서 목백일홍이라 불리기도 하고, 자주색 꽃이 핀다 해서 중국에서는 자미화(紫薇花)라고 불리기도 하고, 집안이 붉은 빛으로 가득하다고 해서 만당홍(滿堂紅)이라고도 불리는 꽃, 그 백일홍에 관한 이야기를 하려고 합니다.

백일홍이란 이름은 글자 그대로 붉은 꽃이 백 일 동안 붉게 피어 있다고 해서 붙여진 이름이지요. '배롱나무'라는 이름은 백일홍이 핀 나무가 줄어서 '백일홍나무'가 되고 그것이 또 줄어서 '배롱나무'로 불리게 된 것이고요. 그런데 실은 백일홍은 한 꽃이 백일 동안 붉게 피어 있는 것이 아닙니다. 배롱나무 가지 위로 붉은 꽃들이 포도송이처럼 다발로 매달려 피는 백일홍은 여느 꽃처럼 열흘을 넘지 못하고 지고 말지요. 다만 배롱나무는 한 꽃이 지기 전에 또 한 꽃을 피워낼 뿐입니다. 무수히 꽃이 지면서 또 무수히 꽃을 피워내는 것이지요. 백일 동안 말입니다. 멀리서 바깥에서 스치며 바라보는 사람들은 그저 백일동안 붉은 꽃들이 피어 있는 줄 그리 착각하는 것이지요. 도종환 시인도 아마 처음에는 그런 사실을 몰랐을 겁니다. 그러다 문득 가만히 들여다보니 알게 되었고 그리하여 이토록 아름다운 문장을 만든 것이겠지요.

> 한 꽃이 백일을 아름답게 피어 있는 게 아니다
> 수없는 꽃이 지면서 다시 피고
> 떨어지면 또 새 꽃봉오릴 피워 올려
> 목백일홍나무는 환한 것이다
> 꽃은 져도 나무는 여전히 꽃으로 아름다운 것이다

— 도종환, 「목백일홍」 부분

당신은 어떤가요? '한 꽃이 백일 붉은 것'보다 '무수한 꽃이 지고 피면서 백일 붉은 나무'에서 더 큰 감동이 느껴지지 않나요? 더 많은 사연이 느껴지지 않나요? 예로부터 많은 시인묵객들이 한해살이풀 '백일초 백일홍'보다 '배롱나무 백일홍'을 시재(詩材)로 쓴 데에는 그런 연유가 있지 않을까요?

배롱나무는 한편 독특한 성질과 특징이 있는데, 그에 연유한 별칭도 다양합니다. 배롱나무는 그 수피가 굉장히 매끄러운 게 특징인데, 원숭이도 미끄러질 만큼 매끄럽다고 해서 배롱나무를 후자탈(猴刺脫)이라 부르기도 합니다. 또 배롱나무는 그 껍질을 손톱으로 긁으면 가지

삼백 년째 백일 동안
꽃은 얼마나 두근거렸을 것인가

백일홍 나무의 몸속에 잠든
삼백 년 된 별을 어찌 알아볼 수 있겠는가
무슨 힘으로 마음을 피우고 지우며 또 피우겠는가

백일홍처럼 오래오래

— 이윤진, 백일홍처럼 오래오래

가 흔들리고 꽃이 흔들린다고 하여 파양수(怕癢樹)라고 부르기도 하
고, 또 이를 간지럼 타는 것이라고 해서 간지럼 나무로 부르기도 한다
지요. 진짜로 나무가 간지럼을 타는 것은 물론 아니겠지만 말입니다.

 이성복 시인의 시와 함께 백일홍 하면 떠오르는 시는, 제가 무척이
나 애틋하게 생각하고 있는 시는 이윤진 시인의 시, 「백일홍처럼 오래
오래」입니다.

　나는 그 꽃 아래서
　겨우 서른 몇 날의 그리움을 걱정하였으니
　백일홍나무의 몸속에 잠든
　삼백 년 된 별을 어찌 알아볼 수 있겠는가
　무슨 힘으로 마음을 피우고 지우며 또 피우겠는가

　　　　　　　— 이윤진, 「백일홍처럼 오래오래」 부분

삼백 년 된 백일홍나무에 꽃이 피었다면……. 그 곁을 지나가면서 당신이라면 무슨 생각을 하겠습니까? 해마다 습관처럼 피는 꽃이라 무심코 지나치지는 않겠지만, 시인처럼 "백일홍나무의 몸속에 잠든 / 삼백 년 된 별"을 볼 수 있을는지요! 백일홍 아직 피었거든 오래오래 들여다보시길 바랍니다.

> 당신이 들려준 우리의 후생을 기억하네
>
> 천 년을 살았다는 백일홍나무도 천 년 내내 한 꽃만 피었겠냐고
> 백 일 붉은 꽃 피었다 진 자리, 다른 꽃 들어서길 천 년이니
> 나무의 천 년이 아니라 꽃의 붉은 백 일이 아름다운 것이니
>
> 먼 훗날 당신은 배롱나무가 되어 무수히 꽃 핀들
> 오늘 피었던 이 붉은 꽃, 같기야 하겠냐고
>
> 백 일 붉었던 인연이 거짓말처럼 지고 말 줄은 몰랐네
> 그때는 정말 몰랐네
>
> — 박제영, 「백일홍」 전문

삶도 사랑도…… 그 어떤 것도 영원할 수는 없지요. 그런데 그 영원할 수 없다는 사실이, 돌이킬 수 없다는 사실이, 삶도 사랑도 붉게 물들게 하는 것은 아닐는지요. ✿

며느리밥풀꽃
혀끝에 감춘 밥알 두 알

나태주 시인은 「풀꽃과 놀다」라는 시를 통해 이렇게 말합니다. "그대 만약 스스로 / 인생의 실패자, 낙오자라 여겨진다면 / 풀꽃과 눈을 포개보시라"고. 그러면 "그대의 인생도 천천히 / 아름다운 인생 향기로운 인생으로 / 바뀌게 됨을 알게 될 것"이라고.

이 글을 읽는 그대 또한 그랬으면 좋겠습니다. 가끔은 그대 또한 "혼자서 빈손으로" 들과 산으로 나가 풀꽃에 눈을 맞출 수 있었으면 좋겠습니다. 꽃 향(香)에 취하고 시(詩) 향에 취하다보면 그대 인생도 향기로운 인생으로 바뀌는 황홀한 순간을 맞이할 수도 있을 테니 말입니다. 그나저나 며느리밥풀꽃이라는 그 이름도 참 거시기한 꽃을 아시는 지요? 저는 1980년대 이현세의 만화 『며느리밥풀꽃에 대한 보고서』를 통해 처음 그 이름을 기억하게 되었습니다만.

나태주 시인께서 췌장암을 선고 받고 투병 중에 쓴 산문집, 『풀꽃과 놀다』에 보면 며느리밥풀꽃에 얽힌 사연이 나옵니다. 밭에서 일하던 며느리가 점심때가 훨씬 지나 허기진 배를 채우려고 집에 돌아왔답니다. 식은 보리밥 한 덩이를 맹물에 말아 부엌 아궁이 앞에 쭈그리고 앉

보여도 보이지 않게, 스스로 크기와
색깔을 줄여온, 며느리밥풀꽃의 시간들이,
내 이마에 스치운다.
보라, 보라 보라 웃고 있는 며느리밥풀꽃!

 - 이향지, 며느리밥풀꽃

아 허겁지겁 먹고 있는데, 마실 갔다 돌아온 시어머니가 그 모습을 보
더니 며느리를 두들겨 팼답니다. 시어머니 눈에는 며느리가 먹고 있
는 밥이 흰쌀밥으로 보였던 것이지요. 식구들은 보리밥 먹이고 혼자
서 흰쌀밥을 처먹느냐며, 이런 나쁜 년! 이런 못된 년! 부지깽이로 며
느리를 두들겨 팼답니다. 며느리는 물 말은 보리밥 한 덩이 먹다가 그
렇게 몰매 맞아 죽은 것인데, 죽은 며느리 입가에는 밥풀이 두 개 붙
어 있었답니다.

밥숟갈 몰래 뜨다 맞아 죽은
꽃잎 속 두어 알 눈물
요것 밖에 안 훔쳐먹었지
요것 밖에 안 훔쳐먹었지

입 속 머금어 녹인 밥알

— 최영철, 「며느리밥풀꽃」 부분

며느리가 죽은 자리에 빨갛게 피어난 꽃. 그 붉은 꽃잎이 마치 붉은 혓바닥에 밥알 두 알이 붙어 있는 형상이라. 사람들은 그 후로 그 꽃을 며느리밥풀꽃이라고 불렀다지요. 며느리라는 말. 그 말도 참 아리고 아픈 말인데 며느리밥풀꽃이라니! 말해 무엇하겠습니까. 예전의 우리네 며느리들의 삶이란 게 참 모질고 힘들었지요. 오죽하면 "눈 감고 삼년 귀 닫고 삼년 입 막고 삼년"이라 했을까요. 오죽하면 "고초당초 맵다한들 시집살이만 같으랴" 했을까요. 물론 요즘은 시어머니가 오히려 시집살이를 당한다는 그런 시대이기도 합니다만, 그래도 시집살이는 시집살이라 쉬운 일은 아니지요.

울 엄니 나를 잉태할 적 입덧나고
씨엄니 눈돌려 흰 쌀밥 한 숟갈 들통나
살강 밑에 떨어진 밥알 두 알
혀끝에 감춘 밥알 두 알
몰래몰래 울음 훔쳐먹고 그 울음도 지쳐
추스림 끝에 피는 꽃
며느리밥풀꽃

— 송수권, 「며느리밥풀꽃」 부분

며느리밥풀꽃은 우리나라 전역에 분포해서 서식하고 있는 한해살이 풀입니다. 어느 산이든 어느 숲이든 볕이 잘 드는 곳이면 쉽게 만나는 들꽃 중 하나이지요. 그 꽃잎의 색깔은 혀처럼 붉고 그 꽃잎 위로 마치 밥알 같은 두 개의 흰색 무늬가 있습니다. 먼 옛날 그 꽃을 본 누군가 슬픈 이야기를 지어 사람들에게 들려주니 입에서 입으로 전해져 마침내 그 꽃의 이름이 며느리밥풀꽃이라 불렸겠지요. 그렇게 '여인의 한'과 '며느리의 원망'이 꽃말에 담겼을 테지요.

나는, 이 보라 보라 웃고 있는 며느리밥풀꽃을 밥처럼 퍼담을 수가 없다.

이 꽃들의 연약한 실뿌리들은, 대대로 쌓여 결삭은 솔잎을 거름으로, 질기게도 땅을 붙들고 있기 때문이다.

갈매빛 솔잎들이 걸러주는 반 그늘 속에서, 꽃빛 진한 며느리밥풀꽃

씨없니 눈돌려 흰 쌀밥 한숟갈 들통나
살강 밑에 떨어진 밥알 두 알
혀끝에 감춘 밥알 두 알
들래들래 울음 훔쳐먹고 그 울음도 지쳐
추스림 끝에 피는 꽃

　　　- 송수권, 며느리밥풀꽃

이 꽃빛 진한 며느리밥풀꽃을 낳는다. 보라.

통설이 전설을 낳는다. 보라.

— 이향지, 「며느리밥풀꽃」 부분

그러고 보면 '며느리'라는 말은 단순히 '아들의 아내'를 가리키는 말이 아닐지도 모르겠습니다. 며느리! 그 피로 그 희생으로 네가 살고 내가 살았으니, 며느리야말로 '박해받는 순교자'의 상징일지도 모르겠습니다.

볕 좋은 어느 여름날 혼자서 빈손으로 뒷동산에 올라 키 낮은 들꽃을 보고 와야겠습니다. "통설이 전설을 낳는다. 보라", "보라 보라 웃고 있는 며느리밥풀꽃"을 꼭 한 번 보고 와야겠습니다. 어쩌면 시 한 편 쓸 수 있을 지도 모르겠습니다. ✿

채송화

붉게 피어 있다면 당신은 언제나 뜨거운 여름

하루살이라는 곤충이 있지요. 하루만 살고 죽는다 해서, 수명이 하루뿐이라 해서 하루살이라는 이름이 붙은 날벌레 말입니다. 그런데 이 곤충의 수명이 실제로는 하루가 아니라 여러 날이라고 합니다. 그리고 유충 상태에서는 수 년 동안 물속에서 산다고 하니, 수명이 하루뿐이라는 것은 알고 보면 오해입니다.

꽃 중에서도 하루살이 꽃들이 있습니다. 이 꽃들은 아침에 피었다가 한낮에 지고 마는 것이니, 정말로 수명이 하루도 안 되는 꽃입니다. 나팔꽃, 부용화, 달개비, 달맞이꽃, 원추리, 봄까치꽃(흔히 개불알풀꽃이라 부르는), 제비붓꽃, 쇠비름, 채송화…… 봄, 여름 지천에 핀 들꽃들이 가만히 보면 하루에 피었다 지고 마는 하루살이 꽃들이지요. 어느 시인은 하루살이 꽃을 보면서 이렇게 노래하기도 합니다. "하루를 꽃처럼 살다 죽고 다음 날 다시 태어나 또 하루 꽃처럼 살다 죽으리라."

이런 하루살이 꽃들을 대표하는 꽃이 있는데요. 바로 채송화입니다. 앞서 나팔꽃을 소개하면서 인용했던 동요, 「꽃밭에서」를 다시 인용하려고 합니다. 이번에는 아예 동요 전문을 보여드리는 게 좋겠네요.

아빠하고 나하고 만든 꽃밭에 채송화도 봉숭아도 한창입니다.
아빠가 매어놓은 새끼줄 따라 나팔꽃도 어울리게 피었습니다.
애들하고 재밌게 뛰어 놀다가 아빠 생각나서 꽃을 봅니다.
아빠는 꽃 보며 살자 그랬죠. 날 보고 꽃 같이 살자 그랬죠.

— 어효선 작사, 권길상 작곡, 「꽃밭에서」 전문

어릴 때 우리 집 마당에도 아버지가 가꾼 작은 꽃밭이 있었습니다.
흐릿한 기억이지만 곰곰 생각하면 나팔꽃이 덩굴을 이루고 봉숭아, 사
루비아, 채송화, 아, 그리고 꽈리꽃도 피었더랬는데요. 봉숭아로 손톱
을 붉게 물들이던 기억, 사루비아 꿀 따먹던 기억, 장맛비 내리는 날 마
루에 앉아 꽈륵 꽈르르 꽈리를 불던 기억. 아, 봇물 터지듯 유년의 기
억들이 떠오르는 것은 무슨 조화인지요. 아버지는 절 보고 꽃 보며 살
라고, 꽃 같이 살라고 하셨는데, 돌이켜 보면 꽃 없이 살아온 날들, 꽃

을 잊고 살아온 날들입니다.

> 내가 채송화꽃처럼 조그마했을 때
> 꽃밭이 내 집이었지.
> 내가 강아지처럼 가앙가앙 돌아다니기 시작했을 때
> 마당이 내 집이었지.
> 내가 송아지처럼 경중경중 뛰어다녔을 때
> 푸른 들판이 내 집이었지.
> 내가 잠자리처럼 은빛 날개를 가졌을 때
> 파란 하늘이 내 집이었지.
>
> — 이준관, 「내가 채송화꽃처럼 조그마했을 때」 부분

　　무엇이 저를 꽃밭에서 몰아냈던 것일까요. 제가 채송화꽃처럼 조그마했을 때, 저를 키워 준 그 많은 집들. 무엇이 저를 그 집들 바깥으로 내보냈던 것일까요. 문득 유년의 기억이 서러워집니다.

> 요즘 내가 살면서 한 것 중에 그래도 자랑할 만한 부분이 있다면 후덕한 장봉도 민박 아줌마로부터 진한 갯벌 냄새로 포장을 한 너를 몇 그루 분양받은 일이었다.
>
> — 김용오, 「사철 채송화」 부분

　　김용오 시인의 시, 「사철 채송화」를 인용했습니다만, 사실 사철 채송화는 이름만 '사철 채송화'일 뿐, 채송화와는 유전자가 다른 그야말로 완전히 다른 꽃입니다. 채송화는 남아메리카가 원산이고 쇠비름과

의 한해살이풀인데, 사철 채송화는 남아프리카가 원산이고 석류풀과의 여러해살이풀입니다. 생김새도 채송화와 달리 국화에 가깝지요. 사철 푸른 솔잎을 닮은 잎이 달리는 국화라 해서 송엽국(松葉菊)이라 부르기도 하고요. 아무렴 어떻습니까. 독자가 채송화로 읽었다면, 채송화인 것이지요. 시 읽기의 큰 즐거움 중 하나가 오역에 있기도 하니 말입니다.

채송화는 여름이 시작될 무렵부터 가을이 질 무렵까지 두 계절을 견디면서 붉은색, 노란색, 흰색 등 다양한 색의 꽃을 피우지요. 옛 조상들은 여름철새인 뜸부기가 울면 채송화가 핀다고 해서 '뜸북꽃'이라 부르기도 했고, 땅에 들러붙어서 꽃을 피운다고 '땅꽃'이라 부르기도 했답니다. 그리고 무엇보다 아침에 피었다가 한낮이 지나면 진다고 해서 '하루살이 꽃'의 대명사로 불렸지요.

> 이 책은 소인국 이야기이다
> 이 책을 읽을 땐 쪼그려 앉아야 한다
> 책 속 소인국으로 건너가는 배는 오로지 버려진 구두 한 짝
> 깨진 조각 거울이 그곳의 가장 큰 호수
>
> ─ 송찬호, 「채송화」 부분

어느 날 산책길이었을 겁니다. 길섶에 버려진 구두 한 짝, 깨진 조각 거울, 그 사이에 작은 채송화들이 피었더랬겠지요. 갑작스런 시인의 등장에 졸고 있던 들고양이는 숲으로 사라지고, 비둘기는 놀라 똥을 싸고 날아갔겠지요. 쪼그리고 앉아, 그 작고 예쁜 꽃을 보다가 한 송이 꺾어 왔을 겁니다. 시인이 읽던 어느 시집 갈피에는 지금도 땅꽃

이 피어 있겠지요.

채송화의 꽃말은 '천진난만' 그리고 '가련함'입니다. 작은 꽃들이 땅
바닥에 붙어서 다닥다닥 피어나는 모습을 보면 정말로 천진난만한 아
기들 같기도 하지요. 그 아기들이 하루도 안 돼 지는 모습을 보면 또
가련하기도 하고요. 아침에 핀 채송화가 '천진난만'이라면, 오후에 지
는 채송화는 '가련'이겠다 싶습니다.

그렇다고 너무 슬퍼하거나 실망할 필요는 없습니다. 채송화는 강인
해서 어떤 환경에서도 잘 자라고, 여름 내내 매일 매일 새로운 꽃을 피
워내는 것이니, 오늘 진 꽃은 서러운 일이지만 내일 또 새로운 꽃을 피
워낼 것이니, 사람들은 매일 아침 새롭게 신선한 꽃을 볼 수 있으니까
요. 채송화의 하루만을 보면 서럽겠지만, 채송화가 견뎌내는 두 계절
을 생각하면 오히려 강인한 의지에 놀랄 일이 아닐까요? 어쩌면 '가련'
이라는 꽃말은 섣부른 판단이 빚은 오해가 아닐는지요.

송악초등학교 담 옆 채송화 연노랑 꽃잎 속으로 작은 벌 한 마리가
붕붕거리며 날아들어갑니다 … 중략 … 이제 막 변성기를 지나는 중인
이 소년은 언제 연애처럼 떨리는 일이 세상에서 가장 위대한 일임을
배웠을까요?

— 도종환, 「채송화」 부분

채송화는 해바라기처럼 키가 크지 않아도, 부용화처럼 꽃이 크지 않
아도, 아니 키 작고 꽃 작아서 오히려 더 곱고 예쁜 꽃이지요. 서양 사
람들은 채송화를 일러 들판에 뿌려진 찬란한 보석이라고 하지요. 이끼

처럼 깔린 장미(rose moss)라고도 하고요.

일생에서 가장 천진난만했던 시절, 그 시절로 돌아갈 수는 없겠지만, 그 시절이 그리운 순간이 있습니다. 당신의 마음에 채송화 한 송이 활짝 피는 순간이 있습니다. 채송화가 지면 가을도 따라 진다고 합니다. 당신 마음에 여전히 채송화 붉게 피어 있다면 당신은 언제나 뜨거운 여름, 호우시절이 아닐까 싶습니다. 🌸

해바라기

태양 같이 태양 같이 하던 화려한 나의 사랑

조그만 액자에 화병을 그리고 해바라기를 담아놨구나 / 검붉은 탁자의 은은한 빛은 언제까지나 남아있겠지 / 그린 님은 떠났어도 너는 아직 피어있구나 / 네 앞에서 땀 흘리던 그 사람을 알고 있겠지

1980년대 많은 젊은이들이 흥얼거리던, 카페에 앉아 누군가를 기다릴 때면 흥얼거리던 노래이지요. 눈치 채셨나요? 산울림의 노래 「해바라기가 있는 정물」입니다.

게오르규의 소설 『25시』를 영화로 만들었을 때, 그 배경이 되었던 루마니아의 크라이오바. 실제로 그곳에서 끝없이 펼쳐진 해바라기 밭을 본 적이 있습니다. 지평선까지 이어진 노오란 해바라기 밭. 그것은 활활 타오르는 거대한 들불이었지요. 분명히 그랬습니다. 그 평야를 덮은 해바라기들을 본 사람이라면 해바라기, 그것은 단순한 식물이 아니라 거대한 불덩이임을 알 수 있었을 겁니다.

모르겠다고요? 그럼 고흐의 해바라기 그림을 떠올려 보기 바랍니다. 그림 속 노랗게 불이 붙은 해바라기가 어느새 검붉은 불길을 뿜어내고 있지 않은가요. 해바라기는 불입니다. 타오름입니다. 고흐는 해바라기

당신이 오래 전부터
그려온
마침내
당신의 부재가
완성한
자폐의 꽃

― 박제영, 「해바라기」

에서 불을 보았던 게 틀림없습니다.

나는 묻는다
미치지 않고서는
좀 더 타오를 수 없었을까.
미치지 않고서는
타오르는 해바라기 속의 소용돌이치는
심령을
결코 만날 수 없었던 것일까

― 김승희, 「나는 타오른다」 부분

생각하면 생명 작용이란 일종의 타오름입니다. 에너지를 소비한다는 것은 탄다는 것. 이 순간에도 내 몸속에서 진행되고 있는 산화 작용. 고치의 어둠을 뚫고 나온 나방은 어디로 가는가. 이카루스는 또 어디로 가려했는가. 불이지요. 태양이지요. 그야말로 미치도록 타오르는 생들이지요. 해바라기는 우리에게 타오르라고, 불처럼 타오르라고, 해마다 여름이면 불같은 꽃을 보여주는지도 모르겠습니다.

게으른 사람의 불은 언제나 나무의 정수(精粹)를 전부 태우지는 않는다. 연기는 빛나는 불꽃을 마지못해 떠난다. 불꽃은 아직 태워야 할 많은 것을 지니고 있다. 인생에 있어서도 이와 마찬가지로 다시 한 번 태워야 할 많은 것이 있는 것이다!

— 가스통 바슐라르, 「촛불의 미학」 중에서

해바라기. 가끔은 해바라기를 보면서 이제 해버리기도 괜찮지 않을까. 그동안 수천 년 바라기만 했으니 이제는 해를 버릴 때도 되지 않았을까. 그러니 해바라기가 아니라 해버리기가 되도 좋지 않을까. 그런 생각을 하곤 합니다.

그나저나 해바라기 하면 떠오르는 시가 있는지요? 수많은 시들을 떠올리겠지만 저는 해바라기 하면 가장 먼저 떠오르는 게 32세의 나이로 요절한 함형수(1914~1946) 시인의 「해바라기의 비명(碑銘)」입니다. 『시인부락』1집의 권두시로 실린 작품이지요.

나의 무덤 앞에는 그 차거운 비(碑)ㅅ돌을 세우지 말라.
나의 무덤 주위에는 그 노오란 해바라기를 심어 달라.

그리고 해바라기의 긴 줄거리 사이로 끝없는 보리밭을 보여 달라.

노오란 해바라기는 늘 태양같이 태양같이 하던 화려한 나의 사랑이
라고 생각하라.

푸른 보리밭 사이로 하늘을 쏘는 노고지리가 있거든 아직도 날아오
르는 나의 꿈이라고 생각하라.

— 함형수, 「해바라기의 碑銘—청년 화가 L을 위하여」 전문

일찍이 수많은 시인들이 고흐의 그림으로부터 영감을 받아 많은 시
를 썼으니, 이 시 또한 고흐의 해바라기 그림에서 영감을 받았을 거
라고 말하는 사람들이 많습니다. 그런데 저는 그렇지 않다고 봅니다.
"청년 화가 L을 위하여"라는 부제가 있기 때문이지요. 고흐가 아니라
화가 L입니다. 그렇다면 L은 누굴까요. 저는 그이가 바로 화가 이인성
(1912~1950)이라고 생각합니다. 일제강점기 '천재화가' 혹은 '조선의
고갱'이라 불렸던 바로 그 이인성 말입니다. 저는 함형수 시인이 이인
성의 해바라기 그림에서 영감을 받았을 거라고 생각합니다. 물론 저의
생각일 뿐입니다. 한편 해바라기 하면 윤동주의 동시를 떠올리는 분도
있을 테지요. 「해바라기 얼굴」.

누나의 얼굴은
해바라기 얼굴
해가 금방 뜨자
일터에 간다

해바라기 얼굴은

누나의 얼굴
얼굴이 숙어 들어
집으로 온다

— 윤동주, 「해바라기 얼굴」 전문

일제강점기 때 고단한 삶을 살아야 했던 우리 누이들의 모습이 떠올라 읽을수록 슬퍼지는, 동시라고 하기에는 조금은 슬픈, 그런 작품이지요. 해바라기를 통해 누이를 연상하는 시는 또 있습니다. 1977년 9월 1일자 경향신문에 실린 김광림 시인의 「해바라기」입니다.

호숫가 마을에는
두릅나물이 남아있지 않았다
주민들은
뿌리를 짓이겨
관절에 붙이고 절름거렸다

… 중략 …

안녕
손을 젓던 누님은
이가 빠지기 시작한
해바라기처럼
허공에 떠 있었다

— 김광림, 「해바라기」 부분

경춘선을 타고 고향을 떠나는데 누이가 저 멀리 해바라기처럼 손을 흔들고 있습니다. 이제 가면 언제 다시 오게 될지 모르는데 고향을 떠나 무작정 서울로 서울로 상경하던 1970년대의 풍경이 그려지는 작품이지요.

여름이면 저는 춘천의 달아실 권진규미술관 뒷 공원에 자주 갑니다. 그곳에 가득 핀 해바라기를 보러 말입니다. 생전의 권진규 작가가 가장 좋아했던 꽃이 바로 해바라기였다고 하지요.

당신이 바깥으로 떠돈 시간만큼
길게 늘인 목으로
누룩뱀처럼
제 몸을 감고
눈과 귀와 입을 감고
마침내 바라기마저 감아버린

여자

당신이 오래전부터 그려온
마침내 당신의 부재가 완성한

자폐의 꽃

— 박제영, 「해바라기」 전문

장미

뜨겁게 피었다 뜨겁게 지는 꽃

여름도 막바지로 치닫고 있습니다. 세계인의 축제인가요, 올림픽도
끝이 났습니다. 올림픽 하면 당신은 어떤 꽃을 떠올리나요? 올림픽과
꽃이라니 무슨 소린가 싶겠지요. 올림픽 하면 장미가 떠오른다고 하면
뭔 생뚱맞은 소린가 하시겠지만, '올림픽과 장미' 전혀 어울리지 않을
것 같은 이 두 단어를 완벽하게 버무린 시가 있습니다. 문인수 시인의
「장미란과 무쇠 씨」입니다.

> 장미란은 그만 바벨을 놓치고 말았다.
> 잠시 망연하게 서 있었으나 곧
> 꿇어앉아 감사의 기도를 올리고, 오른손을 입술에 대
> 그 키스를 청춘의 반려, '무쇠 씨'에게 주었다.
> … 중략 …
>
> 장미란 모두 활짝 마지막 시기를 들어 올리는 것,
> 마지막 시기가 참 가장 붉고 아름답다.
>
> — 문인수, 「장미란과 무쇠 씨」 부분

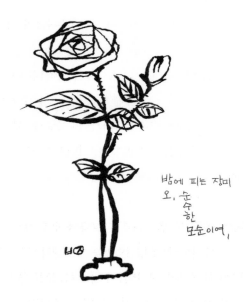

밤에 피는 장미
오, 순
수
한
모순이여,

2012년 런던올림픽, 역도 선수 장미란의 은퇴 경기를 기억하실는지
요. 마지막 바벨을 실패한 장미란 선수는 무릎을 꿇고 바벨에 키스를
했습니다. 잠시 생각에 잠긴 듯하더니 마침내 손을 흔들며 장미란 선
수는 그렇게 올림픽 무대에서, 아니 역도라는 무대에서 퇴장을 했습니
다. 문인수 시인도 그때 그 장면을 보았을 겁니다. 노 시인의 눈이 얼
마나 밝은지요! 그냥 스쳐 지나칠 수 있는 찰나의 순간을 놓치지 않
고 이렇게 아름답고 황홀한 시적 이미지로, 시로 만들다니요! "장미란
모두 활짝 마지막 시기를 들어 올리는 것, / 마지막 시기가 참 가장 붉
고 아름답다."

그래요. 절정이지요. 절정의 꽃. 꽃의 절정. 가장 뜨거운 날 가장 뜨
겁게 피었다가 뜨겁게 지고 마는 꽃. 마지막 시기가 참 가장 붉고 아름
다운 꽃. 장미입니다.

그런데 장미 하면 제일 먼저 떠올릴 수밖에 없는 시인은 아무래도 릴케가 아닐까 싶습니다. 장미의 시인. 라이너 마리아 릴케. "장미여, 오 순수한 모순이여 / 수많은 눈꺼풀 아래 / 누구의 잠도 아닌 기쁨이여(Rose, oh reiner Widerspruch, / Lust / niemandes Schlaf zu sein unter soviel Lidern.)" 이 아름다운 시는 사실 릴케의 묘비명이지요. 평생 장미와 여인을 사랑했던, 그 힘으로 시를 썼던, 그중에서도 열네 살 연상의 루 살로메를 죽도록 사랑했던 릴케. "주여, 때가 되었습니다. 여름은 참으로 위대했습니다"라는 그의 시구에는 살로메에 대한 절절함이 묻어납니다. 릴케는 죽음마저도 장미와 여인으로 완성되지요. 이집트에서 온 어느 여인에게 장미꽃을 꺾어주다가 장미의 가시에 찔렸고, 그 상처가 패혈증이 되어 그만 숨을 거둔 까닭입니다. 죽음마저 한 편의 시가 되어버린 릴케. 장미 하면 릴케를 떠올릴 수밖에 없는 이유이지요.

일찍이 릴케가 간파했더라

아, 밤에 피는 장미 ♬
나의 사랑 ♬
오, 순수한 모순이여
장미 같은 사랑 ♬

모순을 뚫고 장미는 피더라

— 박제영, 「TV 드라마 '부부클리닉─사랑과 전쟁'을
'장미가 꽃을 피우는 방식'으로 바라보면 우리 다시 돌아갈 수 있을까」 전문

여름에는 무수한 꽃이 피어납니다. 봄여름가을겨울 어느 계절에도 꽃은 피지만 그래도 꽃 피는 계절은, 꽃이 절정을 이루는 계절은 여름이지요. 그리고 그 여름을 대표하는 꽃이 장미이고요. 그런데 겨울에 피는 장미를 본 적이 있는지요? 사실 겨울에도 간간히 장미가 피기는 합니다. 철모르는 장미가, 철이 없는 장미가, 때 아닌 겨울에 꽃을 피우기도 한답니다. 아니라고요. 그러면 이은하의 노래, 「겨울장미」를 한번 들어보시지요.

철이 없어 그땐 몰랐어요 / 그 눈길이 무얼 말하는지 / 바람 불면 그대 잊지 못해 / 조용히 창문을 열면서 / 나는 생각해요 / 겨울에 피는 흰 장미여 / 아직도 나를 기다리나 / 감춰진 마음 보고 싶어 / 햇살을 향해 피었는가 / 사랑의 말 내게 들려줘요 / 그리움이 나를 반기도록……

겨울에 핀, 철이 없어 때 아닌 겨울에 꽃을 피워 올린 장미는, 그러나 여름장미와 달리 초라하기 그지없지요. 가냘픈 꽃잎 몇 장으로 겨우 장미의 모양은 갖추었으나 흡사 여름장미가 지는 모습보다 더 초라합니다. 그래도 피어야만 하는 그 절절함. 그래도 꽃을 피워내야 하는 그 간절함. 그래서 겨울장미는 보는 이로 하여금 오히려 더 마음을 아리게 하는지도 모릅니다. 그런 겨울장미처럼 마음을 아리게 하는 시가 있습니다. 최금진의 시, 「장미의 내부」입니다.

같이 살자
살다 힘들면
그때 도망가라

남자의 텅 빈 눈 속에서
뚝뚝, 꽃잎이 떨어져 내린다

— 최금진, 「장미의 내부」 부분

사랑도, 위대한 사랑도 고단한 삶 앞에서는 속수무책일 수밖에 없는 것이 어쩌면 현실인지도 모르겠습니다. 여름의 장미는 어쩌면 신기루일 뿐, 겨울장미가 오히려 더 현실에 가까운 것은 아닌지. 생각하면 장미의 모순이 무척이나 서럽습니다.

하루에 몇 번 무릎 세우겠구나, 머언 기적 소리에. 네가 띄운 사연, 行間의 장미 웃고 있다만. 그리던 방학에도 내려오지 못하는 燕아.

— 박용래, 「행간의 장미」 부분

박용래 시인의 「행간의 장미」도 장미를 노래한 무수한 시편 중에서 사뭇 다른 느낌을 주는 작품입니다. 연(燕)은 박용래 시인의 따님이지요. 그 딸이 보내온 편지, 그 행간에 장미가 피었답니다. 방학이면 한 번 내려오겠지 싶었는데 내려오지 못한 딸에 대한 아빠의 그리움이 행간의 장미로 핀 것이지요.

말해 보라
무엇으로 장미와 닿을 수 있는가를.
저 불편한 의문, 저 불편한 비밀의 꽃
장미와 닿을 수 없을 때,
두드려 보라 개봉동 집들의 문은

어느 곳이나 열리지 않는다.

— 오규원, 「개봉동과 장미」 부분

　사실 장미는 무척 흔한 꽃입니다. 덩굴식물인 장미는 그냥 가지를 꺾어서 마당에 꽂기만 해도 뿌리가 내리고 어느새 덩굴을 이루고 꽃을 피웁니다. 그 모양과 색깔이 아름다워서 흔하게 집 마당이며 집 주변에 심어져 있는 장미. 그런데 그 흔하다는 이유로 어쩌면 더 우리의 시선 바깥으로 밀려나기도 하는 법이지요. 무심코 지나친 골목골목 장미꽃들이 활짝 피었을지도 모릅니다.

　저 불편한 의문, 저 불편한 비밀의 꽃, 더 늦기 전에 당신이 무심코 지나친 장미들은 없는지 살펴보시기 바랍니다. 🌹

연꽃 참혹하고도 황홀한 저 방화

　어떤 식물의 씨앗은 특정 조건이 될 때까지는 흙 속에서 수천 년 잠들어 있다가 특정 조건이 되었을 때 비로소 기지개를 켜고 싹을 틔우곤 하지요. 어린 왕자의 B612 소행성에도 바오밥나무의 씨앗이 잠들었다 어느 날 문득 싹을 틔우곤 하듯이 말입니다. 실제로 씨앗이 얼마나 오랜 세월을 버티고 견딜 수 있는지는 잘 모르겠습니다. 다만 수백 년 혹은 수천 년 동안 잠들었다가 싹을 틔운 씨앗에 대한 몇몇 기록이 있지요. 그중에 유명한 것이 2천 년 만에 싹을 틔운 이스라엘의 대추야자 씨앗과 7백 년 만에 꽃을 피운 우리나라 함양의 연꽃 씨앗입니다.

　2005년 이스라엘은 2천 년 전 대추야자의 씨앗을 싹틔우는 데 성공했다고 발표했습니다. 이 씨앗은 원래 1963년에 발견되었는데, 발견자의 연구실에 그대로 방치되어 있다가 40년 만에 싹을 틔운 것이라고 합니다. 2천 년 만에 싹을 틔운 이 대추야자는 므두셀라라는 이름이 붙여졌는데, 969년을 살았다는 성서에 나오는 인물에서 따온 것이지요. 이 대추야자가 싹을 틔워 열매를 맺으려면 대개 30년은 기다려야 한다니 아직 열매를 맺지는 못했겠네요.

에밀레야
에밀레야
그 많은
영혼들 부르며
꽃을 피우네

　함양의 아라홍련은 함안 성산산성(사적 제67호) 발굴조사 중 출토
된 고려시대 연꽃의 씨를 함안박물관에 3개, 농업기술센터에 5개를
나누어 심어서 이 가운데 3개가 싹이 튼 것인데, 현재 함양의 아라홍
련 시배지(阿羅紅蓮 始培地)에 가면 팻말에 그 사연이 자세히 쓰여 있
습니다.

　전국 최고(最古) 최대(最大) 목간(木簡) 출토지로 잘 알려진 함안
성산산성(城山山城, 사적 제67호) 내 연못에 대한 국립가야문화재연
구소의 발굴조사 과정에서 옛 연씨가 수습되었다. 함안박물관에서는
수습된 연씨 중 일부를 인수받았으며, 이 중 두 알을 한국지질자원연
구원에 의뢰하여 연대를 분석한 결과, 지금으로부터 약 700여 년 전,
즉 고려시대의 연씨임이 밝혀졌다. 이에 함안박물관에서는 농업기술
센터와 공동으로 연씨에 대한 씨 담그기(浸種)와 싹 틔우기(發芽)를

시도하였고, 이후 분갈이 등을 통해 2010년 7월 처음으로 '붉은 빛이 감도는 연꽃(紅蓮)'을 피우는 데 성공하였다. 이 연꽃을 '아라홍련(阿羅紅蓮)'이라 이름 지은 것은 함안이 고려시대에도 여전히 과거 융성했던 아라가야의 옛 땅(古都)으로 기억되고 있었음에 착안한 것이다. 아라홍련은 한 해 중 7~8월에 피며, 하루 중 오전 6~11시 사이에 가장 아름다운 모습을 보인다.

그런데 오랜 세월 잠들었다 깨어난 이스라엘과 함양의 두 씨앗을 보면 묘하게 닮은 게 있습니다. 대추야자의 학명이 피닉스 다크틸리페라(Phoenix Dactylifera)인데요, 죽음과 부활을 반복한다는 전설의 불사조(Phoenix)와 이름이 같지요. 고대 이집트에서는 불멸의 상징으로 파라오의 무덤에 대추야자 씨앗을 함께 묻었답니다. 연꽃은 또 어떤가요? 불교에서 연꽃은 부처가 앉은 자리요 환생과 윤회, 그리고 극락세계를 상징하기도 합니다. '불멸 혹은 부활'. 고대로부터 내려오는 두 식물의 상징이 묘하게도 닿아 있지 않나요.

본래 동양에서는 특히 중국에서는 (불교가 들어오기 전까지) 연꽃이 군자의 상징이었습니다. 진흙 속에서 깨끗한 꽃을 피우는 모습을 보면서 속세에 물들지 않는 군자라 했던 것이지요. 그런데 불교가 들어오면서부터 연꽃은 군자의 상징보다는 불교적인 의미와 불교적 상징으로 자리 잡은 것입니다. 갠지스에 가면 종이 연등을 띄워 보내는 모습도 흔히 볼 수 있는데요.

바라나시로 간다 갠지스가 흐른다는, 그랬다 시장을 끼고 돌다 어느

새 길을 잃었다 싶으면 트랜지스터 회로와 같던 골목들은 스스로 강의 기슭에 닿았다 하늘에서, 땅에서, 물에서, 뼈를 드러낸 생들, 그들이 토해낸 배설물들, 주검까지도, 다만 하나의 덩어리가 되었다 어쩌면 태초에 저 반죽이 있었으리라 잿빛 연기 너머 시체 한 구가 던져지고, 연꽃이 뿌려지고, 어디서 날아들었을까 까마귀들이 카론인 양 물길을 내고 까악 까악, 이국의 표정을 좇아온 까만 얼굴의 아이가 꽃을 건넨다 1달러짜리 종이꽃이 떠가면서 붉어지는 강

— 박제영, 「갠지스」 전문

여기서 질문 하나 드릴까요. 흔히 사월초파일 석가탄신일이면 전국의 사찰은 물론 거리거리마다 연등이 걸리는데, 이때 연등을 한자로 어떻게 쓸까요?

요즘이야 한자 교육의 부재로 아예 모른다고 하는 사람도 많지만, 한자를 조금 안다고 하는 사람들은 그 답이 대개 둘로 나뉩니다. 연꽃 모양을 했으니 '연등(蓮燈)'이라고 쓰는 사람들과 연이어 걸린 등을 생각해서 '연등(連燈)'이라고 쓰는 사람들. 정답은 등에 불을 밝힌다는 뜻으로 '연등(燃燈)'이라고 씁니다. 그런데 이 세 가지 한자를 하나로 풀면 다 맞는 말이긴 하지요. 석가탄신일이면 연꽃 모양[蓮]의 등에 연이어[連] 불을 밝혀[燃] 부처님을 맞는 것이니 말입니다.

참혹하고도 황홀한 저 방화.
오늘도 가시연꽃이 핀다.
70만 평 우포늪 물도 끄지 못하는 내 마음 습지의 화염.

— 배한봉, 「가시연꽃」 부분

우리나라 어디든 가면, 연꽃을 볼 수가 있지요. 특히 주요 사찰에 가면 으레 연못에 핀 연꽃을 볼 수가 있습니다. 그런데 누군가 여태껏 봤던 연꽃 중에서 가장 인상 깊었던 연꽃이 뭐냐고 묻는다면 저는 서슴지 않고 대답할 겁니다. 우포늪에 가보셨냐고. 우포늪의 가시연꽃을 본 적이 있냐고. 아직 가보지 않았다면, 우선 배한봉 시인의 시, 「가시연꽃」을 읽어보시는 것이 좋겠지요. 물론 우포늪에 가봤다 해도, 우포늪에 가서 실제로 가시연꽃을 보았다 해도 읽어보는 것이 좋겠습니다. 아, 아직 가시연꽃이 어떻게 생긴 꽃인지 모르겠다면, 류인서 시인의 시, 「가시연꽃」을 먼저 읽어보는 것도 좋겠습니다.

당신이 보여준 여름 늪지 가시연꽃은 새를 닮았다
봐라, 물의 꽃대 위에 꽁꽁 묶여있는 저것
가시 숭숭한 큰칼을 목에 쓴 사나운 새 한 마리 물 한가운데 갇혀있다

— 류인서, 「가시연꽃」 부분

그러나 연꽃을 소재로 한 시 중에서 가장 절절한 시편을 고르라면 손택수 시인의 시, 「연못 에밀레」와 서안나 시인의 시, 「연꽃의 바깥」이 아닐까 싶습니다.

어린 내가 아침마다 밥 얻으러 오던
미친 여자에게 던지던 돌멩이처럼
비가 칠 때마다 연꽃
꾹 참은 아픔이 수면 위로 퍼져나간다
당목이 종신에 닿은 순간 종도

저처럼 연하게 풀어져 떨고 있었을까
에밀레 에밀레 산발한 바람이
수면에 닿았다 튀어오른
빗줄기를 뒤로 힘껏 잡아당겼다

— 손택수, 「연못 에밀레」 부분

　　당신은 나의 왼뺨에서 오른 뺨으로 건너간다 나는 진흙 손가락으
로 당신의 등을 어루만진다 천 개의 발로도 떠날 수 없는 첫 마음은 뿌
리에 왜 웅크려 있는지 당신을 생각하면 물결 속에서 아스피린 냄새
가 난다

　　나는 긴 머리카락을 풀어 비탄의 곡조로 흔들릴 것이다 꽃잎을 여는
건 연꽃의 바깥을 캄캄하게 읽는 일

— 서안나, 「연꽃의 바깥」 부분

　　이쯤 되면 이제 연꽃은 연(蓮)꽃을 넘고 연(蓮)꽃을 넘고 연(燃)꽃
도 넘어 마침내 푸른 연(緣)꽃이 되고, 붉은 연(戀)꽃이 되었다 해도
되겠지요. 아니 연꽃은 그 모든 연들을 그 안에 담아 수백 년 수천 년
캄캄한 고요에 들었다가 수백 년 혹은 수천 년 후에 부활하여 "에밀레
야 에밀레야" 그 모든 연들을 부르면서 다시 꽃피우는 것인지도 모르
겠습니다. 🌺

칡꽃 <small>풀로 태어나 나무가 된 꽃</small>

십여 년 전, 춘천으로 이사 와서 알게 된 두 친구와 진부령을 넘은 적이 있습니다. 그때가 아마도 여름이 끝나가던 무렵이었는데, 고갯마루 길섶에 울긋불긋 솟아 핀 칡꽃으로 장관을 이룬 모습이 문득 문득 떠오를 때가 있습니다. 고갯마루 가득했던 칡꽃 향이 문득 문득 생각날 때가 있습니다.

미시령 터널이 생기고부터 진부령은 진부해졌다
셈이 빠른 도시인들은 구태여
굽이굽이 진부를 돌아 넘지 않는다

초고속 인터넷이 생기고부터 느린 단어들은 진부해졌다
약삭빠른 젊은 시인들은
꽃과 구름, 어미와 누이를 돌아 넘지 않는다

귀농 삼 년, 귀향 삼 년의 농부 둘과 시인 하나,
동갑내기 초짜 셋이서 의기투합 진부를 넘는다

묘진대로 묘진어서
얼등/설한에도
꽃을 피우네
독한 꽃
칡꽃이라며

고갯마루 길섶 넝쿨 위로 구불구불 칡꽃 향기 가득하다
누가 먼저랄 것 없이 그만, 다 취했다

— 박제영, 「진부」 전문

　갈등. 서로의 입장, 견해, 이해관계가 달라서 생기는 불화나 충돌을
가리켜 흔히 '갈등'이라고 하지요. 갈등이라는 말, 한자로 풀면 칡(葛,
갈)과 등나무(藤, 등)를 조합한 말인데, 칡과 등은 둘 다 덩굴 식물이라
주변의 무엇이든 휘감아 자랍니다. 그런데 이 둘의 줄기가 휘감아 도
는 방향이 서로 다르다고 합니다. 칡은 시계 방향으로, 등나무는 그 반
대 방향으로 말이지요. 그러니 이 둘이 만나 서로 얽히면 어떻게 되겠
습니까? 도저히 풀 수 없는 지경까지 되고 마는 거지요. 그 모습을 일

러 갈등이라 했던 것입니다.

하동팔경(河東八景). 경상남도 하동에서 만나는 여덟 개의 절경을 일러 하는 말인데요. 화개동천(花開洞天) 십리 벚꽃길이 일경(一景)이요, 그 길 따라 걷다 끝자락에서 만나게 되는 쌍계사(雙溪寺)의 가을이 이경(二景)이요, 쌍계사에서 지리산 위로 더 오르다 보면 만나는 불일폭포(佛日瀑布)가 삼경(三景)이라 했지요. 몇 해 전인가 부모님을 모시고 화개장터도 둘러보고 내친 김에 하동 일경, 이경, 삼경을 돌아 청학동으로 해서 하동 여행을 했던 적이 있습니다. 팔경을 다 보진 못했지만 제법 길게 하동을 돌아왔었습니다. 그때 쌍계사에서 '설리갈화처(雪裏葛花處)'라는 말을 처음 들었더랬는데요. 신라 성덕왕 때, 대비(大悲)와 삼법(三法) 두 스님이 당나라로 건너가 중국 선종의 육조(六祖)인 혜능(慧能) 스님의 정상(頂相, 두개골)을 모시고 왔는데, 꿈에 "지리산의 설리갈화처에 봉안하라"는 계시를 받아 그 자리에 절을 지었고, 그 절이 바로 쌍계사라는 것입니다. 눈 쌓인 계곡에 칡꽃이 피어 있는 곳, 그곳이 바로 쌍계사입니다.

칡은 다년생 식물인데, 겨울에도 웬만한 추위에는 결코 얼어 죽지 않지요. 모질고 독한 생의 의지! 대부분의 줄기가 엄동설한을 견디어 끝내 살아남아 칡의 뿌리는 점점 더 깊어지고 칡의 줄기는 점점 더 굵어집니다. 그렇게 칡은 산을 점령하고 들을 점령하는 것인데요. 칡은 태어났을 때는 풀이었지만 자라면서 마침내 거대한 나무가 되는 참 묘한 식물입니다.

칡은 보릿고개를 넘어야 했던 부모세대 때만 해도 대표적인 구황작

물이었습니다. 봄에 새로 돋은 순은 나물밥으로 먹기도 하고, 칡가루에 녹두 가루를 섞어 국수를 만들어 먹기도 하고, 차로도 마시고······. 그리고 무엇보다 예나 지금이나 칡(즙)은 최고의 숙취 해소제이기도 합니다. 칡즙에 계란 노른자위 둥둥 떠워 마시면 숙취도 해결되고, 허기도 해결되던 시절이 있었지요. 아, 칡즙의 맛도 이게 참 묘한 맛입니다. 처음에는 쓰다가 중간쯤에는 시다가 마지막에 이르면 달게 느껴지거든요. 칡즙의 단맛은 쓴맛과 신맛을 견뎌낸 후라야 경험할 수 있는 맛이니, 인생을 느끼게 해주는 맛이 아닐까 싶기도 합니다. 물론 저의 주관적인 맛이고 저의 주관적인 해석이긴 합니다만.

그런데 혹시 칡꽃, 갈화(葛花)를 본 적이 있는지요? 그 향기를 맡아보신 적은 있는지요? 요즘 도시에서는 칡꽃은커녕 칡도 보기 힘드니 말입니다.

> 무리 지어 피어 있는 칡꽃을 보는 일은 여간 즐겁지가 않다. 밋밋한 산등성이를 온통 뒤덮고 있는 칡덩굴은 꽃송이가 이파리 사이를 비집고 하늘을 향하여 피어난다. 소나무나 참나무를 휘감고 올라가는 칡덩굴은 줄기를 타고 마치 포도송이처럼 줄줄이 피어나는데, 잘 익은 포도보다도 더 향긋한 냄새가 온 산을 휘감는다. / 칡꽃은 하나의 송이에 수도 없이 많은 꽃잎이 피고 진다. 그래서 칡꽃을 채취할 때는 송이째 따지 말고, 다소 시간이 걸리고 수고스럽더라도 반드시 꽃잎을 하나하나 따야만 한다. 송이째 꽃잎을 따면 한 송이에서 몇 개의 꽃잎을 채취하는 걸로 다시는 칡꽃을 볼 수 없게 되지만, 하나하나 꽃잎을 따면 며칠 후에는 그 자리에서 새로이 피어난 꽃잎을 또다시 채취할 수 있다.
>
> — 이용성, 『야생초차─산과 들을 마신다』(시골생활, 2007) 중에서

선홍빛이랄까 자줏빛이랄까 붉은색이랄까 그 불그스레한 색과 달콤새콤한 향을 지닌 칡꽃을 일러 누구는 포도송이를 닮았다 하고, 누구는 뿔을 닮았다 하고, 또 누구는 지팡이 같다고 하고 또 누구는 털실로 뜬 목도리 같다고도 합니다. 보는 이마다 다르게 보이는 꽃이지요. 하여튼 그 꽃을 딸 때는 송이 째 따서는 안 된다고 하네요. 황금 알을 낳는 거위의 배를 가르면 안 되듯이 말입니다.

앞에서 하동팔경, 화개장터 얘기를 잠시 했는데요, 지리산과 하동과 화개장터와 칡꽃, 하면 떠오르는 시인이 있지요. 칡꽃이 등장하는 시 - "내 나룻배의 뱃머리는 지금 온통 칡꽃으로 / 뒤덮여 있습니다"(「그리운 폭우」), "칡꽃 향기 달빛 쏟는 / 선운사 도솔암에서 하룻밤 비럭잠을 잤습니다"(「도솔암 풍경」), "칡꽃이 지는 섬진강 어디거나 / 풀 한 포기 자라지 않는 한강변 어디거나 / 흩어져 사는 사람들의 모래알이 아름다워"(「바다에서도 아름답게」), "모두들 그 무엇인가를 앓고 있었지 / 지리산 골짝 보랏빛 칡꽃송이를 / 송지면 황톳길의 쑥국새 울음을"(「산읍에서」), "지리산 아래 토지면에는 / 지금쯤 칡꽃이 미치게 피어나고 있지"(「칡꽃」) - 를 어느 누구보다 많이 쓴 시인이기도 하고요. 바로 곽재구 시인입니다. 혹시, 하동팔경 보러 가시려거든, 눈 쌓인 계곡에 칡꽃 피어 있는 곳, 쌍계사를 가시려거든, 화개장터 들러 가시려거든, 곽재구의 시 「화개 장터」는 꼭 챙겨 가시기 바랍니다.

그때 처음 사랑을 알았지
섬진강 푸른 강물과 지리산 산바람이
어느 산곡에서 속삭이다 함께 어둠에 드는지도 알았지

그 이쁜 전라도 가스나 동란 끝나고 죽었지
산사람 밥 한 솥 푸짐하게 해낸 죄로 강물 되어 떠났지
탁수기 씨 화개 장터에서
반달낫 갈며 한 오십 년 살았지
고스레 고스레 거칠은 강바람에 소주 한잔 부으며
앞으로도 한 백년 운천리 백사장 별을 헤겠지

— 곽재구, 「화개 장터」 부분

　모질고 모질어서, 독하디 독해서, 엄동설한에도 죽지 않고 살아서, 보잘 것 없는 풀로 태어났지만 자라고 자라 거대한 나무가 되어 마침내 산과 들을 뒤덮어버리는 칡. 가장 낮은 바닥에서 태어났지만 가장 높은 곳까지 오르는 칡. 동서고금 바닥을 뒹굴면서도 그 목숨을 이어 온 민중들의 삶을 무척이나 닮은 식물입니다. 「화개 장터」의 저 탁수기 씨처럼 말입니다. 그러니 세상에서 가장 아름다운 향기를 품은 꽃이지요. 암요. ✿

개망초 고향을 잃은 꽃

　제가 텃밭에 해마다 옥수수, 감자, 깨. 고추 등등 이것저것 심어서 나름 농사짓는 재미와 수확의 보람을 맛보고 있는데요. 올해는 뭐가 그리 바빴던지 밭을 돌볼 겨를이 없었습니다. 이래저래 파종시기도 놓치고 올해는 그냥 농사를 포기하자 싶었는데, 옥수수는 아직 괜찮다고, 늦옥수수가 오히려 맛도 좋다고…… 그래 더 늦기 전에 옥수수라도 심자 싶어 아내와 큰딸과 함께 모처럼 밭에 나간 것인데요. 이럴 수가! 밭이 온통 개망초로 덮였습니다. 마치 일부러 줄을 맞춰 심은 것처럼 고랑을 따라 나란히 나란히 정렬을 해서는 온통 개망초 꽃밭이 되어버렸습니다. 처음에는 쫌 황당하기도 하고 난감하기도 했는데, 뭐 생각해 보니 그리 나쁜 상황은 아니다 싶더군요. 아내도 큰딸도 꽃이 너무 예쁘다고, 꽃밭으로 그냥 꽃밭으로 놔두고 그냥 주말마다 와서 꽃구경하자는데, 그래 뭐 그것도 좋겠다 싶더군요. 그래서 반은 그냥 놔두고 나머지 반만 옥수수를 심었습니다. 밭 주변에 쑥쑥 올라온 쑥이며 엉겅퀴며 명아주며 그것들도 보기 좋게 자리 잡은 것들은 그냥 놔두기로 했습니다. 올해 농사는 그저 옥수수 조금 수확하는 것으로 만족하기로 하고 대신 온갖 들풀들, 들꽃들, 눈요기로 눈이라도 호강하자, 그리 생각한 것이지요.

학명은 개망초, 사전에
도 그렇게 나온다. 내가 어
려서는 풍년초라 불렀고
더러는 담배나물이라 불
렀다. 풍년 들기를 바라는
마음들이 그런 이름을 생
각해내게 했고 담배가 귀
하던 시절이라 그리 불렀
던가 보다. 그러나 요즘 아
이들은 똑같은 풀을 계란
꽃이라 부른다.

— 나태주, 「개망초」 부분

개망초

망했다고
너 땜시 망했다고
망할 꽃 망초란다
생각하니 생각할수록
분하고 분하다고
개 같은 꽃 망한 꽃
개망초란다 가여워라

나태주 시인께서 자세히
설명을 해주셨네요. 개망초
가 어떤 꽃인지 말입니다. 풍
년초라고도 불렸고, 담배나물
이라고도 불렸답니다. 그 꽃
의 모양을 보면 정말 삶은 계
란 단면 혹은 계란 프라이를
축소해놓은 듯하지요. 계란꽃
이라 불릴 만합니다. "하나의

꽃, 꽃 이름을 두고서도 생각하는 바'가 다른 것이니 무수한 꽃말이 생겨나고 무수한 꽃 전설이 생겨나는 것이기도 할 테지요. 그런데 하필이면 '망초'요 하필이면 또 '개망초'일까요? 개가 들으면 참 섭섭하지 않을까요? 툭하면 '개'자를 붙여서 망신을 주니 말입니다. 개 입장에서 보면 세상에서 제일 '개 같은' 게 어쩌면 사람일 텐데 말이지요.

　개망초는 북아메리카가 원산지이고 우리나라에는 구한말 개화기에 처음 들어온 신귀화식물입니다. 망초라는 말, 개망초라는 말의 유래를 찾아보니 (여러 가지 설이 있는데) 대체로 철도가 건설될 때 그때 미국에서 수입한 목재들과 함께 묻어 와 철도를 따라 우리나라 전역으로 퍼졌다는 설이 유력합니다. 그 수입된 시기가 일제가 우리나라를 삼킨 때와 같거니와 워낙에 번식력이 강한 탓에 들불 번지듯 순식간에 전국에 퍼져 피었던 것이니, 사람들은 "일본이 조선을 망하게 하려고 이 꽃 씨를 뿌린 것이 아니냐" 수근거렸겠지요. "망국초(亡國草)다, 망할 놈의 풀, 망초(亡草)다" 그리 불렀겠지요. 사람들은 그렇게라도 망국의 한을 풀고 싶었겠지요. 그래도 분이 안 풀렸던지 아예 '개'자를 더했겠지요(실은 망초와 개망초는 다른 꽃이긴 합니다만). 이 작고 예쁜 꽃이 삽시간에 그야말로 하루아침에 남의 땅에 와서 비속어로 창씨개명을 하여 개망초가 되었던 것입니다.

　그 당시 세계는 제국주의 열풍이 불었던 때이니, 세계 곳곳이 제국의 식민지로 전락하였던 것이니, 그야말로 여기저기 망한 나라들 천지였던 것이니, 생각하면 '망국초, 망초, 개망초'가 어디 우리나라에만 피었으랴 싶기도 합니다. 곳곳의 식민지에 피었을 이국의 꽃들이, 제국의 꽃들이, 식민지 백성들 입장에서 보면 곱게 보일 까닭이 없을 터,

그야말로 망국초요 망초요 개망초였겠다 싶기도 합니다.

　미국에서는 개망초가 아프리카에서 강제로 끌려와 노예가 되어야 했던 흑인들의 꽃이고, 고향을 잊지 못하는 아프리카 노예들의 기구한 운명을 상징하기도 한다니, '개망초' 그 이름에 얽힌 사연을 알면 알수록 아프고 아리기도 합니다.

　물론 이런 사연들이 사실과 다르다고 하는 주장도 있습니다. "옛 문헌을 찾아보면 망초가 망할 망(亡)이 아니라 우거질 망(莽)을 쓴 것이다. 묵정밭에 우거진 풀을 가리키는 말이다." 그리 주장하기도 하는데요. 판단은 당신께 맡기겠습니다.

　　　지지배들 얼굴마냥 아무렇게나 아무렇게나 살드래
　　　누가 데려가주지 않아도
　　　왜정 때 큰고모 밥풀 주워 먹다 들키었다는 그 눈망울
　　　얼크러지듯 얼크러지듯 그냥 그렇게 피었대

　　　　　　　　　　　　　　　　　— 유강희 詩, 유종화 曲, 「개망초」 부분

　유월에서 칠월에 만개하는 개망초꽃은 이 고개 저 고개 아무렇게나 아무렇게나 얼크러지듯 얼크러지듯 피지요. 그냥 그렇게 핀 꽃을 무심코 지나칠 뿐이지만, 산이며 들이며 이 땅 어디든 가장 흔한 풀꽃 중 하나입니다. 베어내고 베어내도 다시 자라나는 그 왕성한 번식력 앞에 농부들이 골치를 앓는 잡초이기도 하고요. 그런데 그 흔한 들풀이 약재로 쓰이고 식용으로 쓰이기도 하는 것이니, 누구에게는 베어버려야 하는 잡초이지만 누구에게는 약이 되고 식재료도 되는 것이니, 잡초라 불리는 들풀들 하나하나가 보기 나름이요 쓰기 나름이니, 사람 사는 이치도 그와 같지 않나 싶습니다.

언젠가 고진하 시인을 만나러 원주 외딴 시골집을 찾아간 적이 있는데, 잡초로 만든 가래떡과 차라며 내어주시더군요. 어떤 잡초인데 이렇듯 향이 좋으냐 물으니, 이것저것 다 들어갔는데 그중에 개망초가 제일 많이 들어갔다는 겁니다. 개망초 가래떡이라고 들어보셨는지요. 개망초 가래떡을 드셔보셨는지요.

> 그대 가신 뒤에나 피워 낼
> 홀로 된 그리움이 치밀어 오른
> 머리 끝 엷은 꽃망울
> 어이 아시기나 할지
>
> — 최영철, 「개망초가 쥐꼬리망초에게」 부분

최영철 시인의 「개망초가 쥐꼬리망초에게」라는 시 때문에 한동안 개망초와 쥐꼬리망초가 다 같은 망초려니 생각했었는데, 자료를 찾다 보니 그게 아니었습니다. 망초와 개망초는 한 뿌리를 지닌, 그러니까 같은 꽃이라 해도 크게 다른 것은 아니지만, 개망초와 쥐꼬리망초는 엄연히 다른 꽃이더군요. 개망초는 북아메리카에서 온 국화과 두해살이풀이고 쥐꼬리망초는 순수 토종으로 쥐꼬리망초과 한해살이풀이었던 겁니다. 태생이 전혀 다른 꽃이지요.

최영철 시인도 그 사실을 알고 있었을까요. 아마 알고 있었을 겁니다. 시를 보면 두해살이풀(엄밀히 말하면 해넘이한해살이풀입니다)인 개망초가 함께 피었다가 훌쩍 먼저 가버린 한해살이풀인 쥐꼬리망초를 그리워한다는 내용이거든요. 그러고 보면 시인들이란 참 희한한 족속들이지요. 남들은 그저 잡초로 넘어갈 풀들마저 그냥 넘어가는 법이 없으니 말입니다. 그냥 넘어가기는커녕 아예 그 풀들 이름을 불러주며 그립다 그립구나 노래를 부르는 것이니, 참 드문 족속들이지요. 그 희한한 족속들, 그 드문 족속들이 남긴 '개망초꽃' 중에서도 제가 제일 좋아하는 것은 실은 안도현 시인의 「개망초꽃」입니다.

> 개망초꽃을 개망초꽃으로 생각하는
> 사람들이 이 땅에 사는 동안
> 개망초꽃은 핀다
>
> — 안도현, 「개망초꽃」 부분

어떤가요? 좋지 않나요? 눈치코치 없이 아무 데서나 피는 게 아니라 사람의 눈길이 닿아야 핀다는 말. 사람들이 이 땅에 사는 동안 개망초꽃은 핀다는 말. 사유의 전복이지요. 발상의 전환입니다. 아닌가요?

> 나라를 망쳤으니 망할 년, 망초라 불렀다지요
> 분이 안 풀려 개 같은 년, 개망초라 불렀다지요
>
> 덕구 형이 황망히 세상을 떠나고 몇 번의 계절이 지났을까
> 병점댁의 편지를 받았습니다
> 오늘 구례를 떠납니다 먼 훗날 다녀가실지 몰라 산수유 밑에 달항아리 묻어두었습니다

남편 잡아먹었다고 집안 말아먹었다고 시댁에서 내쳤잖여
집이며 밭이며 보험금까지 전부 시댁에서 가져갔잖여

읍내 터미널에서 딸내미랑 구걸하는 걸 봤다는 소문
미쳤다, 섬에 팔려가 작부가 됐다는 소문

덕구 형과 가꿨던 비탈밭에 붉은 작약 대신 개망초가 하얗게 번졌
던 그 해 유월,

소문은 흉흉하고 무성했지만 몽골 여자 병점댁을 실제로 본 사람은
없었습니다

그날 달항아리 속에서 무엇을 보았냐구요 미안합니다 그것만은 차
마 말씀드릴 수가 없군요

상상에 맡기지요
망초, 나라를 망친 꽃이 아니라 고향을 잃은 꽃입니다

— 박제영, 「개망초」 전문 🌹

노루오줌

겉 다르고 속 다른 꽃

마흔 살도 훌쩍 넘은 후배가 늦장가를 든다고 해서 모처럼 예식장을 찾았습니다. 도둑장가는 싫었는지 청첩을 보내왔더군요. 그렇다 해도 신부가 이제 서른을 갓 넘겼으니, 도둑은 도둑인 셈인가요? 결혼식에 빠지지 않는 행사 중 하나가 바로 신부의 부케 던지기입니다. 신부가 던진 부케를 받으면 조만간 결혼을 하게 된다는 속설이 사실인지 아닌지는 모르겠지만 언제부턴가 결혼식 마지막을 장식하는 행사로 자리 잡았지요. 그날도 으레 부케 던지기가 진행되었고, 시끌벅적하게 꽃을 던지고 받는 것으로 결혼식이 마무리되었습니다. 부케를 받은 그 친구는 조만간 결혼을 하게 될까요? 아무튼 그 친구가 받은 부케 꽃이 바로 아스틸베(Astilbe)인데요, 우리말로는 노루오줌이라는 꽃입니다. 오래전부터 식용으로 약용으로 쓰인 노루오줌이 이제는 결혼식 부케용으로 쓰이고 있으니 꽃도 오래 살고 볼 일이지요.

그런 고약한 이름만 아니었다면
눈 제대로 맞추지 않았을 꽃,
제 이름을 숨기고 너스레를 떤다

… 중략 …

이름 갖고 따지는 것에 동의할지 말지를 두고
흔들리는 채
'노루 제 방귀에 놀라듯'

나는
저 내음을 매달고 허허로운 들판을 휑하니 달린다

— 류병구, 「노루오줌꽃」 부분

　'노루오줌', 꽃 이름 치고 참 거시기 하지요? 예로부터 노루가 잘 다
니는 산에 피는 야생화인데, 그 뿌리와 줄기에서 지린내, 노루오줌 냄
새가 난다고 해서 노루오줌이라는 이름이 붙었답니다. 사실 노루오줌
이 지린내를 풍기는 것은 스컹크가 냄새를 피우듯 나름 생존의 방편
인 셈일 텐데요. 류병구 시인의 「노루오줌꽃」을 보면 (인용문에는 없
습니다만) 노루오줌에 대한 중요한 설명이 나옵니다. '노루오줌 냄새
가 난다는 것'과 '꽃의 색깔이 연홍'이며 그 '모양이 사관생도 모자 깃
털처럼 생겼다'는 것이지요.
　노루오줌은 산에 다니다 보면 흔히 만나게 되는 그런 꽃입니다만,
사실 그 꽃의 실제 모양을 기억하는 사람은 많지 않습니다. 왜냐면 그
냥 겉으로 보이는 노루오줌은 사실 꽃이 아니라 꽃의 다발, 꽃의 무리
이기 때문입니다. 작은 꽃들이 모여서 하나의 다발을 이룬 것이지요.

　"자세히 보아야 / 예쁘다 // 오래 보아야 / 사랑스럽다" 나태주 시

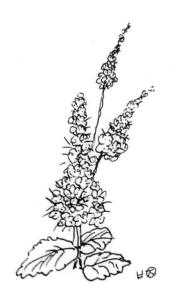

아버지 자꾸만 오줌이 마려워요
아버지가 그랬던 것처럼
자꾸만 오줌이 마려워요
노루오줌 같은 문장 하나···

인의 짧은 시, 「풀꽃」을 기억하실는지요. 그런데 정말로 자세히 보아야, 오래 보아야 제대로 보이는 꽃들이 있는데 그중 하나가 바로 노루오줌입니다. 사관생도 모자 깃털처럼 보이기도 하고 동물의 꼬리처럼 보이기도 하는 노루오줌을 제대로 보려면 자세히 보아야 합니다. 오래 들여다보아야 합니다. 꽃의 다발 속에, 꽃의 무리 속에 부끄러운 듯 제 고운 얼굴을 숨긴 한 송이 한 송이 그 작은 꽃들. 그 한 송이의 꽃을 가만히 보고 있으면, 얼마나 고운지요! 마치 아기 진달래요 아기 영산홍이지요. 겉 다르고 속 다른 꽃. 눈에 보이는 것이 전부가 아니란 것을 노루오줌이 보여줍니다.

시가 반짝 떠올라 책상 앞에 앉았는데 한 구절도 씌어지지 않아 애를

태울 때가 많다 그때마다 떠오르는 할머니의 오줌 뉘는 소리

무슨 주술처럼 시—, 시—, 아뜩한 기억 저편에서 노루오줌꽃이 터져
나오듯 망울망울 남은 한 방울까지 탈탈 털어주며 따로 노는 몸과 마
음을 한데 이어주는 소리

— 손택수 「오줌 뉘는 소리」 부분

꽃이나 풀에 오줌이라는 이름이 붙는 경우가 제법 있습니다. '노루
오줌'을 비롯해서 '쥐오줌', '여우오줌' 그리고 닭의 오줌이라는 뜻의 '
계요등(鷄尿藤)' 등등. 왜 오줌이라는 이름을 붙였을까요. 당연히 이
풀들의 어디에선가 지린내를 풍기는 까닭입니다. 그런데 왜 이 식물들
은 고약한 지린내를 풍기는 것일까요. 우선 쉽게 생각할 수 있는 게 천
적인 동물로부터 자신을 보호하는 수단으로 쓰였을 가능성입니다. 스
컹크가 그렇듯이 말입니다. 멧돼지를 비롯한 초식동물들이 싫어하는
지린내를 풍겨서 감히 곁에 얼씬 못 하게 하는 것이지요. 그리고 또 하
나는 이 지린내라는 게 곤충에게는 향기로 느껴질지도 모른다는 것입
니다. 사실 활짝 핀 노루오줌마다 벌과 나비들이 몰려드는 것을 볼 수
있거든요. 사람을 비롯한 포유류에게는 지독한 냄새일지 모르지만 벌
과 나비 같은 곤충들에게는 달콤한 향기일 수도 있겠다는 생각. 그러
니까 이 식물들의 지린내는 '보호와 유혹' 두 가지 수단으로 쓰이는 것
인데요, 일거양득인 셈이지요.

노루오줌이라는 말을 들으면 어떤가요? 어떤 느낌이 드나요? '노루
제 방귀에 놀라듯'이라는 속담이 있을 정도로 노루라는 동물은 겁이

많습니다. 대개 초식동물들은 겁이 많은데, 그중에서도 노루는 무척 경계심이 강한 동물이지요. 언제 어디서든 사주경계를 놓치는 법이 없습니다. 이 겁 많은 노루가 오줌을 누는 모습을 가만히 그려보세요. 귀를 쫑긋 세우고, 눈은 사방을 경계하고, 그러다 인기척이라도 느껴지면 오줌을 누다 말고 걸음아 나 살려라 도망을 칩니다. 그런 생각에 미치면 이 노루라는 동물이 얼마나 가여운지요! 평생 한 번도 시원하게 오줌을 누지 못한 가여운 짐승!

"아가 괜찮다 할미가 망을 봐줄 테니 편안하게 누거라. 오냐 오냐 쉬-,쉬-," 그렇게 오줌을 뉘어 주고 싶어지지 않는지요. 할미에게 손자는 언제나 겁 많은 노루가 아닐까요. 손택수 시인의 「오줌 뉘는 소리」를 읽다가 문득 든 생각입니다.

　　오늘만큼은 예쁜 연애시 하나 쓰겠노라 펜을 든 것인데

　　노라조 노라조, 아빠는 놀아줄 수가 없단다 밥 벌러 나가야 한단다 도은이는 혼자 논다 노라조 노라조 노래를 부른다, 오늘도 늦어요 또 늦어요? 내일도 늦을 거다 여보 모레도 늦을 거다 아내는 오늘도 혼자 잔다 마른 잠을 알약처럼 삼킨다, 아픈 데는 없니 어디 아픈 데는 없니? 없어요 엄마 위궤양이 어디 병인가요 역류성 식도염은 병도 아니잖아요 30년 전 아버지가 건넌 강이잖아요 울음의 강을 아버지도 무사히 건너셨잖아요,

　　라고 썼다, 밤새 지우고

아버지 자꾸만 오줌이 마려워요 아버지가 그랬던 것처럼 자꾸만 오
줌이 마려워요,

노루오줌 같은 문장 하나 겨우 지리고 마는 것인데

— 박제영, 「연애시」 전문

언젠가 썼던 졸시입니다. 이 또한 겁먹은 노루, 겁 많은 노루가 오줌
을 누다 말고 인기척에 도망을 치고, 그 자리에 노루오줌꽃이 피었다
는 이야기를 모티프로 한 것인데요. 어느 날 문득 거울을 들여다보는
데, 거기 노루오줌 같은 중년의 한 사내가 커다랗고 슬픈 눈으로 나를
쳐다보고 있더군요. ✿

안개꽃 아름다운 배경

이 읍에 처음 와본 사람은 누구나
거대한 안개의 강을 거쳐야 한다.
앞서간 일행들이 천천히 지워질 때까지
쓸쓸한 가축들처럼 그들은 / 그 긴 방죽 위에 서 있어야 한다.

… 중략 …

누구나 조금씩은 안개의 주식을 갖고 있다.

기형도의 시, 「안개」입니다. 기형도의 등단작이지요. 지난 10여 년
동안 춘천도 많이 달라졌습니다. 아파트도 많이 들어섰고, 경춘선이
사라지고 대신 복선전철과 고속철도가 놓였습니다. 그런데 그 10년
동안 전혀 변하지 않은 것도 있지요. 안개입니다. 춘천은 여전히 안개
도시이지요. "아침저녁으로 샛강에 자욱이 안개가" 낍니다. 이 도시에
"와본 사람은 누구나 / 거대한 안개의 강을 거쳐야" 합니다. 이곳의 사
람들은 "누구나 조금씩은 안개의 주식을 갖고" 있습니다.

　물안개가 내린 공지천변을 걷다 보면 안개 속에서 하얀 안개꽃들을 만나게 되는 계절이 있습니다. 안개 속에서 핀 안개꽃. 안개로 위장한 안개꽃. 안개가 안개꽃을 피운 것인지, 안개꽃이 안개를 만들어낸 것인지, 호접몽을 꾸듯 안개 속에서 안개꽃을 바라보는 그런 계절이 있습니다. 안개 도시 춘천에서는 봄, 여름, 가을, 겨울을 지나고 안개라는 계절을 하나 더 지나야 합니다. 춘천 사람들은 안개의 가장 안쪽에 사는 사람들이지요.

　　춘천 춘천 나지막이 춘천을 부르면 출렁출렁 안개가 새어 나옵니다

아니 정확히 안개인지는 모르겠습니다 춘천이라는 말, 그 말에 한 번
이라도 닿은 것들은 마침내 안개가 됩니다

— 박제영, 「안개의 기원」 부분

천경자의 「길례 언니」라는 그림을 본 적이 있는지요? 챙이 넓은 모
자를 쓴 여인이 금방이라도 울음을 터뜨릴 듯한 표정으로 정면을 바라
보고 있습니다. 커다란 눈동자는 밤새 눈물을 쏟아냈던가 아니면 당장
이라도 눈물이 쏟아져 내릴 것만 같은데, 얼굴 표정엔 슬픔이 가득하
기만 합니다. 주위에는 칸나 꽃이 피었고, 나비가 날아듭니다. 두 손에
는 안개꽃 한 다발 들려 있습니다. 여자는 이국적인 얼굴인데 그 이름
이 길례입니다. 천경자 화백이 이 그림을 통해서 전하고 싶었던 이야
기는 무엇일까요. 생전에 천경자 화백은 "길례 언니는 가상의 인물이
다"라고 했는데요, 비록 가상의 인물이긴 하지만 그 가상의 인물을 통
해 말하고 싶었던 것은 있을 겁니다.

「길례 언니」를 보면서 저는 길례 언니가 어쩌면 천경자 화백의 엄
마였을지도 모른다는 생각을 하는데요. 세상의 엄마라는 존재가 실은
안개꽃 같은 존재일지도 모르겠다는 생각도 하게 됩니다. 부연 설명을
하기보다는 먼저 두 편의 시를 읽어보는 게 좋겠습니다.

좋아하는 꽃이 무엇이냐 묻기에
안개꽃이라고 했더니
그게 무슨 꽃이냐고
그건 그저 장미꽃 들러리라고

어떤 사람 좋아하냐 묻기에
밑반찬 같고 들러리 같은 사람!
말해놓고 나니
아!
떠오르는 사람 하나 있다

— 임영화, 「어머니」(지하철 시 2016 시민공모작) 부분

오래돼도 제 모습을 지닌 안개꽃에서
돌아가신 어머니를 본다.
살아계실 때도 돌아가시고 나서도
어머니는 늘 같은 그리운 모습

안개같이 편안함을 주는 어머니,
안개꽃 어머니.

— 김시종, 「안개꽃」 부분

안개꽃과 엄마. 엄마라는 사람은 평생을 식구들 들러리로 살아야 했던 사람(임영화, 「어머니」)이지요. 엄마라는 사람은 평생을 식구들 조연으로 살았지만, 살아서나 죽어서나 늘 그대로인 사람(김시종, 「안개꽃」)입니다. 천경자의 「길례 언니」에서 제가 본 것이 바로 안개꽃, 엄마였던 것도 그런 까닭이겠지요. 물론 그럼에도 불구하고 안개꽃은 시인으로 하여금 사랑의 메타포, 이별의 메타포로 쓰기에 훨씬 더 용이한 꽃이긴 합니다.

장미의 한복판에
부서지는 햇빛이기보다는
그 아름다움을 거드는
안개이고 싶다

나로 하여
네가 아름다울 수 있다면
네 몸의 축복 뒤에서
나는 안개처럼 스러지는
다만 너의 배경이어도 좋다

— 복효근, 「안개꽃」 부분

지루한 장마가 끝나면 다시 꽃들이 천변으로 흐드러지게 피겠지요. 그 꽃들 사이에 피어 꽃의 배경이 되어주는 하얀 안개꽃들도 다시 피겠지요. 안개꽃을 만나거든 오늘 만난 시편들 중 당신은 어떤 시를 들려주실까요? '엄마, 사랑, 이별' 중 어떤 안개꽃을 바라보고 있을까요? 🌹

수련(睡蓮) 닫힘으로써 열리는 꽃

인상파 하면 떠오르는 화가가 많습니다. 그런데 그중에서 수련(睡蓮)을 그리는 인상파 화가라고 한다면 아마 딱 한 사람이 떠오를 텐데요. 바로 모네, 끌로드 모네이지요. "바다를 잘 그리고 싶다면 매일, 매시간 같은 장소에 가서 바다를 관찰해야만 한다. 그래야 비로소 바다가 어떻게 움직이고 변화하는지 이해할 수 있게 된다." 모네가 한 말이지요.

인상파 화가들의 그림을 얘기할 때 흔히 '앙플레네르(En plein air)'라는 말을 많이 합니다. 영어로는 'In the open air'라고 하는데요, 실내에서 상상으로 그리는 풍경이 아니라 실외에서 자연광 아래에서 시시각각 변하는 빛을, 무궁구진한 색으로 변하는 풍경을 그린다 해서 붙은 말입니다. 모네가 그린 수많은 연못과 수련은 햇빛에 따라 변화무쌍한 변화를 보여주지요.

수련을 얘기하는데 모네 얘기를 꺼낸 것은 실은 수련의 아름다움을 즐기려면, 제대로 즐기려면 모네처럼 모네가 그랬던 것처럼 한 나절을 계속 지켜봐야 한다는 것입니다. 여름의 강렬한 햇빛을 받은 수련은 조금씩 그 모양과 색을 바꾸기 때문이지요. 그러니 그 모든 변화를 다

달힘으로 피는 꽃
달힘으로 열리는 꽃
고요 속에서
떨리는 마음 꽃
수련.

본 후에야 비로소 우리는 수련을 보았다 말할 수 있을 겁니다.

　그런데, 흔히 수련을 물 위에 피는 연꽃으로 생각하는 분들이 많은데요, 실은 수련과 연꽃은 다른 식물입니다. 네이버 백과사전에 보면 "연의 경우 수면 위에 펼쳐진 뜬 잎과 수면 위로 솟아올라 펼쳐진 선 잎이 함께 있으며 꽃이 수면보다 높이 솟아올라 피는 정수식물(挺水植物)로, 표면은 물이 스며들지 않게 하는 발수성이 있어서, 물이 묻지 않고 연잎 위에 방울로 맺힌다. 반면에 수련은 잎이 모두 수면에 펼쳐진 뜬 잎의 부수식물(浮水植物)이라서, 수면 위로 잎이 높이 솟는 경우가 없이 꽃도 대부분 수면 높이에서 피고, 발수성이 없어서 잎의 표면에 물이 묻는다"라고 나옵니다. 수련은 영어로 물에 피는 백합, Water Lilly라고 하고, 연꽃은 Lotus라고 하지요. 서로 태생이 다른 꽃입니다.

　기왕에 이름 이야기가 나왔으니 하나 더 짚고 넘어가겠습니다. 제가 제목에 굳이 한자를 병기했는데 그럼에도 무심코 넘어 가셨을지도 모르겠습니다. 수련의 '수'는 '물 水'가 아니라 '잠잘 睡'입니다. 그러니까 물 위에 핀 연꽃(蓮)이 아니라 '잠자는 연꽃'이라는 뜻이지요. 꽃 핀 모습 좀 더 보고 싶어도 해가 지면 어김없이 꽃을 닫아버리니 그 모습 보면서 우리 조상들께서 잠꾸러기 꽃이라 했겠지요. 어쨌든 수련이라는 이름은 '잠꾸러기 꽃'이라는 데서 유래했다는 것을 꼭 기억해주시기 바랍니다. 무심코 睡蓮을 水蓮으로 쓰는 일이 없도록 말이지요. 그러고 보면 한자를 없애자는 주장은 어불성설(語不成說)입니다. 한자가 없는 한글은 반쪽짜리이지요. 하여튼 수련은 피는 것보다 지는 것에 더 주목해야 하는 꽃인지도 모르겠습니다. 그것을 확실하게 보여주는 시가 있지요. 바로 정진규 시인의 「律呂集 8 睡蓮」입니다.

> 닫기는 고요로 피는 꽃, 꽃이 터질 때마다 꽃을 꿰매는 무봉無縫의 손을 보았다 닫기는 고요를 보았다 … 중략 … 닫기는 꽃이여, 닫겨서 피는 꽃이여 터지는 고요여, 고요의 비수匕首여
>
> — 정진규, 「律呂集 8 睡蓮」 부분

어떤가요. 그야말로 완벽하게 '睡'에 주목한 작품이지요. 해가 한풀 꺾이기 시작하면 조금씩 눈을 감기 시작하는 수련. 닫힘으로써 열리는 꽃. 바로 수련이지요. 닫힘이 열림이라는 말. 닫힘으로 완성된 꽃이라는 말. 이쯤 되면 떠오르는 시가 또 있습니다. 바로 김선우의 「완경(完經)」입니다.

> 수련 열리다
> 닫히다

열리다

닫히다

닷새를 진분홍 꽃잎 열고 닫은 후

초록 연잎 위에 아주 누워 일어나지 않는다

… 중략…

나는 꽃을 거둔 수련에게 속삭인다

폐경이라니, 엄마,

완경이야, 완경!

— 김선우. 「완경(完經)」 부분

김선우 시인 또한 수련에서 주목한 것은 닫힘에 있습니다. 닫힘으로 완성되는 꽃. 그러니 엄마에게 속삭이는 것이지요. 폐경이 아니라 완경이라고요. 요즘 주변에서 폐경 대신 완경이라는 말을 쓰는 것을 종종 듣곤 하는데요, 완경이라는 말이 김선우의 시에서 왔다는 것은 의외로 모르는 분들이 많더군요. 그런 분들 만나시거든 꼭 김선우의 시를 들려주시길요.

그런데 시 중에 으뜸은 아무래도 연시(戀詩)가 아닐까요. 수련에 연심을 담은 것으로 대표적인 작품으로 저는 김춘수 시인의 「수련별곡」을 꼽습니다.

바람이 분다

그대는 또 가야 하리

그대를 데리고 가는 바람은

어느 땐가 다시 한 번

낙화落花하는 그대를 내 곁에 데리고 오리

— 김춘수, 「수련별곡(睡蓮別曲)」 부분

혹시나 싶어 인터넷을 검색하니 김춘수 시인의 「수련별곡」도 대부분 '水蓮別曲'으로 나오더군요. 이 또한 한자를 몰라 생긴 오류일 텐데요……. 그런데 문득 오류가 아닐지도 모르겠다는 생각도 들긴 합니다. 왜냐하면 이 「수련별곡」에 대해서는 특별한 에피소드가 있기 때문입니다.

김춘수 시인이 시 '수련별곡'을 남긴 곳이 바로 동성로의 2층 찻집 '세르팡'이다. '세르팡'이란 찻집 이름도 시인이 지었는데 '뱀'이란 뜻의 프랑스어로 일본의 유명잡지 이름이기도 했다. 이 찻집 주인이 바로 수련별곡의 주인공인 배화여고 출신의 권수연(?)이다. / 세르팡에서 시인은 '꽃'을 이야기 하고 '처용단장'을 나누며 '내가 죽어도 이름이 100년은 갈 것'이라는 예언을 남기기도 했다. 70년대 초, 20대 초반의 팔등신 미인 수련과 마흔 중반 시인의 사랑은 대구백화점 지하 생맥주집에서 싹텄다. / 그곳 0번 테이블의 여급이었던 수련을 남다르게 아꼈던 김춘수는 그녀에게 찻집을 차릴 것을 권했고, 계명대 미술과에 편입까지 주선했다. 김춘수가 '나의 나타샤로 부르던 수련에게 시인은 정신적인 지주였다. / 김춘수 시인의 삶과 문학사에서 대구문단은 극단적인 실험을 추구하는 시간과 공간을 제공했을 뿐만 아니라 이렇게 사랑의 추억도 안겨줬다. "대구는 내 생애에 가장 오래 머문 곳이다. 내 개인사에 있어서 참으로 특별한 의미를 지닌 고장이다"라고 했던 그의 말처럼….

— 조향래 기자, 대구매일신문, 2006년 7월 24일자

그 많은 꽃 중에서 하필이면 왜 수련이라는 이름을 붙였을까요? 어쩌면 물장사를 하는 꽃. 그래서 水蓮이라 하지 않았을까요? 그렇다면 정말로 수련별곡은 睡蓮別曲이 아니라 水蓮別曲이 맞을지도 모르겠다는 생각도 해보는 것인데요. 물론 근거 없는, 그냥 해본 생각입니다. '찻집과 수련' 하면 떠오르는 시가 또 하나 있습니다. 바로 김수우 시인의 「수련 지는 법」입니다.

단골찻집 주인이 바뀌었더군 꽃핀다고 들려도 싱거운 눈웃음, 꽃진다고 들려도 맹물 손인사, 잊힐 뻔 잊힐 뻔한 안부마다 한 톨 답례 고맙더니 그 씨앗 받아 여기저기 나누었더니 어느 결에 헤어지고 만 게야, 마음 비운 사이

… 중략 …

고운 사람 내게 수련처럼 졌으니 나도 그에게 한 꽃자리일까 고운 사람 누구에겐가 수련으로 피어날 테니 물속 줄기, 먼 산 하나 풀어내리라 물그림자 흔들리는 그, 어느 결에 내 옷자락도 젖을 테지, 그, 마음 비운 사이

— 김수우, 「수련 지는 법」 부분

문득, 김춘수 시인의 「수련별곡」에 대한 후일담 같다는, 김춘수 시인

의 영전에 바치는 헌시 같다는 생각을 해보기도 하는 것인데요, 이 또
한 근거 없는 저의 생각일 뿐입니다.

　우리 인생도 수련처럼 매해, 매달, 매일… 닫히면서 열리는, 닫힘으
로 피는 그런 꽃이 아닐까 싶습니다. 그러니 한 해가 저무는 것을 슬퍼
하거나 낙담할 이유는 없겠지요. ❀

가을

....

구절초 / 국화 / 꽃무릇

억새 / 무화과 / 사루비아

코스모스

구절초
머리핀 대신 꽂아도 좋을 사랑

가을이면 제가 세들어 사는 아파트를 환하게 해주는 꽃들이 있습니다. 아침저녁 출퇴근길에 다소곳이 저를 배웅하고 마중해 주는 꽃들이지요. 구절초입니다. 「구절초꽃」이라는 시에서 김용택 시인이 그랬지요. "구절초꽃 피면은 가을 오고요 / 구절초꽃 지면은 가을 가는데 / 하루해가 다 저문 저녁 강가에 / 산 너머 그 너머 검은 산 너머 / 서늘한 저녁달만 떠오릅니다"고 말입니다. 구절초꽃 피면 가을 오고, 구절초꽃 지면 가을 간다니, 하냥 기뻐하지도 하냥 슬퍼하지도 말라는 것은 아닌지. 인간지사 새옹지마를 뜻하는 것인지. 당신이라면 어떻게 읽을까요?

구절초 하면 저는 특별히 떠오르는 시인, 떠오르는 시가 있는데요. 박용래 시인의 「구절초」입니다. 정지용 선생이 그랬다지요. "북녘 땅에 소월이 있다면, 남녘 땅에는 목월이 있다"고. 이를 두고 누군가는 또 그랬다지요. "북 소월, 남 목월 그리고 중도(中都) 용래"라고 말입니다. 또 누군가는 "북녘에 백석이 있고, 남녘에는 박용래가 있다"고도 했다지요. 김소월과 박목월 그리고 백석과 박용래. 사실 누가 있어

달이 부푼 가을 들판을 가로질러 가면
구절초 밭 꽃잎들
제 스스로 삭이는 밤은 또 얼마나 깊은지,

내가 한 계절 끝머리에 핀 꽃이었다면
너 또한 그 모퉁이 핀 꽃이었거늘

— 최광임, 이름 뒤에 숨은 것들

그들의 순위를 매길 수 있겠습니까. 저처럼 평범한 시인들은 그저 멀리서 바라보는 것만으로도 벅찬, 그저 높고 높은 시의 봉우리들이니 말입니다.

> 여학생이 부르면 마아가렛
>
> 여름 모자 차양이 숨었는 꽃
>
> 단추 구멍에 달아도 머리핀 대신 꽂아도 좋을 사랑아
>
> 여우가 우는 추분(秋分) 도깨비불이 스러진 자리에 피는 사랑아
>
> 누이야 가을이 오는 길목 매디매디 눈물 비친 사랑아
>
> — 박용래, 「구절초」 부분

구절초가 누이랍니다. 가을이면 지천으로 피는 사랑이랍니다. "단추 구멍에 달아도" 좋고, "머리핀 대신 꽂아도 좋을 사랑"이랍니다. 스무 살. 사랑하기에 딱 좋았던 그 시절에는 왜 이 시를 읽으면 가슴이 콩닥 콩닥 뛰었는지요. 가을이 오고 구절초 피고 그리고 박용래의 시가 떠 오르면 문득 그 시절에 닿곤 합니다.

"머리핀 대신 꽂아도 좋을 사랑" 이 대목에서 저는 또 영화 「웰컴 투 동막골」을 떠올리는 것인데요. 영화를 보셨다면 혹시 배우 강혜정을 기억하실는지요? 영화 속에서 너무 순박해서 약간은 모자란 듯한 강 원도 두메산골 처녀로 나왔었지요. 그때 강혜정이 머리에 꽂고 있던 꽃을 기억하실는지요? 그 꽃이 바로 구절초입니다. 순박한 이미지의 가을꽃으로 구절초만한 것도 없었겠지만, 아무래도 감독이 박용래의 시를 알고 있었던 것이 틀림없지 않을까 싶기도 합니다.

박용래의 시에 나오는 마아가렛(Marguerite)은 실은 구절초와는 엄 연히 다른 꽃인데요, 구절초와 그 생김새가 똑같아서 구별하기는 쉽 지 않지요. 마아가렛은 5~6월에 피고 구절초는 9~11월에 피니 그 개 화 시기가 다를 뿐입니다. 어디 구절초와 마아가렛만 그런가요? 우리 가 흔히 들국화라고 부르는 꽃들이 알고 보면 구절초, 쑥부쟁이, 감국, 산국, 벌개미취, 참취 같은 꽃들입니다. 이런 꽃들은 하나같이 다 비슷 해서 그것을 제대로 구분하기는 무척 어렵지요. 들국화라는 꽃이 따로 있는 게 아니라 가을이면 들녘으로 서로 다투어 피는 그런 꽃들을 일 러 들국화라 부르는 것이니, 예로부터 애써 구분하지 않고 그냥 이도 저도 하나로 들국화!라 불렀던 것은 아닐까 싶습니다.

쑥부쟁이와 구절초를

구별하지 못하는 너하고

이 들길 여태 걸어 왔다니

— 안도현, 「무식한 놈」부분

　그러니, 구절초와 쑥부쟁이를 구별하지 못한다고 해서 크게 이상할
것도 없으려니와 더더욱 안도현 시인처럼 자책할 필요는 없겠지요. 그
저 박용래의 시 구절 하나 정도 외우고 있다면 좋지 않을까 싶습니다.
　구절초(九節草)는 구일초(九日草)라고도 불리고, 선모초(仙母草)라
고도 불리는데요, 그 이름의 유래를 찾다보니 1970년 2월 14일자 동아
일보에 이런 기사가 나오더군요.

　　…… 충남에서는 구일초라고 부르는데 유래인즉 음력 9월 9일 채취
　　해서 말려두었다 다려먹으면 가장 약효가 있다는 데서 온 이름이라는
　　것이다. 전남과 전북 일대에서는 이것을 선모초라고 부른다, 이 이름은
　　이 풀을 다려먹으면 부인병이 없어지고 훌륭한 옥동자를 낳을 수 있는
　　어머니가 될 수 있다는 데서 붙여진 것이라고 한다…….

— 이영로 / 이화여대 문리대 교수

　어떤 자료에는 구절초가 5월 단오에는 그 줄기가 다섯 마디였다가
음력 9월 9일이 되면 아홉 마디가 된다고 해서 구절초라 불렸다는 설
도 있는데요, 구절초나 구일초라는 이름은 아무래도 중국의 가장 큰
명절인 중양절(重陽節)에서 온 것이 아닌가 생각됩니다. 중국에서는
음력 9월 9일을 구(九)가 겹친 날이라 하여 중구(重九)라 부르거나 혹
은 홀수(1, 3, 5, 7, 9)인 양수(陽數) 중에서도 극양(極陽)인 9가 겹친

단추 구멍에 달아도
머리핀 대신 꽂아도 좋을 사랑아
여우가 우는 추분
도깨비불이 스러진 자리에 피는 사랑아
누이야 가을이 오는 매디매디
눈물 비친 사랑아
　　　　　ㅡ박용래, 구절초

날이라 하여 중양절(重陽節)이라 부릅니다. 중양절에는 국화주나 국화차를 마시며 무병장수를 기원하고 귀신을 쫓는 풍습도 있었는데 이를 두고 중양절을 국화절(菊花節)이라고 부르기도 하지요.

그런데 실은 국화과에 속하는 구절초가 가을 들녘에 가장 흔하게 피었을 테니, 아무래도 음력 9월 9일이면 수많은 사람들이 구절초를 꺾어 술로 마시고 차로 마셨을 겁니다. 해마다 음력 9월 9일, 중양절만 되면 애꿎은 사람들의 술로, 차로 쓰이기 위해 가지를 꺾여야 했던 꽃. 그런 연유로 구절초, 구일초라 불리게 된 것이 아닐까 싶은데, 아마 그게 정설일 듯합니다. 이름 얘기를 하다 보니 문득 떠오르는 시가 하나 있습니다. 최광임 시인의 시, 「이름 뒤에 숨은 것들」입니다.

구절초밭 꽃잎들 제 스스로 삭이는 밤은 또 얼마나 깊은지,

어디서 와서 어디로 가는지 서로 묻지 않으며

다만 그곳에 났으므로 그곳에 있을 뿐,

가벼운 짐은 먼 길을 간다

내가 한 계절 끝머리에 핀 꽃이었다면

너 또한 그 모퉁이 핀 꽃이었거늘

그러므로 제목없음은 다행한 일이다

사람만이 제목을 붙이고 제목을 쓰고, 죽음 직전까지

제목 안에서 필사적이다

꽃은 달이 기우는 뜻을 묻지 않고

달은 꽃이 지는 뜻을 헤아리지 않는다

— 최광임, 「이름 뒤에 숨은 것들」 부분

"꽃은 달이 기우는 뜻을 묻지 않고 / 달은 꽃이 지는 뜻을 헤아리지 않는" 것이니, "어디서 와서 어디로 가는지 서로 묻지 않으며 / 다만 그곳에 났으므로 그곳에 있을 뿐"이니, 그냥 "오가던 길로 그냥 가면 된다"고 합니다. 참 쿨한 이별입니다. 그런데 말이야 쉽지만 그게 참 어렵고 또 어려운 일이지요. 아닌가요?

가을이면 여기저기서 구절초 축제가 열리는데 전북 정읍의 구절초 축제와 충남 공주 영평사의 구절초 축제가 유명합니다. 그런데 저는 그런 축제보다는 오히려 화순 적벽을 추천하고 싶습니다. 단 전제 조건이 있습니다. 이영진 시인의 시, 「구절초」와 함께 가셔야 한다는.

화순 적벽가는 길가에 구절초 피고 수몰지 물 그림자 단풍져 붉다.
낡은 자전거에 도시락 얹고 페달에 힘을 주며 폐광이 다 된 광산을 향
해 광부 하나 하얗게 가고 있다.

— 이영진, 「구절초」 부분

화순 적벽(和順赤壁). 전남 화순에 있는 적벽이지요. 중국 양쯔강 남
안의 적벽. 조조가 유비와 손권의 연합군과 전투를 벌였던 적벽대전.
그 적벽과 닮았다 해서 적벽이란 이름이 붙은 곳. 동복댐의 건설로 수
몰 마을이 생기고, 적벽의 일부도 물에 잠겼지만 여전히 한 폭의 동양
화를 보는 듯한 풍광을 자아내는 곳. 그 화순 적벽 길가에 '홀로 핀 구
절초'가 구절초로 지천을 이룬 꽃밭보다 더 아름답겠다는 생각. 붉은
단풍 물그림자 바라보며 "저 홀로 한 세상 깊어만 가"는 구절초가 오히
려 심금을 울리겠다는 생각. 구절초 축제 대신 홀로 핀 화순 적벽의 구
절초를 보고 오는 것도 좋지 않을까 싶습니다.

가을이 지고 있습니다
구절초도 따라 지고 있습니다
낙엽을 밟으며 당신이 갑니다

무수한 계절이 다녀가고
무수한 꽃들이 피고지도록
미동도 없는 무심무정한 이 별에서

당신과 나의 有情이 아주 잠깐 반짝입니다

이 우주에서 지구라는 별이 빛나는 건

어쩌면

어쩌면

……

구절초가 지고 있습니다

낙엽을 밟으며 당신이 갑니다

— 박제영, 「구절초」 전문 🌹

국화

귀가 서럽네

아침저녁 선선한 기운에 목덜미가 서늘해지는 가을입니다. 머지않아 새벽 풀잎에 서리가 맺히면 산도, 산에 사는 짐승과 벌레들도 제 몸의 색을 바꾸고 가을은 점점 더 겨울 쪽으로 깊어지겠지요. 그리하여 가을은 귀가 서러워지는 계절입니다. 무슨 뚱딴지같은 소리냐 할지도 모르겠습니다. 이대흠의 시, 「귀가 서럽다」를 읽어보시면 무슨 뜻인지 알 겁니다.

> 저녁은 빨리 오고
> 슬픔을 아는 자는 황혼을 보네
> 울혈 든 데 많은 하늘에서
> 가는 실 같은 바람이 불어오느니
> 국화꽃 그림자가 창에 어리고
> 향기는 번져 노을이 스네
> 꽃 같은 잎 같은 뿌리 같은
> 인연들을 생각하거니

귀가 서럽네

— 이대흠, 「귀가 서럽다」 부분

서리가 내리고 찬바람이 불어오기 시작하면 세상의 꽃들은 다 지고
마는데, 홀로 마침내 꽃을 피우기 시작하는 꽃이 있지요. 그 향기 번져
노을이 슬고, 꽃 같은, 잎 같은, 뿌리 같은 인연들을 떠올리다가 마침내
귀가 서러워지고 마는 꽃. 네, 국화 맞습니다.

국화(菊花)를 예전엔 「구화」라고 불렀습니다. 국화는 식물계에서 가
장 진보된 식물입니다. 이런 것을 고등식물이라고 합니다. / 국화과에
딸린, 관상용으로 심는 여러해살이풀로서, 줄기는 나무와 비슷합니다.

아무도 몰래 여러 개의 얼음을 얼렸지만
그 안에 국화꽃잎을 넣었더니
하루 종일 이마 위에
국화향이 가득하였다
— 안현미, 내간체

/ 동양에서는 국화를 사군자(四君子)의 하나로서 꼽는 이유는, 꽃의 기품이 의젓하면서 호화롭고, 추위를 견디어내는 것이 마치 굽힐 줄 모르는 충신의 절개와도 같아서입니다.

— 조동화, 『꽃과 사랑의 전설』(열화당, 1978)

　국화가 화중군자(花中君子) - 매화, 난초, 대나무와 더불어 사군자 중의 하나인 것은 익히 아는 사실이지요. 일찍 심어 늦게 피니 군자의 '덕(德)'이요, 서리를 이겨 피니 선비의 '지(志)'며, 물 없어도 피니 한사(寒士)의 '기(氣)'라 하여 이를 국화의 삼륜(三倫)이라 하였습니다. 한편 동양에서 국화를 가우(佳友)라 하여 모란, 작약과 더불어 삼가품(三佳品)이라 일컬었고, 연꽃, 매화, 대나무와 함께 사일(四逸)이라 일컬었던 것은 아실는지요? 그밖에도 난초, 수선, 창포와 더불어 화중사아(花中四雅)라 하였고, 난초, 매화, 연꽃과 더불어 사애(四愛)라 불리기도 합니다. 이밖에도 많은 표현들이 있습니다만 국화를 일컫는 여러 표현 중에서 하나만 고르라면 저는 세한이우(歲寒二友)를 꼽습니다.

　세한이우. 매화와 국화인데요. 두 꽃 모두 서리가 내리는 세한(歲寒)의 추운 날 꽃을 피우지요. 다만 매화가 봄을 알리는, 한 해의 시작을 알리는 전령이라면 국화는 겨울을 알리는, 한 해의 끝을 알리는 전령입니다. 매화가 시작이라면 국화가 끝이지요. 그렇게 둘은 같으면서 다른 꽃입니다. 국화가 매화보다 비장한 기운이 도는 것은 국화가 한 해를 마감하는 마지막 꽃, 만추(晩秋)의 꽃인 까닭이지요. 당나라의 시인 원진(元稹)의 시, 「국화」에도 국화가 한 해의 마지막 꽃임을 가리키는 구절이 등장합니다. "이 꽃이 지고 나면 다시 피는 꽃은 없다네"

秋叢繞舍似陶家(추총요사사도가)

국화로 둘러싸였으니 도연명의 집이런가

遍繞籬邊日漸斜(편요리변일점사)

빙 두른 울타리에 해가 기우네

不是花中偏愛菊(불시화중편애국)

꽃 중에 국화를 편애하는 것은 아니지만

此花開盡更無花(차화개진갱무화)

이 꽃이 지고 나면 다시 피는 꽃은 없다네

— 원진, 「국화(菊花)」 전문

　원진의 「국화」 하면 함께 떠오르는 그림이 있는데요, 바로 혜원 신
윤복의 그림입니다. 「삼추가연(三秋佳緣)」 혹은 「국화밭에서」라는 제
목으로 알려진 그림인데, 손철주의 책 『사람 보는 눈』에 보면 이런 구
절이 나옵니다.

　국화꽃 더미 앞에서 벌어진 얄궂은 장면이다. 웃통 벗고 맨살을 드
러낸 사내가 대님을 맨다. 구겨진 상투 아래 머리칼은 흐트러졌다. 길
게 땋은 머리에 댕기 늘어진 소녀가 고개를 갸울인다. 구김살 진 치마
와 속곳을 채 추스르지 못한 차림새다. 얄망스런 할멈이 사내에게 술
한 잔을 건네는데, 손으로 입을 가리며 무슨 소린지 수군거린다. / 뭐하
는 짓이기에 이리 점잖지 못한가. 정황으로 봐서 알겠다. 젊은 서방이
어린 기생의 초야권을 샀다. 옛말로 '머리 얹어주는' 성 거래의 현장이
다. 이미 일은 치렀다. 얍삽하게 생긴 서방의 입가에 밉상스런 흡족함
이 배었다. 저 음충스런 할멈이 뚜쟁이 노릇을 했다. 남자로 치면 기둥

서방 노릇을 하는 노구(老老)다. 그녀가 입에 발린 말로 어린 것을 달랜다. / 미성년을 상대로, 그것도 길바닥에서, 이 무슨 남우세스런 짓거리인가. 아동 청소년 성보호법도, 도가니 법도 통하지 않던 조선의 색줏집 풍속을 참으로 뻔뻔스럽게 그렸다. 그린 이야 물을 것도 없이 혜원 신윤복이다. 화단의 이단아로 떠들썩했던 그에게 걸맞은 소재 아닌가. 혜원의 낯 뜨거운 붓질은 그림에 적힌 글에서 한 수 더한다. 당나라 원진의 시를 따왔는데, 곱씹어보면 야릇하다.

— 손철주, 『사람 보는 눈』(현암사, 2013) 중에서

원진이 시를 통해 말하고 싶었던 본래의 뜻은 국화의 비장함이랄까, 국화에 대한 도연명의 애정이랄까 뭐 그런 것일 텐데요, 신윤복의 그림과 겹쳐 읽으면, 그림 속의 사내와 어린 기녀와 겹쳐 읽으면, 사뭇 다

동쪽 울타리 아래
국화꽃을 따다가
그윽이
남산을 바라보네
— 도연명, 음주

른 느낌이 듭니다. 사내의 색정(色情)과 어린 기생에 대한 연민이 묘하게 겹치면서 말입니다. 자기의 그림에 원진의 시를 가져온 신윤복의 본심은 무엇일까요? 당신의 상상에 맡기도록 하겠습니다.

원진의 시에도 나오듯이 국화 하면 떠오르는 중국의 시인은 단연 도연명(陶淵明, 365~427)인데요, 41세에 벼슬을 버리고 평생을 은둔자로 살면서 노장 철학을 생활로 실천했던 시인이지요. "동쪽 울타리 아래 국화꽃을 따다가(採菊東籬下, 채국동리하) / 그윽이 남산을 바라보네(悠然見南山, 유연견남산)". 그의 「음주(飮酒)」라는 시에 나오는 구절인데, 워낙 유명해서 당대는 물론 후대의 수많은 문인들과 화가들이 인용하곤 했지요. 겸재 정선의 유명한 두 개의 부채그림(扇畵), 「동리채국」과 「유연견남산」도 바로 이 구절에서 따온 것입니다.

북송 때 유학자 주돈이(周敦頤)는 그의 시 「애련설(愛蓮說)」에서 "진나라 도연명은 국화를 사랑하였다(晉陶淵明獨愛菊, 진도연명독애국)"라고 하면서 "국화는 꽃 중에 은일자(菊, 花之隱逸者也, 국, 화지은일자야)"이며 "도연명 이후 국화를 사랑한다는 사람이 있다는 소문을 들은 바 없다(菊之愛, 陶後鮮有聞, 국지애, 도후선유문)"라고 읊고 있는데요, '국화'와 '도연명'과 '은일자'가 동의어로 쓰이는 것은 아무래도 「애련설」의 영향이 컸던 게 아닐까 싶기도 합니다.

중국에 도연명의 국화가 있다면, 한국에는 서정주의 국화가 있지요. 서정주의 「국화 옆에서」를 모르는 한국 사람이 있을까요? 전부는 몰라도 몇 구절쯤은 누구나 외우고 있을 겁니다. 그런데 「국화 옆에서」는

(일부의 의견이긴 하지만) 친일의 혐의와 표절의 혐의를 받고 있기도 한데요……. 판단은 당신께 맡기도록 하겠습니다. 「국화 옆에서」가 표절했다는 작품은 당나라 때의 유명한 시인 백거이(白居易, 772~846)의 「국화」라는 시인데요, 전문을 소개하니 읽어보시고 과연 그런지 판단해보시기 바랍니다.

> 一夜新霜著瓦輕(일야신상저와경)
> 간밤에 무서리 내려 기와에 쌓이더니
> 芭蕉新折敗荷傾(파초신절패하경)
> 파초 잎 꺾이고 연꽃은 시들어 기울었네
> 耐寒唯有東籬菊(내한유유동리국)
> 추위를 견디는 것은 오직 동쪽 울타리의 국화뿐이네
> 金粟花開曉更淸(금조화개효갱청)
> 노란 꽃 활짝 피어 새벽하늘이 맑아라
>
> — 백거이, 「국화(菊花)」 전문

저로서는 표절이라고 단언하기는 어렵다는 생각입니다. 다만 서정주 시인께서 백거이의 시를 읽어보지 않았을 리 없으니, 의식적이든 무의식적이든 영향을 받지 않았을까 싶기는 합니다. 그럼에도 불구하고 「국화 옆에서」는 국화 하면 떠오르는 시, 한국인에게 가장 사랑받는 시 중 하나임에는 틀림이 없겠지요.

> 우리가 믿고 싶었던 행복을 얼음처럼 입에 물고 너도 곧 엄마가 되겠구나 무구하게 당도할 누군가의 기원이 되겠구나 여러 계절이 흘렀으

나 나는 오늘도 여러 개의 얼음을 사용했고 아무도 몰래 여러 개의 울음을 얼렸지만 그 안에 국화 꽃잎을 넣었더니 하루 종일 이마 위에 국화향이 가득하였다 그 향을 써 보낸다 그저 얼얼하다 삶이

— 안현미, 「내간체」 부분

가을이 깊어지면 떠나왔거나 떠나간 누군가에게 내간체로 편지를 써서 보내고 싶어집니다. 막상 부치지 못한 숱한 편지들이 서랍 속 가득해지면 일생의 가을이 당도하게 되는 것. 그것이 실은 인생이겠지만 말입니다. 오늘은 국화 꽃잎을 얼려 그 얼음을 입 안 가득 물고 당신에게 편지를 써야겠습니다. 국화향이 가득해지겠지요. 얼얼해지겠지요.

아니면 가을 달 아래 국화주에 국화 얼음 동동 띄워 당신과 함께 아으 동동다리 아흐 동동다리 부어라 마셔라 한바탕 취해보는 것도 좋겠다 싶은데…… 당신은 어떤지요?

꽃무릇 여보 꽃구경 가요

꽃무릇이라는 꽃을 아시는지요? 수선화과의 여러해살이풀이고 돌 틈에서 나오는 마늘종 모양을 닮았다 하여 '석산화(石蒜花)'라고도 하 는데요, 그러나 뭐니 뭐니 해도 꽃무릇 하면 떠오르는 건 상사화(相 思花)입니다. 화엽불상견(花葉不相見)의 운명, 꽃과 잎이 서로를 그리 워할 뿐 결코 만날 수 없는 비련한 운명을 가진 꽃. 그래서 상사화라 고 불리기도 하지만 실은 꽃무릇과 상사화는 엄연히 다른 꽃입니다.

꽃무릇은 꽃이 지고 나면 잎이 돋아나는 반면, 상사화는 잎이 지고 난 후에 꽃이 핍니다. 꽃 색깔도 다르지요. 꽃무릇은 짙은 선홍빛인 데 비해 상사화는 연보랏빛 아니면 노란빛을 띱니다. 개화 시기도 다 르지요. 상사화는 7월 말쯤 피지만 꽃무릇은 9월 중순에서 10월 초순 에 핍니다.

꽃무릇이면 어떻고 상사화면 어떻습니까. 꽃이 져야 잎이 돋고, 잎 이 다 진 후에야 꽃이 피니, 한 뿌리의 인연을 맺었으나 꽃과 잎은 평 생 서로를 만날 수 없으니, 꽃무릇이든 상사화든 살아서는 이룰 수 없

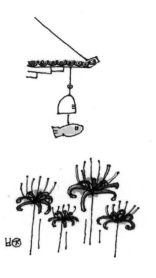

오늘은 잎 없이 붉은 꽃 피고
내일은 꽃 없이 푸른 잎 돋네
여보 꽃구경 가자
도솔천 꽃미륵, 꽃무릇 피었으니

는 사랑이니, 참으로 얄궂은 운명의 꽃인 것을요.

그나저나 꽃무릇이 지닌 애잔한 사연을 생각하면 꽃무릇을 소재로 많은 시인들이 시를 썼을 법도 한데, 이상한 일이지요? 꽃무릇에 대한 시가 별로 아니 거의 없으니 그것도 뜻밖입니다. 어쩌면 제가 미처 모르고 있는 것일지도……. 아무튼 제가 아는 시는 딱 두 편입니다. 문인수 시인의 「상사화」라는 작품과 김소연 시인의 「꽃이 지고 있으니 조용히 좀 해 주세요」라는 작품입니다.

달 돋듯, 아 막니 내밀 듯
상사화의 싹이 또 어둔 땅에서 도진다.

온몸이, 영혼이 다 송두리째 모가지다.

— 문인수, 「상사화」 부분

문인수 시인의 「상사화」가 꽃무릇인지 아니면 상사화인지는 잘 모르겠습니다만, 그게 중요한 것은 아니지요. 이루어질 수 없는 사랑인 줄 알면서도, 영원히 만날 수 없는 사랑인 줄 알면서도, 영원히 닿을 수 없는 당신인 줄 알면서도, "달 돋듯, 아 막니 내밀 듯 / 상사화의 싹이 또 어둔 땅에서 도진다"고 합니다. 그 모습 보면서, 그 싹을 보면서 시인은 "온몸이, 영혼이 다 송두리째 모가지다"라고도 합니다.

생각하면 사랑만큼 지독하고 사랑만큼 미련하고 사랑만큼 저돌적인 게 또 있을까요? 이루어질 수 없는 줄 알면서도 사랑에 빠지고, 닿을 수 없는 줄 알면서도 사랑에 빠지니 말입니다.

할망구처럼 쪼그리고 앉아 들여다본다
목덜미에 감기는 바람을 따라온 게 무언지는
알아도 모른다고 적는다

바다 위로 내리는 함박눈처럼
소복소복도 없고 차곡차곡도 없었다고
지금은 그렇게 적어둔다

— 김소연, 「"꽃이 지고 있으니 조용히 좀 해 주세요" —
선운사에 상사화를 보러갔다」 부분

문인수 시인의 상사화와는 다르게 김소연 시인의 상사화는 분명히 꽃무릇을 말하고 있는데요. 선운사 도솔천 따라 군락을 이룬 꽃들은 상사화가 아니라 꽃무릇이기 때문입니다. 고창의 선운사를 가본 적 있는지요? 선운사는 동백으로 유명하지만, 서정주를 비롯한 수많은 시인들이 선운사의 동백을 노래했지만, 사실 선운사의 풍광은 꽃무릇이 피는 가을에 정점을 이루지요. 9월 말 조금씩 가을이 깊어지면 동백만큼이나 붉은 꽃무릇들이 군락을 이루며 피어납니다.

김소연 시인도 지금 그 꽃무릇 군락을 바라보고 있는 것일 텐데요. 쉿! "꽃이 지고 있으니 조용히 좀 해 주세요." 발치에 쪼그리고 앉아, "할망구처럼 쪼그리고 앉아" 꽃무릇 바라보고 있는, 꽃무릇의 빛깔과 향기에 취한 시인의 모습이 눈에 선합니다.

꽃과 잎이 서로를 그리워할 뿐 결코 만날 수 없는 비련한 운명을 가진 꽃. 선운사의 꽃무릇에는 애틋한 사랑 이야기가 전해옵니다. 아주 오래전, 선운사 스님을 짝사랑한 여인이 상사병에 걸려 죽은 후 그 무덤에서 꽃이 피어났다는 이야기도 전해지고 한편으론 선운사의 젊은 스님이 절을 찾은 어린 처녀에게 반해 시름시름 앓다가 그만 피를 토하고 죽었는데 그 자리에 피어난 꽃이 지금의 꽃무릇이라는 이야기도 전해집니다.

전설은 전설일 뿐, 절집에 꽃무릇이 군락을 이루는 실제 이유는 사실 따로 있습니다. 바로 꽃무릇 뿌리에 있는 독성 때문인데요. 코끼리도 쓰러뜨릴 만큼 강한 독성분으로 인도에서는 코끼리 사냥용 독화살에 발랐다지만 국내에서는 사찰과 불화를 보존하기 위해 사용해 왔다고 합니다. 절집을 단장하는 단청이나 탱화에 독성이 강한 꽃무릇의 뿌리를 찧어 바르면 좀이 슬거나 벌레가 꾀지 않는다고 합니다. 실제로는 이런 필요에 의해 심은 것이 번져 군락을 이룬 것이지요.

　우리나라의 대표적인 꽃무릇 군락지는 고창의 선운사와 영광의 불갑사 그리고 함평의 용천사를 꼽을 수 있는데요, 그중에서도 선운사 꽃무릇이 유명한 것은 도솔천 때문일 겁니다. 도솔천을 따라 핏빛 붉은 군락을 이룬 꽃무릇들……. 개울에 그 그림자를 드리우면 물속에서도 붉은 꽃무릇들이 군락을 이룹니다. 도솔천을 따라 올라가다 보면 그렇게 물 밖에서 물속에서 붉은 꽃들이 지천을 감싸 피어나니 마침내 꽃멀미가 날 지경이지요.

　　여보 꽃구경 가요

　　잎 지면 잎 진 대로 그리우면 그리운 채로 오늘은 잎 없이 붉은 꽃 피고

달 돋듯, 아 막내 내밀듯
상사화의 싹이
또 어둔 땅에서 돋진다

온몸이, 영혼이 다
송두리째 모가지다

　　-문인수, 상사화

꽃 지면 꽃 진 대로 서러우면 서러운 채로 내일은 꽃 없이 푸른 잎
돋네

백년해로 구억만리가 구비구비 고빗길이구나, 천야만야 벼랑길이
구나
그립다 서럽다, 천근만근 녹슨 쇳덩일랑 어여 내려놓아라
고빗길 구비치거든 따로 또 같이 구비쳐 오르고, 벼랑길 휘돌거든 함
께 또 홀로 휘돌아 가라
백년해로 가는 걸음, 엇박 걸음이 정박 걸음이다
피고 지고 오르고 내리고 구비치고 휘돌고, 따로 같이 함께 홀로 엇
박자로 흘러라

도솔천 그늘 속이 花르륵화르륵 화르르륵
붉디붉은 꽃미륵부처들로 야단법석이로세
선운사 오르다 간밤의 다툼일랑 까마득히 잊었어라
花르르 사르르 꽃으로 풀렸어라

여보 꽃구경 가자

— 박제영, 「꽃무릇」 전문

　어느 날 그런 생각이 들었더랬습니다. 부부로 산다는 게 어쩌면 꽃
무릇처럼 사는 거 아니겠나. 만날 수 없는 둘이 한 뿌리로 만나 엮여 서
로를 그리워하면서 함께/홀로 어울렁더울렁 사는 거. 그렇게 검은 머
리가 파 뿌리 되는 거 아니겠나. 줄시 「꽃무릇」은 그렇게 선운사 꽃무

룻이, 꽃미륵이, 꽃부처가 불러준 대로 옮겨 적은 것입니다.

　가을이 가기 전에, 꽃무릇이 다 지기 전에 영광의 불갑사든, 함평의 용천사든, 고창의 선운사든 다녀올까 합니다. 당신도 함께 가시면 어떨까요? 절집 가는 길 지천에 핀 꽃무릇 보시면 꽃미륵을 만났거니 합장 한 번 하시고, 그 아련한 사연과 정취에 흠뻑 보시면 어떨까요? 꽃무릇 다 지기 전에 말입니다. 🌺

억새
알몸의 그대가 나부껴 온다

"아~아~ 으악새 슬피 우니 가을인가요~" 1950년대 원로가수 고복수가 불러 수십 년 동안 사람들의 심금을 울린 노래, 「짝사랑」이라는 노래의 첫 구절입니다. 어릴 때는 저 노래를 들으면서 으악새라는 새가 어떤 새일까 궁금했었는데, 누군가 그러더군요. 으악새라는 게 새가 아니라 억새라고. 가을바람에 흔들리는 억새를 시적으로 표현한 것이라고. 그후 지금까지 수십 년 동안 억새로 알고 살았는데, 요즘 새로 듣기로 어떤 이는 으악새가 왜가리라고 하고, 또 어떤 이는 소쩍새라고 하더군요. 함경도에서는 으악 으악 하는 그 울음소리 때문에 왜가리를 왁새라고 부르는데 거기서 왔다는 설. 가을 소쩍새를 으악새로 불렀다는 설. 글쎄요. 어떤 것이 정답인지 여전히 모르겠습니다만, 으악새가 왜가리면 어떻고 소쩍새면 어떻고 또 가을바람에 흔들리는 억새풀이면 어떻겠습니까. 내 마음이 닿은 게 어디냐 그게 중요한 것이겠지요. 노랫가락에 그저 마음을 맡기면 되는 일이겠지요.

억새 얘기를 하는데 혹시 갈대로 생각하시는 것은 아니겠지요. 억새와 갈대는 둘 다 다년생 볏과 식물이라는 점에서 같기도 하고 또 워낙

생김새가 비슷하다보니 많은 사람들이 갈대와 억새를 같은 줄로 압니다만, 둘은 다른 식물입니다. 갈대는 강가나 바닷가 습지에서 자라는 식물이고, 억새는 산이나 들에 마르고 척박한 환경에서 자라는 식물입니다. 가을바람이 불면 온몸으로 흔들리면서(이 점에서는 비슷한데 흔들리는 모양도 가만히 보면 많이 다릅니다) 갈대는 흑갈색의 꽃이 춤을 추고, 억새는 하얀 은빛의 꽃이 춤을 추지요. 일반적인 생각과 달리 갈대가 억새보다 더 억세고 단단합니다. 억새꽃이 오히려 야들야들 부드럽지요. 그러니 여자의 마음은 갈대라는 말은 좀 아쉽습니다. 갈대가 남자라면 억새가 조금은 더 여자에 가깝지요. 그러니 여자의 마음은 갈대라는 말보다는, "사나이 우는 마음을 그 누가 아랴 / 바람에 흔들리는 갈대의 순정 / 사랑엔 약한 것이 사나이 마음 / 울지를 마라 아~아아아~~아 갈대의 순정" 박일남이 부른 「갈대의 순정」이 제대로다

무성한 억새 줄기를 헤치며
민둥한 등뼈를 따라
알몸의 그대가 나부껴 온다
그대를 맞는 내 몸이 오늘 신전이다

－김선우, 민둥산

싶습니다. 억새와 갈대, 둘은 멀리서 얼핏 보면 같아 보이지만, 가까이서 자세히 보면 다른 식물이란 사실, 잊지 마시기 바랍니다.

　가을이 깊어지면 창녕의 화왕산에도 정선의 민둥산에도 포천의 명성산에도 억새가 한창일 텐데요……. 궁예가 나라를 잃고 피울음을 토했다는 전설이 전해지는 명성산의 억새밭을 따라 걷다보면, 은빛 억새 위로 붉은 노을이 번지는 모습을 보다보면, 정말로 피눈물 같다는 생각이 들기도 합니다. 가을 억새가 다 지기 전에, 명성산이 아니더라도 억새는 자라고 있을 터이니 아무 산이라도 올라 억새밭을 걸어보시면 어떨까 싶습니다.

　　　　명성산이 노을에 잠기면
　　　　억새들은 명부를 흐르는 수천의 붉은 실핏줄들이다

　　　　저것을 지중해 너머에서 본 적이 있다

　　　　올레! 올레!
　　　　투우사의 붉은 천이 흔들리고 검은 소는 질주한다
　　　　네 개의 은검이 등에 꽂히고
　　　　마드리드의 석양 아래 검은 황소는 쓰러진다
　　　　일순 적막의 모래 위
　　　　산 자와 죽은 소, 마주 선 그림자 사이로 번지는 붉은 피

　　　　　　　　　　　　　　　　　　　　— 박제영, 「노을」 부분

노을에 붉게 물드는 억새를 보게 되면 여러분은 어떤 이미지를 떠올리고, 어떤 생각을 하게 될까요? 저는 왜 하필이면 지중해 너머 스페인 마드리드에서 보았던 그 검은 황소를 떠올린 것일까요?

> 　　내가 버리지 못하는 것 죄다
> 　　죄다 죄다 죄다
> 　　너는 버리고 있구나
> 　　흰머리 물들일 줄도 모르고
> 　　빈 하늘만 이고 서 있구나

— 이근배, 「억새」 부분

　　이근배 시인의 「억새」라는 시도 노을에 번지는 억새를 바라보면서 쓴 것이 아닐까 싶은데요, 시인은 왜 억새에서 '죄'를 떠올린 것일까요? 시인은 '죄다'라는 말이 '죄(罪)를 지었다'라는 뜻과 '남김없이 모조리'라는 뜻, 둘 다 포함해서 읽히기를 바랐을 겁니다. 어느 뜻으로 읽

느냐에 따라 시의 느낌이 사뭇 다르지요?

아무튼 억새는 낮에 밝은 태양 아래 은어처럼 은빛으로 바람에 출렁이는 모습을 보는 것도 좋습니다만, 석양 아래 붉게 물들 때 그 처연한 모습이야말로 억새의 진짜 모습이 아닐까 싶습니다.

> 환해진 젖꽃판 위로 구름족의 아이들 몇이 내려와
> 어리고 착한 입술을 내밀었고
> 인적 드문 초겨울 마른 억새밭
> 한기 속에 아랫도리마저 벗어던진 채
> 구름족의 아이들을 양팔로 안고
> 억새밭 공중정원을 걸었다 몇번의 생이
> 무심히 바람을 몰고 지나갔고 가벼워라 마른 억새꽃
> 반짝이는 살비늘이 첫눈처럼 몸속으로 떨어졌다
>
> — 김선우, 「민둥산」 부분

김선우 시인의 「민둥산」은 저로서는 흉내도 못 낼 만큼 엄청나게 스케일이 큽니다. 보세요. 김선우 시인과 민둥산과 억새가 만드는 알몸의 향연을.

윗도리를 벗은 젖꽃판 위로 어머나! 이를 어쩔까요? 바람을 타고 내려온 구름족 아이들의 "어리고 착한 입술"이 포개지고 있습니다. 숨어서 지켜보는 제 심장은 하이고 그만, 두근! 두근! 구경꾼의 인적을 짐짓 모른 척하며 (에구머니나!) 추운 것도 잊은 듯, 이제는 아예 "아랫도리마저 벗어버린 채" (보세요!) "구름족 아이들을 양팔로 안고"는 하늘하늘 억새밭 구름정원 위에서 살랑살랑 춤을 추고 있습니다. 저 알몸의 춤사위를 보세요! 이만큼 아름다운 알몸의 풍경을 저는 일찍이 본 적이 없습니다. 당신은 어떤가요?

가을이면 울긋불긋 오색으로 물드는 단풍을 따라 많은 사람들이 북녘에서 남도까지 단풍여행을 떠나기 마련입니다만, 은빛과 석양에 물드는 붉은 빛 오로지 두 가지 색만으로도 충분히 가을의 정취를 느끼게 해주는 게 바로 억새입니다. 하늘과 바람과 구름 그리고 노을밖에 없는 황량한 들판 위로, 산비탈 위로 은빛 물결, 붉은 파도를 펼쳐 보이는 억새는 어쩌면 가을이 보여주는 모든 풍경 중의 풍경, 가을 풍경의 진수가 아닐까 싶습니다.

"흔들리지 않고 피는 꽃이 어디 있으랴" 도종환 시인은 그리 노래했지만, 세상의 모든 꽃들이 저마다 저의 아픔만큼 흔들리며 꽃피는 것이겠지만, 가을의 억새를 보고 있노라면 그런 생각도 듭니다. 억새만큼 흔들리는 꽃이 어디 있으랴, 저토록 아프게 저를 흔드는 꽃이 지상에 또 어디 있으랴. 가을엔 여행을 떠나, 억새 여행을 떠나, 당신만의 시구(詩句) 하나쯤 건져 오시는 건 어떨는지요. 아~아~ 으악새 슬피 우~니……. 🌸

무화과

간절이 피워낸 꽃 없는 꽃

꽃보다 더 뜨겁고 꽃보다 더 서러운 서리꽃. 그 서리꽃만큼이나 서러운 꽃이 또 있습니다. 꽃이면서도 꽃이라 불리지 못하는 서러운 꽃. 무화과입니다. 요즘 젊은 사람들은 모를 수도 있겠지만, 중년의 세대들에게 무화과 하면 떠오르는 노래가 있지요? 김지애의 「몰래한 사랑」(김동원 작사, 이용 작곡) 말입니다.

> 그대여 이렇게 바람이 서글피 부는 날에는 / 그대여 이렇게 무화과는 익어가는 날에도 / 너랑 나랑 둘이서 무화과 그늘에 숨어 앉아 / 지난날을 생각하며 이야기하고 싶구나 / 몰래 사랑했던 그 여자 / 또 몰래 사랑했던 그 남자 / 지금은 어느 하늘 아래서 / 그 누굴 사랑하고 있을까

1990년대 초 대중의 사랑을 받았던, 몰래한 사랑을 무화과에 빗댄 노래인데, 이런저런 모임 때면 기타 반주에 맞춰 참 많이 불렀던 기억이 아직도 선합니다. 제가 무화과라는 꽃 혹은 과일에 대해 관심을 갖게 된 것은 사실 전적으로 저 노래 때문이라고 해도 과언은 아닙니다.

무화과(無花果)를 글자 그대로 해석하면 '꽃 없이 맺는 열매'란 뜻입니다. 그런데 실은 틀린 얘기입니다. 사실은 그 열매 속에 꽃(속꽃)이 피었지요. 겉으로는 열매만 보일 뿐 꽃이 보이지 않으니, 그 속의 꽃을 알 길이 없는 사람들은 그저 무화과라고 부르며 신기하게 여겼던 것이지요. 그 서러운 속사정을, 서러운 속꽃을 일찍이 간파한 가인들과 시인들만이 무화과를 꽃으로 불러주었는지도 모르겠습니다.

아무도 몰래 꽃을 삼킨 둥글고 달콤한 생각의 뿌리에는
사슴뿔을 단 늑대가 서식한다

… 중략 …

하지 마, 하지 마, 두 마리의 짐승이 잎사귀를 흔드는 저녁
손바닥보다 작은 잎사귀는 극단을 가린
최초의 그늘 혹은

벌거벗은 서녘이 사슴뿔에 걸릴 때
당신이라는 페이지 속에서 무화과나무 열매가
툭, 터졌다

— 강영은, 「無花果」 부분

강영은 시인은 무화과를 가리켜 '꽃을 삼킨 과일'이라고 합니다. '꽃없는 과일'(無花果)이 아니라, 꽃 없이 맺은 열매가 아니라, 기어이 꽃을 삼킨 열매랍니다. 무엇보다 이 시가 보여주고 있는 것은 창세기

의 한 풍경이 아닐까 싶습니다. 아담과 하와가 금단의 열매를 먹고 비로소 부끄러움을 알게 되고, 알몸을 무화과 잎으로 가리게 되었다는 「창세기」 3장 7절을 기억하면서 다음의 문장을 다시 읽어보시기 바랍니다. "하지 마, 하지 마, 두 마리의 짐승이 잎사귀를 흔드는 저녁 / 손바닥보다 작은 잎사귀는 극단을 가린 / 최초의 그늘 혹은 // 벌거벗은 서녘이 사슴뿔에 걸릴 때 / 당신이라는 페이지 속에서 무화과나무 열매가 / 툭, 터졌다" 어떤가요? 시인이 전하는 메시지가 느껴지시나요? 그렇다면 또 하나의 시를 읽어봐야겠습니다. 강기원 시인의 시, 「무화과를 먹는 밤」입니다. 아, 이 시를 읽기 전에 이번에는 성경 대신 꾸란의 한 구절을 기억하는 게 좋겠습니다. "무화과와 올리브와 시나이 산과 성스러운 도시 메카를 놓고 맹세하노니 인간은 가장 위대한 형태로 창조되었으나 비천한 것 중의 비천한 것으로 떨어졌노라."(「꾸란」 95장 1~4절) 다 읽으셨다면, 이제 강기원 시인의 시를 읽어보겠습니다.

열매 속에 꽃이 피었지요
속꽃이지요
열매가 꽃을 품었지요
꽃 없이 꽃 피우는 간절한 꽃
무화과, 서러운 꽃이지요

심장 같은 무화과

자궁 같은 무화과

발정 난 들고양이 집요하게 울어대는 여름 밤

달빛, 흰 허벅지

죄에 물들고 싶은 밤

물컹거리는

무화과를 먹는다

— 강기원, 「무화과를 먹는 밤」 부분

벌거벗은 서녘이 사슴뿔에 걸릴 때
당신이라는 페이지 속에서
무화과 나무 열매가
툭, 터졌다
　　　　-강영은, 무화과

다시 말하지만 '무화과라는 이름'이 잘못이지 '무화과'는 죄가 없지요. 무화과는 억울한 누명이지요. 단지 다른 꽃과 달리 열매 속에 꽃을 피웠을 뿐입니다. 열매가 꽃을 품었을 뿐입니다. 그렇다면 열매가 꽃을 품은 것이 죄일까요? 아니면 열매가 품은 속꽃을 보지 못함이 죄일까요? 생각하면 속꽃을 보지 못한 자들의 풍문이 무화과라는 낙인을 찍고 무화과를 죄인으로 만든 것은 아닐까요. 무화과는 오히려 무지와 비열함이 만들어낸 속죄양이 아닐까요. 그러니 "죄에 물들고 싶은 밤"이라는 시인의 말은 역설입니다. 시인은 "발정 난 들고양이" 무리로부터 '무화과라는 낙인'을 '무화과라는 주홍글씨'를 무화과에게서 지워주고 싶은 것이지요. 그렇지 않은가요?

무화과는 성서와 꾸란에 등장할 만큼 유사 이래 인류와 함께한 과일 중의 하나입니다. 인류가 심었던 가장 오래된 꽃 중의 하나이지요. 지중해에서 아시아에 이르기까지 그 분포도 광범위합니다. 다만 우리나라는 기후조건 때문에 주로 남쪽에서 자라는데, 그중에서도 전라도 영암이 무화과로 유명하지요.

우리나라에서 무화과를 처음 본 사람은 연암 박지원이라고 하는데요, 사실인지 아닌지는 모르겠지만, 아무튼 연암의 『열하일기』에 보면 이런 구절이 나옵니다. "잎은 동백 같고 열매는 십자 비슷하다. 이름을 물은 즉 무화과라 한다. 열매가 모두 두 개씩 나란히, 꼭지는 잇대어 달리었고, 꽃 없이 열매를 맺기 때문에 그렇게 이름 지은 것이라 한다."

무화과는 은화과(隱花果), 은두화(隱頭花), 은두화서(隱頭花序) 등으로 불리기도 하는데요, 무화과라는 이름이 그렇듯이 꽃이 보이지 않은 데서 유래한 이름들입니다. 그런데 이 무화과를 부르는 이름 중에 재미있는 게 있습니다. 충청도와 전라도 일부 지역에서는 예전부터 무화과를 '젖꼭대기', '젖꼭지', '젖꼭지 나무' 등으로 불렀다는데요, 그 생긴 모양 때문인지 아니면 무화과가 모유 분비를 촉진해주는 효능이 있어서 그런 건지는 잘 모르겠습니다. 한편 무화과는 영어로 '피그'입니다. 돼지를 뜻하는 pig가 아니라 fig. 그러니 외국의 레스토랑이나 카페

메뉴에 fig라는 이름이 붙어 있으면 그 요리는 무화과를 재료로 쓴 것이라는 것! 팁으로 알려드립니다.

> 몽룡이
> 꽃 없는 애무는 적막하다고
> 옮겨 적으니
>
> 춘향이 받아
> 꽃 없이 꽃 피우는 것은 간절이라고
> 고쳐 적는다
>
> 간절이 지핀 불꽃
> 무화(武火)가 무화(無花)를 태우면서
> 별리의 정을 나누니
>
> 춘향이 붉다
> 몽룡도 따라 붉다
>
> — 박제영, 「무화과」 전문

　무화과는 금기(禁忌)와 에로틱을 품은 꽃이요. 어쩐지 서럽디서러운 정조(情調)가 느껴지는 꽃. 춘향과 몽룡을 통해 그러한 무화과의 느낌을 그려본 것인데, 글쎄요 당신은 어떻게 느끼실지 모르겠습니다. 🐾

사루비아

무슨 미련이 남아 홍등을 밝히고 있나

어릴 때 등하굣길 꿀물을 빨아먹곤 했던 꽃이 있습니다. 친구들끼리 그저 꿀꽃, 꿀꽃이라고 불렀던 꽃. 꿀꽃 핀 개울 건너편에는 속칭 미아리 텍사스라 불리던 사창가가 있었습니다. 그곳에 누나들이 참 많이 살았습니다. 그 누나들이 그곳에서 무슨 일을 하는지 그때는 몰랐습니다.

눈물에 젖은 장미들이 웃음을 파는 거리 / 사람들의 비웃음도 자장가 삼아 / 흩어진 머리 다듬고서 내일을 꿈꾼다오 / 그 언젠가 찾아가리 해 돋는 집으로 / 꽃피는 마을 내 고향에 어머님 곁으로 / 햇빛 없는 뒷골목에 꽃은 시들어 / 외로운 사연 넘쳐 흘러 설움도 많다오 ♬

김상국의 「해돋는 집」이 무엇을 노래하고 있는지 그 뜻을 알게 된 그 무렵, 그 누나들이 무슨 일을 하는지 알게 된 그 무렵, 비로소 꿀꽃이 아니라 사루비아라는 것을 알았습니다. 사루비아를 볼 때마다 텍사스 햇빛 없는 뒷골목 홍등이 아련해지고, 홍등을 볼 때마다 붉은 사루비아가 아련해지는 까닭입니다.

붉은 혀
뿌리에 닿아 봤으니
되었다 되었다며
···
사루비아
무슨 미련이 남아
홍등을
밝히고 있느냐

　장인어른이 돌아가시고 처음 맞는 추석. 성묘를 마치고 내려오는 길에 붉은 사루비아 꽃들이 흐드러지게 피었던 것을 기억합니다. 장인어른을 아직 보내지 못한 장모님이 사루비아처럼 붉은 눈물 뚝뚝 흘렸던 것을 기억합니다. 가을이 이울어도 이울지 못하는 마음, 그것이 미련인지 아니면 미련함인지…… 글쎄요……. 아직 꺼지지 못한 조등(弔燈)인 듯, 님 그리는 홍등(紅燈)인 듯. 사루비아 그렇게 흐드러지게 피었던 것을 기억합니다.

　붉은 혀
　뿌리에 닿아봤으니
　되었다 되었다며

고운점박이푸른부전나비

서산에 들고

가을도 저만치 이우는데

사루비아

사루비아

무슨 미련이 남아

홍등(紅燈)을

밝히고 있느냐

고운점박이푸른부전나비

가고 없는데

붉은 립스틱 짙게 바르고

니나노

니나노

불러도 오지 않는 이

무슨 미련이 남아

홍등을 밝히고 있느냐

— 박제영, 「사루비아, 니나노 그리고 홍등」 전문

국어사전을 찾아보면 "사루비아는 샐비어(Salvia)의 잘못된 표현"이라고 나옵니다. 인터넷을 검색하니 마침 이런 기사도 있습니다.

'샐비어'를 '사루비아'로 부르는 것은 일본의 영향 때문이다. 일본 사람들은 'ㄹ' 받침 발음을 잘하지 못한다. 그런 까닭에 '샐비어'를 제대로 소리 내지 못하고, '사루비아'라고 소리 낸다. 우리가 'ㄹ' 받침을 소리

내지 못한다면 어쩔 수 없겠지만, '샐비어'로 충분히 소리 낼 수 있는데도 일본 발음을 그대로 적는 것은 부끄러운 일이다.

— 스포츠경향, 2010년 7월 11일자

실은 샐비어의 일본식 발음인 사루비아가 그대로 굳어진 것이겠지요. 그렇더라도 (익숙해진 탓이겠지만) '샐비어'보다는 '사루비아'가 더 친근하고 어울리는 느낌을 주는 건 어쩔 수 없나 봅니다. 무엇보다 삶의 어떤 비릿함을 '샐비어'라는 말이 담아내지는 못하지 않나 싶습니다. '사루비아'라는 말에 담긴 그 비릿함 말입니다. 그러니 사루비아를 사루비아라 부른다고 부끄러운 일일까요? 저는 잘 모르겠습니다.

사루비아는 쥐의 꼬리를 닮았다 해서 쥐꼬리풀, 서미초(鼠尾草)라고도 하고, 깨를 닮아 깨꽃이라고도 한다는데요, 실제로 보면 그럴 듯합니다. 쥐꼬리를 닮기도 했고, 깨를 닮기도 했으니 말입니다. 아, 저는 이 사루비아를 어린 시절에 꿀꽃이라고 불렀다고 했지요. 당신은 뭐라 불렀을까요? 당신만의 사루비아를 가지고 있나요?

사루비아는 브라질이 원산지인 귀화식물이고 꽃말은 '정열'이지요. 그러고 보니 왠지 브라질의 리우 카니발이 떠오르기도 합니다. 벗은 듯 입은 듯 비키니에 화려한 깃털로 장식한 채 열정적으로 삼바 춤을 추는 무희들……. 사루비아를 가만히 들여다보면 정말로 뜨거운 태양 아래 춤을 추는 무희들 같기도 하니 말입니다. 그런 사루비아가 오히려 저를 아프게 하는 시편이 있는데요, 바보사막이라 불렸던 故 신현정 시인의 유고시, 「사루비아」입니다.

296 / 사는 게 참 꽃 같아야

꽃말을 알지 못하지만 나는

사루비아에게

혹시 병상에 드러누운 내가

피가 모자랄 것 같으면

수혈을 부탁할 거라고

말을 조용히 건넨 적이 있다

— 신현정, 「사루비아」 부분

생전에 선생께서는 엉뚱발랄 유쾌통쾌 그런 시편들로 독자들을 달래고 위로해주었는데, 병상 중에 쓰신 「사루비아」만큼은 선생 특유의 유머가 보이지 않습니다. 오히려 사루비아에게 수혈을 부탁한다는 대목에서는 선생의 절박한 심정이 느껴져 아프기까지 합니다.

가을 햇볕 아래 새빨갛게 핀 사루비아를 보면 떠오르게 되는 시는 정양 시인의 「사루비아」입니다. 새빨간 거짓말처럼 한사코 핀 사루비아. 사랑의 계절(여름)을 보내고 이제 이별의 계절(가을)인데, 아직도 사루비아 꽃이 바람에 살랑살랑 붉은 몸짓을 보내고 있으니, 숨 막힐 법도 하겠다 싶고, 새빨간 거짓말이란 말도 그럴 듯하다 싶기도 합니다.

너를 안으면 세상이

다 내 것 같았다

… 중략 …

숨 막히어 훔쳐보는 사루비아꽃

새빨간 거짓말처럼

사루비아는 한사코 피어 있다

— 정양, 「사루비아」 부분

가을 햇볕 아래 새빨간 거짓말처럼 한사코 피어 있는 사루비아. 그 사루비아도 가을이 지나면 마침내 새빨간 거짓말처럼 지고 말 것이니. 꽃은 반드시 꽃을 지나는 법이니. 사루비아를 시인의 눈으로 보면 한편으로는 한 삶과 한 죽음이 교차하기도 하는 것인데요.

사루비아 활짝 피어 스스로 사루비아가 되어갈 때 달래주어야만 해
… 중략 …
꽃이 꽃을 지나 사막으로 가는구나
꽃이 꽃을 지나 풀벌레에게로 가는구나

— 장석남, 「꽃이 꽃을 지나」 부분

사루비아 붉은 꽃이 붉다 붉다 그예 지고 맙니다. 피골이 상접한 저녁노을이 아주 오기 전에 달래주고 다독여주어야 할, 꽃 같은 당신에게, 꽃을 지나 사막으로 가고 있는 당신에게, 편지를 띄워야겠습니다. 더 늦기 전에.

코스모스
방향 없는 그리움으로 핀

"코스모스 한들한들 피어 있는 길 / 향기로운 가을 길을 걸어갑니다" 가수 김상희가 부른 「코스모스 피어있는 길」은 시도 때도 없이 흥얼거리던 국민 가요였지요. 물론 가을이면 어김없이 라디오에서 흘러나오던 노래이기도 했고요. 가을입니다. 하늘은 더 이상 시릴 수 없을 만큼 푸르고 만산의 홍엽은 더 이상 아릴 수 없을 만큼 붉으니 가을이 마침내 절정에 다다릅니다.

코스모스 한들한들 피어 있는 길, 향기로운 가을 길을 걸으면 코스모스 꽃잎 하나에 이름 하나, 꽃잎 하나에 시 한 수 적어 날리고 싶어지곤 하지요. 코스모스 꽃잎 편지를 띄워 보내면 어떤 꽃잎은 수취인 불명으로, 어떤 꽃잎은 주소 불명으로 되돌아올지도 모르겠지만, 또 어떤 꽃잎은 백만 년쯤 지나 그대에게 도착할지도 모르겠지만, 그래도 한때 우주를 건너와 "내가 사랑했던 사람"의 어떤 가을을 생각하며 그대들에게 편지를 띄우고 싶어지곤 합니다.

참으로
내가

사랑했던 사람의

一生

코스모스

또 영

돌아오지 않는

少女의

指紋

— 박용래, 「코스모스」 부분

　먼 남쪽 바다, 애월이라는 지명을 처음 알게 해주었던 그 아이. '연애
처럼 주고받은 오늘의 편지들이 사실은 소꿉장난'이라며 '먼 훗날 기
억마저 희미해질 먼 훗날 우연히 문득 떠올리게 된다면 열여섯 살 계
집아이와 열일곱 살 사내아이의 그저 풋풋한 소꿉장난이었음을 알게

흔들리면서
기꺼이
흔들리면서
꽃을 피우네
코스모스 —

될 거'라던 그 아이. '먼 훗날 어느 가을 호젓한 오솔길을 홀로 걸을 때 혹여 코스모스 피었거든 그 붉은 잎에 박용래의 「코스모스」 한 구절 적어 바람에 날려 보내주면 그것으로 좋겠다'던 그 아이. 자기가 진정 사랑한 것은 박용래와 니코스 카잔차키스라 했던, 스무 살 그 꽃 같은 나이에 스스로 세상을 등진, 그 아이의 지문이 가끔 살아오는 가을이 있습니다. 그 소녀는 애월에 살았습니다.

> 애월(涯月)에선 취한 밤도 문장이다 팽나무 아래서 당신과 백 년 동안 술잔을 기울이고 싶었다 서쪽을 보는 당신의 먼 눈 울음이라는 것 느리게 걸어보는 것 나는 썩은 귀 당신의 목소리가 들리지 않는다 애월에서 사랑은 비루해진다
>
> — 서안나, 「애월 혹은」 부분

오랫동안 잊고 있던 그 아이를 다시 떠올린 건, 지워졌던 기억들이 떠오른 건, 서안나의 시, 「애월 혹은」 때문이었습니다. 그 소녀가 내게 보냈던 문장들, 어금니같이 아려 오던 검은 문장들. 지금 생각해보니 그 소녀에게 어쩌면 세상은 혼돈, 카오스(chaos)였을지 모르지요. 그 소녀가 애월의 절벽에서 뛰어내린 건 죽음이 아니라 어쩌면 코스모스(cosmos)로 가는 여행이었을지도 모르겠습니다. 언젠가 애월에 닿거든 그리하여 그곳에 코스모스 피었거든 오늘의 이 이야기를 기억해주시길요.

> 方向 없는 그리움으로 발돋움하고
> 다시 鶴처럼 슬픈 모가지를 빼고 있다.

붉은 心臟을 뽑아 머리에 이고
가녀린 손길을 젓고 있다.

— 조지훈, 「코스모스」 부분

방향 없는 그리움으로 핀 꽃. 학처럼 슬픈 모가지를 하고, 붉은 심장을 뽑아 머리에 이고 있는 가녀린 꽃. 코스모스가 피는 가을이면 애월이 떠오르는 까닭입니다. 수취인 불명이 되어 되돌아오겠지만, 그래도 가을바람에 코스모스 꽃잎 편지를 띄워 보내고 싶어진다면 당신 안에도 어떤 소녀가 있다는 뜻일 테지요.

코스모스는 뜻밖에도 국화과의 꽃입니다. 여덟 개의 얇은 잎으로 국화라니요! 그렇다면 코스모스는 국화가 되다만 꽃이겠다 싶습니다. 조금은 모자란 꽃이겠다 싶습니다. 그런데 코스모스랍니다. 우주랍니다. 질서랍니다. 우주라니요! 질서라니요! 그 까닭을 이규리 시인은 이렇게 얘기하지요.

코스모스의 중심은 흔들림이다
흔들리지 않았다면 결코 몰랐을 중심,
중심이 없었으면 그 역시 몰랐을 흔들림,
아무것도 숨길 수 없는 마른 체형이
저보다 더 무거운 걸 숨기고 있다

— 이규리, 「코스모스는 아무 것도 숨기지 않는다」 부분

이해되시나요. 왜 코스모스가 코스모스라는 이름을 갖게 되었는지.

이 우주가 그러하지요. 이 우주의 질서가 또한 그러합니다. "우주의 중심은 흔들림"이라는 시인의 통찰. "흔들리지 않았다면 결코 몰랐을 중심"과 "중심이 없었으면 그 역시 몰랐을 흔들림"이라는 예리한 통찰. 그러고 보면 코스모스의 꽃잎이 왜 여덟 개인지 알겠습니다. 불가에서 말하는 팔정도(八正道 : 正見, 正思惟, 正語, 正業, 正命, 正念, 正精進, 正定)가 그렇고, 주역의 팔괘(八卦 : 一乾天, 二坤地, 三震雷, 四巽風, 五坎水, 六離火, 七艮山, 八兌澤)가 그렇고……. 여덟 개의 꽃잎이 그냥 여덟이 아닐 수도 있겠다 싶습니다. 아닌가요?

> 코스모스 꽃길이 아름다운 것은
> 꽃과 더불어 잎도 줄기도
> 기쁘게 흔들리기 때문이다
> 그때쯤 하늘은 한 뼘 더 높아진다
> 제 그늘은 한사코 간직하면서
> 꽃은 그늘 아래 움츠리지 않는다
>
> — 이대흠, 「코스모스 꽃길에서」 부분

    세상살이의 이치, 모듬살이의 이치를 코스모스가 가르쳐주는 계절. 가을이 깊습니다. 흔들리면서 기쁘게 흔들리면서 기꺼이 꽃을 피우는 꽃. 우리 모두 코스모스처럼 꽃을 피웠으면 좋겠습니다. 🌺

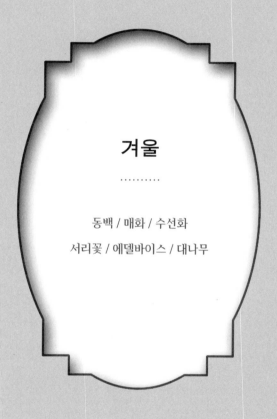

겨울

....

동백 / 매화 / 수선화

서리꽃 / 에델바이스 / 대나무

동백
지독한 사랑

겨울꽃. '동백꽃'이 겨울에 피는 나무라고 해서 한자로 쓰면 冬栢(동백)이라고 씁니다. 글대로 해석하자면 「겨울에 피는 측백나무」라고 말해지겠지마는 '측백나무(직나무)'는 소나무 족속의 식물이니까 잎새부터가 동백나무와는 아주 다릅니다. 그저 측백나무의 늘 푸름(常綠)의 그러한 철학에서 이렇게 이름을 부른 것에 틀림없습니다. 동백꽃은 따로 '산다화(山茶花)'라고도 하여 '冬栢(동백)'이라는 한자 이외에 '棟栢(동백)'이라고도 씁니다. 동백꽃은 '칠레'의 국화입니다.

— 조동화, 『사랑의 꽃 이야기』(영민사, 1973)

선운사 동백꽃을 보러 갔더니
동백꽃은 아직 일러 피지 않았고
막걸릿집 여자의 육자백이 가락에
작년 것만 오히려 남았습디다.

— 서정주, 「선운사 동구」 부분

고창의 선운사는 가을에 가는 게 좋습니다. 울긋불긋 단풍이 물들면

붉은 꽃무릇이 도솔천을 따라 수를 놓지요. 그리고 꽃이 다 지고 단풍
도 다 질 무렵이면 비로소 동백꽃이 핍니다. 미당도 동백꽃 보러 선운
사에 자주 간 모양입니다. 아, 아니지요. 대개의 시인들이 그렇듯이 동
백은 핑계고 막걸리 좀 걸치러 간 것이겠지요. 제사보다 젯밥이라고
했던가요. 막걸릿집 주모의 육자배기나 듣고 오는 것이겠지요.

　수십 년이 지나 윤진화 시인은 미당의 「선운사 동구」와 동백을 이렇
게 구성진 시로 버무려놓기도 합니다.

　　오필리어가 간다 육자배기 가락 시끄러운 막걸리 집에서 젊은 시인
　과 잔 치던 목 쉰 년이 간다 칼춤 추던 사내에게 두들겨 맞은 뺨 벌그
　레하던 년이 간다 멍든 젖가슴 부끄러운지 모르고 자꾸 열어 보여주
　던 그 년이 간다

　　　　　　　　　　　　　　　　　　　　　　— 윤진화, 「동백꽃」 부분

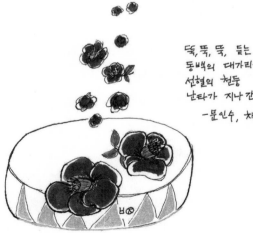

뚝, 뚝, 뚝, 듣는
동백의 대가리들
선혈의 천둥
난타가 지나 간다

—문인수, 「채와 북사이, 동백진다」

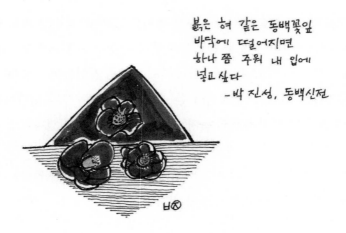

붉은 혀 같은 동백꽃잎
바닥에 떨어지면
하나 쯤 주워 내 입에
넣고 싶다
　　　－박진성, 동백신전

　　동백나무는 우리나라에서는 유일한 조매화(鳥媒花)입니다. 벌과 나
비가 꽃가루를 옮기는 충매화가 아니라 '동박새'라는 새가 꽃가루를
옮겨 꽃을 피우는 조매화이지요. 경향신문 1959년 1월 5일자에는 동
백과 동박새에 얽힌 재밌는 전설을 소개하기도 합니다. 먼 옛날 인도
에 왕이 있었는데 그 왕에게는 아들이 없고 딸만 있었답니다. 결국 동
생의 아들에게 왕위를 물려주게 되는 것이 두려워 동생과 조카를 죽이
기로 했지요. 동생과 조카를 불러놓고 동생으로 하여금 조카를 죽이라
명합니다. 사랑하는 아들을 죽여야 하다니! 그 순간, 아비의 마음이 하
늘에 통하였는지 마른하늘에 천둥이 칩니다. 아들은 동박새로 변하고
아비는 동백나무로 변하고…… 그때부터 동박새는 동백나무를 떠나지
않고 함께 꽃과 꿀을 나누며 살게 되었다는…… 뭐 그런 전설입니다.

　　그러나 동백꽃 전설 하면 무엇보다 오동도의 동백 전설이지요. 본래
오동도는 '오동나무가 숲을 이룬 섬'이라 하여 오동도라고 했는데요,

그 오동도에 왜 동백이 자라게 되었을까요? 기록에 따르면 고려 공민 왕 때 오동 열매를 따 먹기 위해 봉황이 오동도로 날아들었는데, 오동 나무 숲에 봉황이 깃들면 '새 임금이 나온다'는 징조였기에 왕명을 받은 신돈이 오동도의 오동나무를 모조리 베어버렸다고 합니다. 그런데 오동이 사라진 섬에 어떻게 동백이 자리를 잡게 된 것일까요. 거기에 는 또 이런 슬픈 이야기가 전해집니다.

멀고 먼 옛날 오동숲 우거진 오동도에 / 금빛 봉황이 날아와 / 오동 열매 따서 먹으며 놀았드래 // 봉황이 깃든 곳에는 / '새임금 나신다' 소문이 나자 / 왕명으로 오동숲을 베었드래 // 그리고 긴 세월이 흐른 후 / 오동도에는 / 아리따운 한 여인과 어부가 살았드래 // 어느 날 도적떼에 쫓기던 여인 / 낭벼랑 창파에 몸을 던졌드래 // 바다에서 돌아온 지아비 / 소리소리 슬피 울며 / 오동도 기슭에 무덤을 지었드래 // 북풍한설 내리치는 그해 겨울부터 / 하얀 눈이 쌓인 무덤가에는 / 여인의 붉은 순정 동백꽃으로 피어나고 / 그 푸른 정절 시누대로 돋았드래

— 「오동도와 전설 — 동백꽃으로 피어난 여인의 순정」 전문).

동백의 꽃말은 '겸손' 그리고 '누구보다 그대를 사랑합니다'라고 합니다. 그러나 무엇보다 동백은 '생명력'과 '정열' 그리고 '지독한 사랑'의 상징이기도 하지요. 어떤 꽃도 엄두를 내지 못하는 엄동과 설한의 추위에도 푸른 잎사귀와 붉은 꽃을 피우고, 꽃 핀 절정의 순간에 미련 없이 송두리째 뎅강뎅강 제 목을 잘라 땅으로 툭 던져버리니 말입니다. 동백의 낙화는 그래서 비장미가 흐르고 때로는 생의 덧없음이, 허무함이 짙게 배어나기도 하지요.

세상의 모든 꽃들이 지고 나면 한 겨울에 단단한 푸른 잎 위로 붉은 꽃을 피우는 동백. 시들기 전에, 꽃 핀 채로, 마치 목이 부러지듯 툭, 꽃송이가 통째로 떨어져버리는 동백. 그래서 많은 시인이 동백의 시적 이미지를 낙화에서 찾고 있는지도 모르겠습니다.

　특히 남도소리 그 가락에 맞춰 동백이 지는 진경을 그린 시를 꼽으라면 단연 문인수 시인의 「채와 북사이, 동백진다」가 아닐까 싶습니다.

　　이 미친 향기의 북채는 어디 숨어 춤추나.

　　매화 폭발 자욱한 그 아래를 봐라.

　　뚝, 뚝, 뚝, 듣는 동백의 대가리들.

　　선혈의 천둥

　　난타가 지나간다.

— 문인수, 「채와 북사이, 동백진다」 부분

　식구들과 함께 오동도에 간 적이 있습니다. 친구 녀석이 불의의 사고로 세상을 떠났을 때, 저는 왜 그때 그 붉은 동백 숲을 떠올렸던 것일까요? 죽기에는 아직 살아야 할 날이 훨씬 더 많은, 너무도 젊은 나이에 떠난 녀석이 어쩌면 동백꽃처럼 느껴졌던 모양입니다. 졸시, 「동백 숲」의 사연입니다.

　　지난밤에 친구 놈이 오동도로 떠났다

　　신을 벗고 사월 붉은 동백 숲으로 들어갔다

　　영안실 412호

　　새벽 거나하게 취한 우리는

앞서거니 뒤서거니 기우뚱거렸다
더러는 서로의 신이 바뀐 줄도 모른 채
붉은 숲을 빠져 나왔다

— 박제영, 「동백 숲」 부분

그런데 혹시 동백 하면 떠오르는 소설이 있지 않나요? '닭싸움, 점순이, 그리고 나…… 뜨거운 감자를 건네는 점순이의 마음을 야속하게 몰라주는 나…….' 김유정의 『동백꽃』 말입니다. 강원도에서는 생강나무를 동백이라고도 부릅니다. 그러니까 김유정의 동백꽃은 남도의 그 붉은 동백꽃이 아니라 노란색의 생강나무꽃이지요. 그러니 혹 강원도에서 '동백은 노란 꽃'이라는 이야기를 듣게 되더라도 오해 없기 바랍니다.

매화 분홍이 멀다

이월에서 삼월 사이. 아직 눈이 녹지 않은 언 땅에, 아직 잎도 나지 않은 앙상한 가지 위에, 붉고 하얀 꽃망울을 터뜨리는 꽃이 있습니다. 은은한 향이 찬 공기에 퍼지면 사람들은 곧 봄이 올 것을 예감하는 꽃이 있습니다. 조선의 선비들이 화중군자(花中君子)라 하고, 동양의 문인묵객(文人墨客)들이 시와 서화의 소재로 즐겨 쓴 꽃. 바로 매화이지요.

매화의 향기. 매화에는 원덕(元德)·형덕(亨德)·이덕(利德)·정덕(貞德)의 네 가지 덕을 갖추고 있다고 하여, 중국에서는 모란과 더불어 매화를 국화로 삼고 있습니다. 사실 매화의 원산지는 중국으로서, 꽃피는 계절에 따라서 동매(冬梅)·춘매(春梅)로 나눕니다. (… 중략 …) 사실은 매화의 향기는 강렬하지 않습니다. 그러나 봄의 첫 꽃향기라는 심리적(心理的)인 것이 더 많이 작용한다고 할 수 있습니다. 때문에 '암향(暗香)'이라고 표현한 것이 아닌가 생각됩니다.

— 조동화, 『사랑의 꽃 이야기』(영민사, 1973)

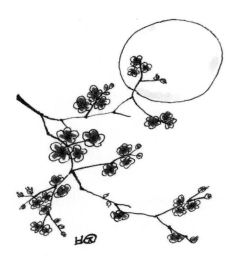

윤이월 매화는
혼자 보기 아까워
없는 그대 불러
같이 보는 꽃

—서안나, 먼 분홍

　위의 글을 보면 매화는 겨울꽃(冬梅)이면서 또한 봄꽃(春梅)이기도
합니다. 그러니까 겨울의 마지막에 피는 꽃이면서 봄의 맨 처음에 피
는 꽃입니다. 사실 매화를 부르는 이름은 참 많지요. 눈 위에 핀다고
해서 '설중매(雪中梅)', 한 꼭지에 두 개의 열매가 열리는 모습이 마치
원앙의 모습과 같다고 해서 '원앙매(鴛鴦梅)'로 불리기도 합니다. 그
밖에도 색깔에 따라 '자매(紫梅), 홍매(紅梅), 주매(朱梅), 백매(白梅)'
등 다양한 이름으로 불리지요. 어떤 이름으로 불리든 매화의 신비로움
은, 서리를 뚫고 언 땅을 뚫고 하얀 눈 위로 잎 없는 가지 위로 꼿꼿이
피어나 이슬처럼 맑은 향을 풍기는 것에서 비롯된 것이 아닐까 싶습니
다. 선비를 표상하는 것으로 세한삼우(歲寒三友 : 松, 竹, 梅)와 사군자
(四君子 : 梅, 蘭, 菊, 竹)를 이야기하는데, 매화가 빠지지 않는 것도 그
런 연유가 아닌가 싶고요.

오동은 천 년이 되어도 항상 곡조를 간직하고
매화는 일생을 춥게 살아도 향기를 팔지 않네
달은 천 번을 이지러져도 본질이 남아 있고
버드나무는 백 번 꺾여도 새 가지가 올라오네

— 신흠, 「무제」 전문

"매화의 향기"를 노래한 시문 중에서 으뜸을 꼽으라면 조선의 4대
문장가로 이름을 떨친 신흠(申欽, 1566~1628)의 시문(詩文)을 빼놓
을 수는 없겠지요. 백범 김구 선생께서 돌아가시기 4개월 전에 휘호로
쓰신 것으로 유명하기도 하고요. "매화는 일생을 춥게 살아도 향기를
팔지 않네"라는 문장을 보면, 중국을 비롯한 우리의 조상들은 무엇보
다 그윽이 풍기는 매화의 향, 암향(暗香) 속에서 선비의 지조와 절개
를 읽었던 모양입니다. 곰곰 생각하면 과연 그렇구나 싶기도 하지요.
마음으로 잘 와 닿지 않는다면 겨울 끝자락 꼿꼿이 꽃 봉우리를 벌리
고 있는 매화의 향을 직접 맡아보시는 것도 좋겠습니다.

조선의 선비들이 매화를 사랑했다고 했는데, 그중에서도 대표적인
선비를 꼽으라면 아무래도 퇴계 이황(李滉, 1501~1570)이 아닐까요?
생전에 매화 시를 97수나 남겼고, 도산서원에 칩거할 당시 서원 안팎
으로 매화나무를 심어 매화가 피는 계절에는 밤이 새도록 매화에 심취
했다 하고, 죽는 순간에도 "매화에 물을 주라"고 했다니 말입니다. 안타
깝게도 지금의 도산서원에는 그때의 매화나무가 전해지지 않지만요.

뜰을 거니는데 달이 사람을 따라오네

매화꽃 언저리를 몇 번이나 돌았던가

밤 깊도록 오래 앉아 일어나길 잊었더니

향기는 옷에 가득하고 달 그림자는 몸에 가득하네

— 이황, 「도산 달밤에 매화를 읊조리다」 부분

　　퇴계 선생께서 서책을 잠시 덮고 도산서원의 뜨락을 산책하는데 달빛은 교교하고 매화 향은 은은히 풍겨오는 겁니다. 아! 달빛과 매화 향에 심취한 퇴계 선생!의 모습이 선연히 그려지지 않나요? 어쩌면 매화의 향을 맡으며 매화에 영감을 얻어 선생의 주리론(主理論)을 완성했을지도 모르겠다는 생각이 듭니다.

　　조선의 선비들이 매화를 유독 좋아한 탓일까요. 조선시대 기생의 이름에는 유독 매(梅)자가 많습니다. 허균과의 러브스토리로 유명한, 조선의 2대 명기로 불리는 이매창(李梅窓)이 대표적이라 하겠고, 춘향의 어미도 월매(月梅)이지요. 연산군의 기생 옥매춘(玉梅春)과 "매화 옛 등걸에 춘절이 돌아오니 / 옛 피던 가지에 피염직도 하다마는 / 춘설이 난분분하니 필똥말똥 하여라"라는 시조로 유명한 평양기생 매화(梅花) 그리고 고려를 배반한 배극렴에게 "동가식서가숙(東家食西家宿) 하기는 피차매일반"이라며 독설을 날린 설매(雪梅)도 있네요.

　　요즘에도 매화는 시인들이 즐겨 찾는 소재 중 하나이지요. 매화를 소재로 한 많은 시편 중 세 편을 골라봤습니다. 김종미 시인의 「매화꽃나무 아래 매화꽃」, 문인수 시인의 「어느 봄날」, 그리고 서안나 시인의 「먼 분홍」입니다.

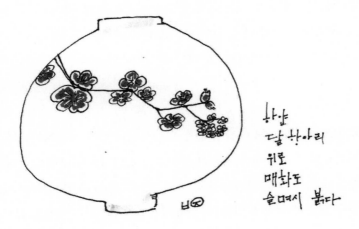

하얀
달 항아리
위로
매화도
숨며서 붉다

매화꽃나무 아래

여인 하나가 쪼그리고 앉아 오줌을 눈다

매화꽃나무 밑둥치에 뽀얀 매화꽃 피었다

아찔한 매화꽃향기를 질펀하게 덮어가는

뜨겁고 습한 향기

중년이다

생살을 찢어대는 것이 꽃피는 것 아니더냐

이 추위에 덜컥덜컥 꽃을 피워대는 철없는 이것들아

너무 일찍 가랑이를 찢어

나의 청춘은 시퍼런 열매를 매단 채 시퍼런 잎사귀에 가려진 아우

성이었다

— 김종미, 「매화꽃나무 아래 매화꽃」 부분

중년의 여인이 급한 나머지 매화꽃나무 아래서 엉덩이를 까고 오줌을 눕니다. 시인의 밝은 눈은 그 광경을 놓치지 않고 시로, 시적 이미지로 풀어놓는 것인데, 참 질펀하니 매화가지에 서리가 앉은 듯 싸한 느낌입니다. 조선시대 왕의 똥을 매화(梅花)라 했고, 왕의 오줌을 매우(梅雨)라 했지요. 그래서 임금의 요강을 매화틀, 매우틀이라 부른 것이고요. 저는 이 시를 읽으면서 왕처럼 오줌을 누는 중년 여인의 모습이 무척 아름답고 당당하게 느껴집니다. 그래 중년이란 게 기죽을 계절이 아니라 매화처럼 엄동에 설한에 매화처럼 다시 꽃피는 계절일 수도 있겠구나, 그런 생각도 하게 됩니다.

> 언덕 아래, 무심코 오줌을 누다가
> 이런, 매화 만발하는 소리를 들었다.
>
> — 문인수, 「어느 봄날」 전문

이번에도 오줌입니다. 다만 이번에는 중년의 여인이 아니라 노(老)시인이, 할아버지가 오줌을 눕니다. 어느 봄날 말입니다. 시는 짧지만 제목과 어우러져 그 여운이 무척이나 길고 깊습니다. 남자의 노년은 오줌발에서 시작된다고 누가 그러더군요. 오줌발이 약해지면 슬슬 늙는 거라고. 오줌발이 약해지면 남자들은 자기도 모르게 위축되는 게 그런 무의식이 작동하는 것인지 모르겠습니다. 중년을 지나 이제 노년에 접어든 계절. '사는 게 다 그런 거지 봄 지나면 여름 오고 가을 지나면 겨울 오는 것이니 바위를 뚫을 것 같던 오줌발도 세월 앞에 장사 없다고 약해지는 게 당연하지.' 무상한 세월을 무심히 받아들이며 노 시인은 그리 무심코 오줌을 누었을 겁니다. 무엇보다 '이런'. 이 시에서 홀로 한 문장을 독자적으로 구성하고 있는 부사, '이런'이 저에게는 무척이나 큰 울림을 줍니다. 매화 만발하는 소리를 듣고 노 시인의 무심과 체념이 깨져버리는 것이지요. 아, 겨울을 뚫고! 겨울을 박차고! 나보란 듯이 피는 매화! 그래 아직은 봄날! 그런 마음이 '이런' 속에 담긴 것이니 말입니다. 생의 의지가 삶을 지탱하는 한 언제나 봄날이겠다. 나이는 숫자에 불과한 것이겠다. 그런 마음 말입니다. 꿈보다 해몽일 지도 모르겠습니다만, 어쨌든 김종미 시인과 문인수 시인의 시가 제 마음을 붙든 것은 바로 그런 '생의 의지'였습니다.

> 윤이월 매화는 혼자 보기 아까워 없는 그대 불러 같이 보는 꽃

> … 중략 …

> 매화는 분홍에서 핀다 분홍은 한낮의 소란을 물리친 색 점자처럼 더듬거리다 멈춰 서는 색
> 새벽 짐승처럼 네 발로 당신을 몇 번이나 옮겨 적었다 분홍이 멀다
> 면, 분홍

> — 서안나, 「먼, 분홍」 부분

매화를 소재로 한 시 중에서 단연 백미는 서안나 시인의 「먼, 분홍」입니다. 이전의 매화가 대개 지조, 결백, 기상, 혹은 생의 의지와 같은 것을 표상한데 반해 서안나 시인의 매화는 황진이가 환생한 듯, 뭇 사내를 당장이라도 홀릴 것 같은 '애절함'과 '연정'의 색조를 만들어내지요. 매화나무 아래서 당신과 미치도록 사랑하다가 당장 죽어도 여한이

없을 것 같은 그런 사랑을 꿈꾸게 합니다. 아닌가요?

2월이면 저 남도부터 매화가 속속 피기 시작하겠지요. 섬진강 자락 광양의 매화마을은 축제준비에 분주하겠지요. 3월이면 전국의 매화가 다투어 봄을 알리려 필 것이고요. 구례 화엄사 각황전의 홍매가 분홍 분홍 유혹하듯 피겠네요. 600년 된 선암사의 백매화는 백매화대로 오 죽헌의 율곡매는 율곡매대로 희게 붉게 꽃잎 피우겠지요. 창덕궁의 만 첩홍매는 또 얼마나 아름답게 피어 사람들을 유혹할까요. 매화가 지 천에 피면, 네! 천지사방이 마침내 겨울이 가고, 봄 봄 봄이겠지요. 🐜

수선화 외로우니까 사람이다

자기애(自己愛)라는 말이 있습니다. 크든 작든 사람은 누구나 자기애를 가지고 있습니다. 그것이 없다면 세상을 살아갈 수 없는 법입니다. 자기애를 나르시시즘(Narcissism)이라고 하지요. 아시다시피 그리스 신화에서 유래한 말입니다. 제우스의 양을 치던 나르시스라는 양치기 소년. 이 소년은 자기 얼굴을 보면 불행해진다는 몹쓸 운명을 지니고 태어났는데, 운명은 피할 수 없는 법이지요. 어느 날 산골짜기 이곳저곳 양떼를 몰고 다니다가 목이 말랐던 소년은 아뿔싸 물속에 비친 자신의 얼굴을 보게 됩니다. 너무도 아름다운 미소년이 자신을 보고 방긋 웃고 있는 것이니, 세월아 네월아 그 모습 보다가 그만 양떼들이 다 뿔뿔이 흩어졌던 건데요, 열 받은 제우스가 소년을 꽃으로 만들어버렸으니 자기한테 반해서 그만 벌을 받은 것이지요. 나르시시즘은 바로 그 양치기 소년의 이름에서 유래한 것입니다.

한때는 나르시스라는 미소년이었던 바로 그 꽃. 자기한테 반해서 꽃이 된 지금도 여전히 자기 그림자를 바라보고 있는 꽃. 속명 또한 나르시스라는 이름에서 유래한 나르키수스(Narcissus)인 꽃. 꽃말도 그래

淸水眞看解脫仙
맑은 물에 해탈한 신선을 보았네

秋史 金正喜, 水仙花

서 '자기애'인 꽃. 수선화입니다.

　수선화는 한 송이씩 순서대로 피는 꽃입니다. 지중해가 원산지인 수
선화는 중국을 통해 우리나라에 들어왔는데, 남도지역에서는 겨울에
피기 시작하여 이른 봄까지 피는 꽃이라 설중화(雪中花)라고 부르기
도 합니다. 호숫가 같은 물기가 있는 곳에 잘 자라기 때문이겠지만 물
에 사는 신선(神仙)이라고 해서 수선화(水仙花)라고 부르게 되었다지
요. 우리나라에서 겨울에 핀 야생의 수선화를 제대로 보려면 남도의
섬, 거문도나 보길도 아니면 제주도를 가야만 합니다. 수선화 하면 떠
오르는 시 혹은 시인이 있는지요? 아마도 영국 사람이라면 너나없이
워즈워드를 꼽을 겁니다.

골짜기와 언덕 위를 높이 떠도는 구름처럼

외로이 헤매다가

문득 나는 보았네, 수없이 많은

황금빛 수선화가

호숫가 나무 아래서

미풍에 한들한들 춤추는 것을.

— 윌리엄 워즈워드, 「수선화」 부분

중국인들에게 물어보면 어떨까요? 아마도 북송 때의 황정견(黃庭堅, 1045~1105)을 떠올리지 않을까 싶습니다.

凌波仙子生塵襪(능파선자생진말)

파도를 타는 신선이 물보라를 일으키듯

水上盈盈步微月(수상영영보미월)

초승달이 물 위를 아른아른 걷듯

是誰招此斷腸魂(시수초차단장혼)

누가 이토록 애끓는 혼령을 불러내어

種作寒花寄愁絶(종작한화기수절)

차가운 꽃을 심어 애절한 시름을 붙였나

— 황정견, 「수선화(水仙花)」 부분

중국에서는 예로부터 수선화를 능파선자(凌波仙子)라고도 불러왔습니다. 중국 삼국시대, 위(魏)나라의 조식(曹植)(192~232, 그 유명한 조조의 아들이지요)이 짝사랑한 절세의 미인 견희를 그리며 쓴 「낙신부(洛神賦)」라는 시(詩)가 있는데요, 거기에 보면 "凌波微步羅襪生塵 (능파미보라말생진)"이라는 구절이 나옵니다. 조식과 견희에 관한 이 야기는 삼국지를 읽어보시면 더 좋겠습니다. 하여튼 이 구절에서 수선 화가 능파선자라는 이름을 얻게 되었고 그 이후로 후대의 문인 화가들 이 수선화를 능파선자라 한 것이지요. 황정견의 시에도 첫 구절을 보 면 어김없이 「낙신부」를 인용하여 능파선자라는 구절이 등장합니다. 혹시라도 한시나 중국의 그림에서 '능파선자'라는 말을 보게 되면 아 하, 수선화로구나 그렇게 이해하시면 되겠습니다.

그렇다면 우리나라에서는 수선화 하면 누구를 꼽을까요? 많은 분들 이 정호승 시인 그리고 그의 시, 「수선화에게」를 떠올릴 겁니다. 워낙

울지 마라
외로우니까 사람이다
살아간다는 것은
외로움을 견디는 일이다

— 정호승, 수선화에게

에 오랫동안 많은 사람들에게 사랑을 받은 시이지요. 국화 하면 서정주 시인의 「국화 옆에서」를 떠올린다면, 수선화 하면 정호승 시인의 「수선화에게」를 떠올릴 겁니다.

> 울지 마라
> 외로우니까 사람이다
> 살아간다는 것은 외로움을 견디는 일이다
> … 중략 …
> 산 그림자도 외로워서 하루에 한 번씩 마을로 내려온다
> 종소리도 외로워서 울려퍼진다
>
> — 정호승, 「수선화에게」 부분

수선화를 소재로 많은 시편 중에서 또 하나를 꼽으라면 저는 복효근 시인의 「수선화에게 묻다」를 꼽습니다.

> 이제 피어날 수선화는 뿌리가 입은 상처의 총화라면
> 오늘 안간힘으로 일어서는 내 생이,
> 내생에 피울 꽃이
> 수선화처럼은 아름다워야 되지 않겠는가
> 꽃,
> 다음 생을 엿듣기 위한 귀는 아닐까
>
> — 복효근, 「수선화에게 묻다」 부분

사람의 삶을 '희로애락(喜怒哀樂)'으로 설명하지만, 곰곰 생각하면

삶은 '고해(苦海)'에 더 가깝지 않을까 싶습니다. 행복보다는 불행으로 좀 더 기울고, 기쁨보다는 슬픔에 좀 더 기우는 삶이지요. 불행한 가운데 찾아오는 작은 행복, 슬픔 속에서 찾아오는 작은 기쁨에 위로 받으며 사는 게 우리의 삶에 좀 더 가깝지 않을까 싶습니다. 정호승 시인의 '수선화'와 복효근 시인의 '수선화'가 사람들에게 사랑을 받는 이유는 무엇일까요? 그건 아마도 두 시편이 우리에게 등을 내어주기 때문이 아닐까요? 시에 기대어 위로를 받을 수 있는 까닭이 아닐까요? 우리가 시를 찾아 읽는 이유, 우리가 꽃을 찾는 이유가 또 거기에 있는지도 모르겠습니다.

그런데 우리나라에서 수선화 하면 아무래도 이 사람을 빼놓을 수는 없습니다. 누굴까요? 우리나라에 수선화가 자생하는 곳이 남도라 했지요. 거문도와 제주도에 특히 많이 자란다고. 그 제주도에서 유배 생활을 했던, 추사라 불리기도 하고 완당이라 불리기도 하는, 바로 김정희(金正喜, 1786~1856)입니다. 김정희는 유배 생활 동안 제주도의 수선화를 무척이나 아끼고 사랑했다고 합니다.

一點冬心朵朵圓(일점동심타타원)
한 점 겨울꽃이 둥글게 피었으니
品於幽澹冷儁邊(품어유담냉준변)
그윽하고 담담한 것이 차갑도록 빼어났네
梅高猶未離庭體(매고유미이정체)
매화가 고상한들 뜰을 벗어나지 못하는데
淸水眞看解脫仙(청수진간해탈선)

맑은 물에 해탈한 신선을 보았네

— 김정희, 「수선화(水仙花)」 전문

　추사가 평소 '눈 속에 핀 꽃(설중화)'이라 부르며 유배의 설움을 달랬던 수선화. 아마도 추사는 엄동설한의 눈 속에 고적하게 핀 수선화를 보면서 자신의 고독하고 신산한 삶을 되비춰보았을 겁니다. 한 겨울 수선화 앞에서 나르시스에 빠진 추사의 모습을 상상하다보면 그만 하염없이 쓸쓸해지기도 합니다. 추사가 위리안치를 살았던 서귀포시 대정읍 안성리에 있는 추사 적거지(謫居址)에는 지금도 겨울이면 수선화가 곱게 피어 그 옛날 추사를 그리워하고 있지요. 겨울 여행을 생각하고 있다면 제주도 그리고 추사의 적거지를 다녀오시는 것도 좋겠습니다. 🌸

서리꽃

피어라 사랑의 뜨거운 꽃이여

꽃은 꽃인데 꽃이 아닌, 꽃은 아닌데 꽃이기도 한 그런 꽃. 그렇다면 당신은 어떤 꽃을 먼저 떠올릴까요? '사랑하는 그 사람'을 떠올린다면 당신은 참 낭만적인 사람이겠다 싶습니다. 사람이 꽃이라는 주제는 다음을 기약하고 대신 서리꽃을 떠옵니다. '서리가 내려도 꽃을 피운다' 해서 국화를 서리꽃이라 부르기도 하는데요, 오늘 떠우는 서리꽃은 국화가 아니라 진짜 서리꽃입니다.

> 꽃도 잎도 다 졌니라 실가지 끝마다 하얗게 서리꽃은 피었다마는,
> 내 몸은 시방 시리고 춥다 겹나게 춥다 내 생에 봄날은 다 갔니라
>
> — 김용택, 「봄날은 간다」 부분

김용택 시인의 시, 「봄날은 간다」는 '진달래', '찔레꽃', '산나리', '서리', 4편의 단시를 하나의 내러티브로 엮은 것인데요, 각각을 따로 떼어놓으면 그 자체로 또 하나의 완전히 시가 되기도 합니다. 위의 시는 그중 '서리' 편이고요. 서리 내린 아침, 실가지 끝마다 하얗게 핀 서리꽃. 바로 그 서리꽃입니다.

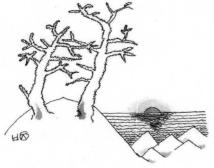

꽃도 잎도 다 졌나라 실가지 끝마다
하얗게 서리꽃은 피었다 마는
내 몸은 시방 시리고 겁나게 춥다
내 생애 봄날은 다 갔나라

― 김용택, 봄날은 간다

흔히 우리가 서리꽃이라 할 때 구분해야 할 게 하나 있습니다. 일반적으로 서리가 내려 무엇인가에 눈꽃처럼 얼어붙은 것을 서리꽃, 한자로는 '상화(霜花)'라고 하지요. 이 서리꽃을 다른 말로 흔히 '상고대'로 부르기도 하는데요, 이때 주의가 필요합니다. 서리꽃을 상고대로 부르는 경우는 딱 한 경우이거든요. 상고대는 기온이 내려가면서 대기 중의 수증기나 안개 등이 미세한 물방울로 변해 풀이나 나뭇가지에 얼어붙은 것을 뜻하는 순 우리말인데요, 그 모양이 눈꽃을 닮아서 서리꽃이라고도 하는 것입니다. 그러니까 서리꽃이 상고대보다는 좀 더 범위가 넓은 말이지요. 가령 유리창에 서린 김이 얼어 꽃처럼 엉긴 무늬를 만들어낼 때가 있는데, 이를 가리켜 '서리꽃'이라고 하지 상고대라고 하지는 않습니다. 상고대는 오롯이 나무나 풀에 내린 서리가 눈꽃처럼 하얗게 얼어붙은 것. 그 서리꽃만을 가리키는 말이니까요.

한자로 보면 더 확실해집니다. 서리꽃을 한자로 '상화(霜花)'라고 쓴다 했지요. 상고대는 한자로 쓰면 서리가 나뭇가지에 얼었다 해서 '수빙(樹氷)', '수상(樹霜)' 혹은 안개가 얼어붙었다 해서 '무빙(霧氷)'이라고 씁니다. 이런 말씀을 드리는 이유는, 언제가 유리창에 핀 서리꽃을 '상고대'라로 표현한 시를 본 적이 있기 때문입니다. 물론 시적 허용이라는 것이 있지만, 시의 언어는 반대로 그만큼 엄격하고 엄밀할 필요도 있다는 것이 제 생각입니다. 한 단어 한 단어 조심 또 조심할 필요가 있는 것이지요. 가령 위에 인용한 김용택 시인의 서리꽃은 상고대로 바꾸어 쓸 수 있지만, 아래 정일근 시인의 서리꽃은 상고대로 바꿀 수 없다는 얘기입니다.

> 차가워진 적이 없는 사람은
> 사랑으로 뜨거워지지 못한다
> 세상의 모든 약속 빙점 아래 잠들어
> 꽃눈 속의 봄꽃들 아직 눈뜨지 못하는데
> 겨울의 새벽 입술이 유리창에 닿는
> 얼음의 길을 따라 서리꽃 핀다
> 서리꽃은 빙점하에 피는 뜨거운 꽃
> 허공에 뿌리내린 불가해의 꽃
>
> — 정일근, 「서리꽃」 부분

중국에서 상화(霜花)라고 하면 서리꽃도 되지만 만두를 가리키는 말이기도 합니다. 우리나라에 만두가 처음 들어 온 게 고려 때인데요, 그때 만두를 '쌍화'라 불렀지요. 원나라의 '상화(霜花: 만두)'에서 음을 딴 우리말입니다. 만두를 '상화(霜花)'라고 부른 것은 만두의 접힌 모양이 서리꽃을 닮은 데서 유래했다는 설과 만두를 찔 때 그 김이 서리꽃처럼 서렸다는 데서 유래했다는 설이 있는데요, 정확한 유래는 모르겠습니다. 아무튼 서리꽃 얘기를 하다 말고 왜 또 엉뚱하게 만두 얘기로 빠졌는지 의아해하실 텐데요, 실은 '쌍화점' 얘기를 하려다 보니 그리 되었네요.

고려가요에 대한 관심도 자연스럽게 생겼는데, 문헌을 보니 「쌍화점」이란 노래를 궁중에서 왕이 직접 부르기도 했다. 이런 음탕한 가사의 노래를 왕이 불렀다니 충격이더라. 그런 고려의 도덕적 패러다임을 상징적으로 보여주고 싶어서 제목도 그렇게 붙였다. 그리고 '쌍화'를 한자로 보면 서리 상(霜) 꽃 화(花)인데, 서리꽃이라는 섬광처럼 왔다가 찰나에 사라지는 유한한 이미지 아닌가. 그게 청춘의 느낌과 비슷하다는 생각이 들었다. 그리고 보면 결혼, 교육, 폭력 등 매개만 바뀌었을 뿐이지 나는 줄곧 청춘에 대한 이야기를 했던 것 같다.

— 유하

「쌍화점」이라는 영화를 보셨는지요? 시인이기도 한 유하 감독이 만든 영화이지요. 조인성과 주진모 그리고 송지효가 삼각의 묘한(?) 러브라인을 형성했던 영화. 보셨으면 좋겠지만 못 보셨다 해도 상관은 없습니다. 참고로 저는 영화를 처음 보았을 때, 「쌍화점」이라는 고려가요를 떠올린 게 아니라 오히려 정일근 시인의 「서리꽃」이었습니다. 영화가 끝나고 엔딩크레디트가 흐르기 전에 정일근 시인의 「서리꽃」을 띄웠더라면 어땠을까. 그러면 영화가 더 살지 않았을까. 그런 생각

소양강의 서리꽃을 따라가면
닿을 수 있을까
춘천의 겨울, 그것은 휘발된
내 청춘의 마지막 패였다

을 했던 기억이 나네요.

> 눈 시린 서리꽃
> 한평생 쏟아낸
> 울 엄마 한숨 같아

— 정혜경, 「서리꽃」 부분

서리꽃은 꽃은 아니지만 꽃보다 더 서러운 꽃, 꽃보다 더 뜨거운 꽃
이 아닌가 싶습니다. 김용택 시인의 서리꽃("내 생에 봄날은 다 갔니
라")과 정혜경 시인의 서리꽃("울 엄마 한숨 같아")이 꽃보다 더 서러
운 꽃이라면, 유하 감독의 서리꽃("섬광처럼 왔다가 찰나에 사라지는
유한한 이미지")과 정일근 시인의 서리꽃("빙점하에 피는 뜨거운 꽃 /
허공에 뿌리내린 불가해의 꽃")은 꽃보다 더 뜨거운 꽃이겠지요.

소양강의 서리꽃을 따라가면 닿을 수 있을까
의암호의 안개눈을 따라가면 닿을 수 있을까
춘천의 겨울, 그것은 휘발된 내 청춘의 마지막 패였다
그곳이라면 실패한 모든 문장들을 지울 수 있으리라
막다른 골목에서 겨울 경춘선에 무작정 올라탔던 스무 살
간절의 시간은 속절없이 흐르고 오십의 초입에 들어섰지만
나는 아직도 춘천의 겨울에 닿지 못했다
의암호에 내리는 안개눈은 춘천의 겨울이 아니다
소양강에 피어난 상고대는 춘천의 겨울이 아니다
낡고 통속한 문장 앞에서 한 걸음도 더 나아가지 못한 채
나의 詩는 아직도 춘천의 겨울에 닿지 못했다

— 박제영, 「겨울, 춘천」 전문

　서리꽃. 새벽에 차갑게 피었다가 태양이 떠오르면 사라지고 마는 서러운, 서러워서 뜨거운 꽃. 가장 차갑게 피었지만 가장 뜨거운, 역설의 꽃. 춘천에 서리가 내리면 소양강을 따라 의암호를 따라 서리꽃, 상고대가 서럽도록 뜨겁게 필 테지요.

　사실 그 서럽도록 아름다운 꽃들 보러 겨울 춘천을 다녀가시는 분들이 꽤 많은데요. 그 이유가 뭘까 생각해 보면, 오대산에서도 한라산에서도 덕유산에서도 서리꽃을 볼 수는 있겠지만, 물안개 속에서 물안개처럼 핀 서리꽃만은 오직 춘천에서만 볼 수 있는 까닭이 아닐까 싶습니다. 🌹

에델바이스

별처럼 빛나는 솜처럼 하얀

「사운드 오브 뮤직」이라는 뮤지컬을 기억하실는지요? "에델바이스, 에델바이스, 매일 아침 내게 인사하네. / 작고 하얀, 맑고 환한 꽃 / 나를 만나서 행복해 보이네. / 눈 속에서도 활짝 피고 자라서 / 영원히 살아서 꽃 피우기를 / 에델바이스, 에델바이스, 우리 조국을 영원히 축복해다오." 중학교 1학년 때던가, 2학년 때던가, 세종문화회관에서 뮤지컬 「사운드 오브 뮤직」을 처음 보았는데, 그때 「에델바이스」를 처음 들었는데, 배우들은 기억에서 지워졌지만 그 가슴 떨렸던 기억만큼은 지금도 선명합니다. 그 후 우연히 영화 「사운드 오브 뮤직」을 보게 되었는데, 줄리 앤드류스의 목소리에 담긴 에델바이스는 또 얼마나 황홀했었는지요. 에델바이스는 그렇게 제 마음에 환상처럼 깃든 먼 이국의 꽃이었습니다.

대학교에 입학하고 방학이면 친구들과 전국의 산으로 여행을 자주 다녔는데요. 어느 여름 방학 때 친구들과 설악산을 오른 적이 있습니다. 그때는 산장이 아닌 곳에서도 슬그머니 야영이 가능했던 때라 공룡 능선 계곡의 어느 후미진 곳에 텐트를 치고 술과 노래로 밤을 샜던 새벽이었습니다. 텐트와 멀찍하게 떨어진 바위 사이에서 시원하게 오줌을 누고 있는데, 글쎄 이름 모를 아주 작은 흰 꽃들이 눈송이처럼 바위 밑에 피어서 나를 멀뚱멀뚱 바라보고 있는 것 아니겠습니까. 그 작고 흰 눈으로 말이지요. 다음날 산장에 들렀을 때 그 이름을 알았더렸습니다. 산장에서 마침 그 꽃들을 액자로 만들어 팔고 있어서 이름을 물었더니 솜다리라고 하더라고요. 한국의 에델바이스라고 하면서 솜다리 압화로 만든 액자를 팔고 있었습니다. 물론 지금은 보호종으로 함부로 꺾어선 안 되는 꽃이지요.

에델바이스는 먼 이국 알프스에만 있는 게 아니라 우리나라 설악산에도 하얗게 피고 있다는 것을 그때 처음 알았습니다. 그후 설악산을 몇 번 더 올랐는데, 그때 봤던 그 솜다리를 끝내 다시 찾지는 못했습니다. 물론 제가 찾지 못했을 뿐, 한국의 에델바이스라 불리는 솜다리는 설악산 어느 바위틈에선가 그 하얀 눈을 반짝거리며 한 편의 시처럼 피고 있을 테지요.

에델바이스는 국화과에 속하는 식물로, 유럽 알프스나 기타 고산지대에 자생하며 시베리아, 히말라야, 아시아 각 지역에 널리 분포한 꽃입니다. 말씀드렸듯이 한국에는 솜다리라고 불리는 우리나라 고유의 자생종이 있습니다. 솜다리의 학명은 레온토포디움 코리아눔(Leontopodium coreanum)입니다. 한국의 에델바이스란 뜻이겠지요.
에델바이스(Edelweiss)의 에델은 '고귀함'을, 바이스는 '흰색'을 뜻합니다. 이 고산 식물의 학명은 레온토포디움 알피눔(Leontopodium alpinum)인데, '사자의 발'이라는 뜻입니다. 그 생김새가 실은 전혀 사

홀로
산에 오르면
만나리
힌옷 입은 천사를
에델바이스를...

자의 발 같지는 않은데 말이지요. 오히려 유럽에서는 에델바이스를 '알프스의 별'이라고 부르는데, 그 색이 하얗고 그 모양이 별처럼 생겼으니 그 말이 더 그럴듯하지 않나 싶습니다.

우리나라에서는 에델바이스를 솜다리라고 부른다 하였지요. 동강할미꽃처럼 꽃의 줄기에 흰털이 나 있고, 꽃잎도 흰 솜털로 가득 덮여 있으니 그리 불렀던 것입니다. '하얀 솜털이 나 있는 다리'라는 뜻이지요. 그 종류도 여러 가지가 있습니다. 산솜다리, 왜솜다리, 한라솜다리 등등. 우리 할머니 할아버지는 그리 불렀는데, 요즘은 너나없이 솜다리를 에델바이스로 부르고 있으니, '솜다리'라는 우리말 이름이 점점 사라지는 것은 아닐까 안타까운 마음도 듭니다. 솜다리를 소재로 한 시편도 쉽게 찾아보기 어려우니, 아무래도 저부터 솜다리 꽃시 몇 편 써야하지 않을까 싶기도 하네요. 그래도 눈 밝은 오세영 시인, 이옥희 시인의 시를 찾을 수 있어서 그나마 다행입니다.

산으로 가는 길은 맨 먼저

누가 냈을까.

다람쥘까, 산토낄까, 아니면

우리네 옛 할머니일까,

熊女 할머니 처녀적 고운 발바닥이

사뿐히 즈려 밟았을 점토 흙 숲섶엔

솜다리꽃 한 송이

맑은 향기를 품고 있는데

산으로 가는 길은 누가 왜

낸 것일까.

— 오세영, 「산행」 부분

세상엔

계절 상관 없이 매양

청초한 꽃으로

사는 이 있구나 싶던

그 깨달음 하나만으로도

오래도록

가슴 따뜻하여지는

내 마음의 빈 뜨락에

살짝 옮겨 심고 싶은

그녀

— 이옥희, 「그녀, 솜다리」 부분

에델바이스는 산악인들을 상징하는 꽃이기도 합니다. 거기에는 이런 전설이 전해지지요. 에델바이스는 원래 하늘에 살던 천사였는데, 제멋대로 행동하기 일쑤였답니다. 결국 신의 노여움을 산 천사는 인간의 모습으로 알프스의 험한 얼음 계곡에서 유배의 삶을 살게 되었는데요. 그러던 어느 날 한 등반가가 알프스에서 우연히 사람이 된 그 천사를 만났고, 천사의 아름다움에 반한 그는 알프스에서 내려온 후 사람들에게 자랑삼아 그 사실을 떠벌립니다. 그의 얘기를 들은 사람들이 하나둘 천사를 보기 위해 알프스에 오르기 시작했는데, 그 수가 점점 더 늘었지요. 결국 많은 사람들이 험준한 알프스 산에 올라 천사를 찾아 헤매다 얼어 죽거나 추락사하는 일이 벌어졌고요. 이를 알게 된 천사는 신에게 기도를 합니다. 사람들이 더 죽어서는 안 되니, 자신을 다시 하늘로 돌려보내 달라고 말입니다. 신이 그 기도를 들어주었고, 마침내 천사는 다시 하늘로 올라갔고 그후 천사가 살던 알프스에 흰 꽃들이 피었는데요, 그 꽃이 바로 에델바이스라고 합니다. 산악인들 사이에 내려오는 전설이지요. 그렇게 해서 에델바이스는 국내외 산악인들의 상징이 된 것입니다.

초승달이 설산 높이에서
눈보라에 찌그러지면서 헤매는 것,
내가 얼마만큼이라도
너에게 다가가고 있다는 증거다

… 중략 …

곁에 있던 네가 내 안으로 들어와

이룰 수 없는 꿈을 같이 꾸는 거다

— 이윤학, 「에델바이스」 부분

　아참, 흔히 알프스 설산에 피는 꽃이라고 하지만, 그렇다고 에델바이스(솜다리)를 겨울에 피는 꽃으로 오해하시면 안 됩니다. 엄연히 봄과 여름에 피는 꽃이랍니다. 다만 겨울과 너무 잘 어울리는 꽃이지요. 그래서 겨울이면 더 보고 싶어지기도 하는 꽃이고요.

　마침 창밖으로 눈이 내립니다. 알프스의 별, 설악산의 별, 그 하얀 솜다리 꽃, 에델바이스가 보고 싶어지네요. 산 높은 곳, 인적 드문 곳에 숨어 피는 꽃. 꽃 피기도 어렵고, 꽃 핀들 만나기도 어려운 꽃. 솜다리 같은 그 사람, 솜다리 꽃 같은 그 소녀가 문득 보고 싶어지는 하얀 계절입니다. ❀

대나무

묵시록을 전하다

에델바이스와 마찬가지로 겨울의 꽃은 아니지만 (대나무꽃은 여름에 피거든요) 마지막으로 대나무(꽃) 이야기를 하려고 합니다. 겨울의 혹한과 폭설을 견디는 모습에서 다른 어떤 계절보다 더 대나무만의 정수를 느낄 수 있기 때문입니다. 아니 그보다 지금까지 많은 이야기를 나누면서 전하고 싶었던 '사람과 삶에 대한 근원적인 메시지'를 대나무가 함축하고 있는 까닭입니다.

대나무도 꽃이 핀다. 그러나 열대 지방의 대는 곧잘 꽃을 피우나 우리나라 같은 데서는 매우 보기 어렵다. 식물인 이상 꽃은 반드시 피우는데 언제 피는지는 잘 알 수 없다. 영양의 부족 때문이라든가 태양의 흑점에 관계가 있다고도 하나 확실한 증거는 없고, 일본에서는 대꽃이 피면 기근이 있다고도 하는데, 전설에 불과하다고 한다. 대나무에 꽃이 필 때는 대숲 전체가 뿌리로 연결되어 있으므로 늙은 대나무도 어린 대나무도 일제히 피고 그 후는 전부 시들어 죽는다.

— 동아일보, 1956년 10월 15일자

경북 칠곡군 인동면과 고령군 고령면 일대에 대나무꽃이 피어 주민들은 대나무 꽃이 피면 흉조라고 옛 미신을 믿고 있는 듯 화제를 모으고 있다. 경북도경은 12일 이 같은 사실에 대해 '대나무는 영물인 봉황새가 나올 때 핀다는 옛말을 상기시키면서 주민들이 염려하는 바와는 달리 올해에는 나라에 큰 경사가 있을 것'이라고 해명에 나서고 있다. 한편 경북대학 식물학교수 양인석 박사는 '왕대나무는 60년 만에 1번씩, 종대나무는 기후의 변동 또는 토질에 따라 3년에 한 번씩 주기적으로 꽃이 핀다'고 알리고 '제주도에서는 옛날에 춘궁기에 대나무 열매를 따먹고 살기도 했다는 학설이 있으니 세간에 떠도는 허망한 낭설에 귀를 기울이지 말라'고 당부하고 있다.

— 매일경제, 1970년 6월 13일자

지진의 나라 일본 곳곳에 요즘 대나무꽃이 만발, 대진재(大震災)의 전조가 아닌가 전전긍긍하는 사람이 많다고 한다. 대나무꽃은 1백20

대꽃
일제히 피었다
일제히 말라죽네
백년 후에 다시 피려니

년을 주기로 난개하는데 재난의 흉화(凶花)라 전해 오고 있다.

— 경향신문, 1976년 7월 31일자

갑자기 웬 옛날 신문기사인가 하진 않겠지요. 눈치 채셨겠지만, 대나무와 대나무꽃에 관한 이야기를 들려드리려고 합니다. 대나무꽃을 본 적 있는지요? 저는 예전에 한 번 탐석하러 다닐 때, 정확한 장소는 기억나질 않는데, 어느 해 여름인가 우연히 본 적이 있습니다. 그때 알았습니다. 대나무도 꽃을 피운다는 것을. 그런데 그때 그런 생각을 했습니다. 대나무도 식물이고 풀인데, 왜 지금까지 한 번도 '대나무꽃'을 생각해보지 않았을까. 왜 '대나무는 본래 꽃 없이 대나무로 왔다 대나무로 가는 것'이라고 너무도 당연하게 생각했을까. 그런 생각이 들었습니다.

살다 보면 너무 당연해서 아니 너무 당연하다고 믿어서 의심조차 하지 않았지만 알고 보면 그 당연함 속에 함정이 도사리고 있는 경우, 상식이라고 생각했던 사실이 알고 보면 사실이 아닌 오해였던 경우가 제법 많지요. 대나무와 대나무꽃이 제겐 그런 경우였습니다. 대나무라고 부르지만 대나무가 실은 나무가 아니고 풀이란 사실이 그랬고, 대나무는 꽃 없이 대나무인 채로 나고 자라는 줄 알았지만 실은 꽃을 피운다는 사실이 그랬습니다.

사람들이 대나무의 겉모양을 보고 그저 '지조'니 '인내'니 '절개'니 하는 말을 갖다 붙여 저마다 저 이로운 대로 대나무를 써먹었지만, 대나무는 그저 대나무일 뿐일지도 모릅니다. 무슨 말이냐고요? 복효근 시인의 시를 한번 읽어보시지요.

고백컨대

나는 참새 한 마리의 무게로도 휘청댄다

흰 눈 속에서도 하늘 찌르는 기개를 운운하지만

바람이라도 거세게 불라치면

허리뼈가 뻐개지도록 휜다, 흔들린다

… 중략 …

아아, 고백하건대

그 놈의 꿈들 때문에 서글픈 나는

생의 맨 끄트머리에나 있다고 하는 그 꽃을 위하여

시들지도 못하고 휘청, 흔들리며, 떨며 다만,

하늘 우러러 견디고 서있는 것이다

— 복효근, 「어느 대나무의 고백」 부분

대나무는 그저 대나무의 방식대로 한 삶을 꾸려가는 것인데, 다만 사람이 대나무에 자신의 이야기를 입힌 것이지요. 본래의 대나무는 사라지고, 사람이 덧씌운 이미지로서의 대나무만이 남은 것이지요. 철학자들은 이를 두고 '시뮬라시옹'이니 '시뮬라크르'니 어렵게 설명하시고 하지만, 간단한 말입니다. '진짜보다 더 진짜 같은 가짜'를 믿고 사는 세상이라는 것이지요. 시 한 편 더 읽어보겠습니다.

육십 년 만에 우듬지에 핀 좁쌀 같은 꽃

꽃 피는 걸 잊으면, 백이십년 후 다시 핀다는데

어찌 죽을 날짜를 기억했을까

새 한 마리 무게도 놓치지 않고
몸을 굽혀 받아 안더니 수십 년 뼈마디 늘려 허공을 타고 오르더니
제 몸 묻을 곳, 저 곳이었다

그가 평생 키운 것은 소리였다
칸칸의 마디에 저장한 새 울음과 바람을 꺼내
그를 연주했던 것

— 최태랑, 「나무의 유언장」 부분

최태랑의 시를 읽다가 그런 생각도 했습니다. 진짜 대나무의 생을 통해, 대나무의 꽃핌을 통해 그리하여 마침내 대나무의 죽음을 통해 우리가 봐야 할 진실은 무엇일까. 그런 생각 말입니다. 대나무가 우리에게 전하는 진짜 유언은 무엇일까. 당신 생각은 어떤지요?

대나무는 나무가 아니라 풀이라는 사실, 대나무는 생식을 위해 꽃을 피우는 게 아니라는 사실, 대나무 숲은 알고 보면 한 뿌리에서 나온 여러 줄기들로 이루어졌다는 사실, 그래서 대나무 숲에 꽃이 피면 한꺼번에 일제히 피었다가 한꺼번에 모두 말라죽는다는 사실. 그야말로 '대나무의 묵시록'과 같은 이런 사실을 생각하면, 당신은 어떤 이야기를 대나무에 덧씌울 수 있을까요?

대나무의 꽃핌과 대나무 숲의 죽음은 일종의 돌연변이 현상이라고 하는 학자들도 있습니다만, 저는 그런 생각을 하곤 합니다. 저 대나무가, 대나무의 꽃핌이 우리 인류의 운명을 상징하고 있다는 그런 생각.

지구상의 어떤 생물도 인류만큼의 문명을 꽃피우지 못했지요. 아니 문명이라는 말을 쓸 수 있는 유일한 종이 어쩌면 인류이지요. 그런데 그 인류가 피워낸 문명이라는 그 꽃이 어쩌면 대나무의 꽃핌, 대숲의 꽃핌이 아닐까 하는 생각. 이 꽃핌이 끝나는 날 어쩌면 우리 인류도 대숲처럼 일제히 그 생을 다하게 되는 것은 아닌지 하는 생각. 대나무꽃이 말하는 것은 결국 인류에 대한 어떤 경고가 아닐까 하는 생각. 그게 아니었으면 좋겠습니다. 제 생각이 틀렸으면 좋겠습니다. 아니 틀렸습니다. 네 틀렸습니다.

> 나 하나 꽃 피어
> 풀밭이 달라지겠느냐고
> 말하지 말아라
> 네가 꽃 피고 나도 꽃 피면
> 결국 풀밭이 온통 / 꽃밭이 되는 것 아니겠느냐
>
> — 조동화(시인), 「나 하나 꽃 피어」 부분

저와 당신, 우리 모두가 꽃처럼 살고 시처럼 산다면, 세상은 꽃밭이 되고 시밭이 될 테니, 결코 비관하거나 두려워할 필요는 없겠지요. 그러니 대나무가 묵시록을 전한다는 저의 말, 묵시록적인 저의 생각은 틀렸습니다. 틀려서 다행입니다.

지루한 글을 끝까지 읽어주신 당신, 정말로 고맙습니다. 그럼 내내 여여하시길요! 🌹

사는 게 참, 참말로 꽃 같아야

선인장에 꽃이 피었구만
생색 좀 낸답시고 한 마디 하면
마누라가 하는 말이 있어야

선인장이 꽃을 피운 건
그것이 지금 죽을 지경이란 거유
살붙이래도 남겨둬야 하니까 죽기살기로 꽃 피운 거유

아이고 아이고 고뿔 걸렸구만
이러다 죽겠다고 한 마디 하면
마누라가 하는 말이 있어야

엄살 좀 그만 피워유
꽃 피겠슈
그러다 꽃 피겠슈

봐야 사는 게 참, 참말로 꽃 같아야

색 인

본문에 인용된 시와 시인 그리고 출처